獻給我的岳父郭觀星先生（一九一七年一月三日—二〇一一年二月十七日）

現代文學4

領袖的鐵衛隊

莫大著

博客思出版社

軍事島國中的一部成長小說

楊心彤

莫大既是一個硬底子的寫實主義者，又是一個玄秘的寓言作家，這是我們讀了《領袖的鐵衛隊》後的強烈印象。

一方面，莫大以紮實純熟的寫實技巧令人驚嘆地呈現了軍隊世界繁瑣的零零總總，舉凡編制、動員、勤務與操練的細節，乃至人物角色的刻畫，進而到軍隊生活中微妙的權力關係以及人心的處理，都展現了形式與內容的合作無間，其內行的程度讓讀者不禁懷疑小說家本身是否就是精通箇中專業而又「洩漏機密」的軍人。舉個例子，像是宣示效忠大統領大會師中的院長訓示以及軍人誓詞，彷彿帶讀者進入軍史檔案館，穿越時空去翻閱那個時代的思想教育文獻；就見證的觀點來說，莫大的小說具有很高的史料性。

可是如果莫大的作品只被當成歷史小說觀之，那卻就錯了。因為在另一方面，整篇小說有高度的寓意性。這當然不只表現在整篇故事的人、事、物都替換成另外一套代碼（例如福島、韋氏強人父子）以及真實歷史時間的壓縮（就史實而言，大統領之駕崩到鎮暴事件還有五年的間隔），而更在於把憲兵隊當成是整個軍事島的縮影，把軍中生活當成是島民生命的提喻（synecdoche）。整個打狗憲兵連隊，不過是整個福島在戒嚴狀態的濃縮版本。

卡夫卡說過：「末日審判就是戒嚴法」，他深深明白法的暴力本質。熟通卡夫卡的莫大把法的至高無上性轉移到對福島的觀察。福島是有史以來戒嚴統治最長久的國家。戒嚴本來是針對危急的例外狀態而設定的，但右派極權的特色在於用手段把這種例外狀態和常態混含在一起，如納粹法學家所創制出來一個弔詭的用語：「有意的例外狀態」（einengewolltenAusnahmezustand），讓例外狀態永久地持續下去。這種高於任何法理力量的力量，就從福島的最頂端由縱向和橫向不斷微分下去，對福島島民的生活做無限的切割，讓整個島嶼長期處在一種沒有戰爭的備戰狀態。而軍隊就是典型中的典型。人在軍隊，生命就被整編到更大機器，接受權力無限的切割。而在這當中，自由，在此看來是如此不可思議的字眼，是如何可能呢？這正是莫大在張茱萸身上要找出來的東西。

厲害的寫實主義能手一定也是個厲害的「寫虛主義」高手！整部小說其實無處不虛。莫大擅長用暗示的手法讓整個故事懸疑離奇，有謎題：山猴的情趣木條、啞巴妓女的性高潮之謎、趙芷相的死……，這一大堆小人物裡面尤以張銘最為傳神，

這人背負了或說代表了那時代的做兵士的掙扎著來求取一處「家庭的幸福」，然卻無能也無力對抗嚴酷的現實際遇與堅澀的環境，最後鋃鐺入獄身敗名裂，成了那一代老兵對家庭渴望與憧憬幻滅的寫真，這段描述最為確切地反映出當年「老兵」悲劇。這篇長篇小說並不止於故事取向，同時也具時代的批判取向：譬如俞排長政治觀念的改宗。有真假難辨的謠

言：比方說老士官吹噓的當年事蹟、反共救國軍的傳言、古排長自吹自擂的「虎口事件」、無知的特勤哨被大統領的貼身侍衛開槍擊斃、大墩示威事件的黑幫份子是黨國政府的暗樁……；有鬼話：軍中向來是個肅殺戾氣與鬼影幢幢的地方。而這些「寫虛」的部分最終指向強人政治的神話本身，或是復國大業的謊言本身。

如果要簡化來說的話，《領袖的鐵衛隊》就是個右派強人軍政府底下的落榜重考青年接到兵單入伍的啟蒙故事。當兵生活是福島男人消極的成年禮，也是福島男人生命中的戒嚴時期，不得不把兩年讓渡出來過著數饅頭的日子；而平安退伍是最低限度、也是最卑微的祈求。張茱萸身為黨、國、軍三位一體政權底下一個小小的鐵衛隊成員，自有其小小的自由空間來完成他私密的啟蒙儀式：偷偷讀英文、暗自嫖妓體驗性愛的歡快、默默崇拜著異端同袍黃幽園、悄悄地改變。張茱萸學會了看世界，也學會了看自己。

時代的故事——
莫大《領袖的鐵衛隊讀後感》

東村James

我是在無意中發現莫大的連載小說《領袖的鐵衛隊》。開始是基於對書名的好奇，一向對軍教片；無論電影電視都極有興趣，當知道這是一個關於憲兵的故事，一個很少被提及的軍種，更增加了閱讀的興趣。

本以為這是另一個趣味式的「報告班長」、「新兵日記」，讀了幾章發現並不是笑鬧式的小說，而是描寫一個時代的小說。在一個虛的小說架構上，把重要歷史事件高度濃縮後，呈現了一個真實的70年代台灣的戒嚴。

讀著讀著，被裡頭眾多的人物吸引，被作者領著去看這個陌生的軍種，一個負責保護國家領袖的鐵衛隊。

從部隊的日常生活、站崗、統領去世、戀愛、買春、老兵的無奈和絕望，到最後憲兵部隊在富島雜誌社爭取民主的遊行時的經歷，如章回小說般的詳實描述，透過一個剛入伍下部隊的大學落榜生—張茱萸的眼睛，將一點一滴詳細瑣碎軍中生活的描述，青春的男孩對情和性的渴望，構成了一個真實、沉重、悲憫的時代故事。

當我們談美麗島(這裡的富島)事件，大都著於政府與黨外兩方，很少會關注到當時負責鎮壓的憲兵部隊。就我個人記憶，我很好奇，當時的憲兵部隊，是如何執勤、如何行動、如何執行命令？而到最後無論如何受到傷害，其實再也沒有人注意，如同他們是一個不存在的實體，也沒有人關心他們後來怎麼了？當過兵的人都知道，服從是唯一的選擇，沒有個人思考決定的餘地。甚至很有可能當過兵的男孩子，都會是當時鎮壓的軍隊。那麼，我們的感受會是什麼？

我相信，莫大對他的軍旅生涯有反覆的思考，才會寫下了這部有血有肉，深刻的《領袖的鐵衛隊》。

推薦《領袖的鐵衛隊》莫大新書

嘿・吼

格弟菲說莫大新作《領袖的鐵衛隊》筆下的時空，對她是陌生的，是半虛半實的。這一點我相信，因為沒有經歷過那一段黨外激烈抗爭的年代，很難想像它的「實」，而莫大本身對小說文學的態度，早已具備寫「虛」的元素。

莫大說過，創作《領袖的鐵衛隊》並不是在寫歷史，他是在寫一部小說。提到黨政軍，我以為莫大在寫歷史，在描寫鐵衛隊成員的故事時，我又覺得有小說的張力，在虛、實之間，我見識到莫大在文學上的魅力。

我的年齡和格友詹姆士應該屬於同一年代，雖然我們都是陸戰隊退伍，對於服兵役，軍隊生活，我們一點都不陌生，但是莫大筆下的時空背景，對當時才剛升上國中的我，雖不陌生卻也不是那麼熟悉。當時許多的印象，都是來自於特定媒體片面的報導與街坊鄰居的耳語傳播，同樣在虛虛實實、懵懵懂懂的氣氛中，讓我們走過戒嚴時代。

格弟菲形容莫大寫實又寫虛，寫實指的是軍事島國、戒嚴令、黨外運動與威權政治的對抗，寫虛則是指軍隊裡的每一個官與兵，面對黨國一體、黨外抗爭孰正孰邪引發的內心掙扎與心理狀態的演變。

我在莫大的格子裡，一邊追著他連載《領袖的鐵衛隊》的文章，一邊和我印象裡的時空不斷來回交錯驗證，企圖讓自己和莫大架構下的富島建立連結。其實，我也想知道，在虛虛實實、懵懵懂懂的年代，我究竟漏掉了什麼？

一般人接觸到軍隊的題材，馬上面臨到的就是細節處理的高難度，這一點，我是佩服莫大的，我甚至懷疑莫大先生是來自於軍事世家，才能像一位熟練的工匠，將一個類似國家機器的龐大軍隊結構，拆解的如此精細。軍隊裡的每一段細節，莫大寫來既熟稔又篤定，彷彿他親眼見到，親身經歷過。

在過去戒嚴的年代，掌握黨、政、軍，等於擁有整個國家機器，鐵衛隊負責執行軍事強人的意志。莫大在富島外圍建構出了鐵衛隊「實體」的大架構，然後把大時代小人物，一個個在虛虛實實之間，安排進了鐵衛隊。軍人效忠主義、領袖、國家，似乎是天經地義的，不該存疑的。但是同樣是富島生命體的一份子，既是軍，又是民，對立的荒謬與無奈，每一個鐵衛隊成員面對抗爭事件的啟蒙和自覺，對社會氛圍、對家庭關係、甚至對生命價值，都產生了疑惑和矛盾。

張茱萸是《領袖的鐵衛隊》的靈魂，他在鐵衛隊的日子，正是整個富島在大時代下的縮影。莫大用「退伍於他，似乎是重生，一個生命的開始，像某種植物枝葉自母株落下，接觸土地，開始自力成長或生存。」來詮釋張茱萸在鐵衛隊一路走來的心路歷程，每一個服過兵役的富島男兒，讀到這裡，應該心有戚戚焉吧？

利用一個曾經影響過我們的時代故事，讓《領袖的鐵衛隊》與讀者建立一個共同集體記憶，然後從這個主流分支出許多小人物、小故事，莫大要我們都跟著張茱萸回頭再去見證了那一段歷史。

《領袖的鐵衛隊》也讓我聯想到喬治歐威爾的1984，同樣是架構在思想戒嚴的基礎上，喬治歐威爾1984讓人對未來感到虛無飄渺、無助與絕望。但是《領袖的鐵衛隊》卻是替讀者戳破了一些威權時代的謊言，讓人對於未來還是存有一絲憧憬的。

也許有很多人和我一樣，都曾經走過莫大筆下所形容的那個與威權衝撞的年代，只是我們每個人都是選擇性的去記住那個年代某些不同的東西。《領袖的鐵衛隊》此時喚醒我們心中的那個曾經，有一點熟悉，有一點感性。

目次

軍事島國中的一部成長小說　楊心彤　4
時代的故事—莫大《領袖的鐵衛隊讀後感》　東村James　7
推薦《領袖的鐵衛隊》莫大新書　嘿・吼　9

第一部

港口憲兵隊　17
晚點名　26
港濱浮木　38
萬壽山　49

誓死效忠領袖宣誓大會師 72
領袖的鐵衛隊 85
冶遊 102
泰山崩塌 113

第二部

雞籠憲兵隊 129
高砂橋下 137
反共救國軍 146
軍警聯合冬防巡邏 152
十二到兩 165
軍樂園 177

上等兵 184
落盃事件 194
善後 202
採買 210
餐廳自盡事件 222
抬棺示威抗議 234

第三部

調防大墩市 249
軍人看守所 256
盜賣軍油案 267

不戴帽的女軍官 272
阿戀 280
籃球隊 297
包子事件 309
富島民主運動雜誌 333
山雨欲來 338
鎮暴 351
劫後 357
身家紀錄 363

第一部

1 港口憲兵隊

白色的軍用敞篷吉普載著兩個心情忐忑面現茫然的報到新兵，一路風馳電掣般地在市區馬路當中行駛。繁忙街市兩旁連貫並列的商店中斷於橫亙於街道前的港濱運河，大街則延展成跨越運河的路橋，一過路橋是丁字路口，駕駛班長並不減速，車子打左急彎，輪胎與柏油路面摩擦發出軋軋聲。橋頭左轉過來街道窄了許多，右側路邊依舊是並排的連綿店面，人脈流動；左手河面的街面則為一列白色高牆遮斷視線，高牆頂端可約略見到參差不齊的船桅桿，伸露出長長無間斷的高牆上，桅杆的數目雜亂眾多，顯然牆內港埠運河岸邊停泊的都是船艦，其實車行路橋之上已瞥見河海港埠的擁擠。進入海港，空氣裡頓時颺颺著濃郁的海水鹹腥味。

一路急駛，「大概接近目的地了。」挺直列坐在吉普車後座的兩個新來報到的充員兵無聲地揣測。

去報到地點既是港口憲兵隊應會在港區邊，張茱萸打一開始就這樣想。

吉普車自火車站接待他們新兵倆上車後，一路駛來，他們坐在後座，完全莫辨東西南北。雖然和駕駛兵並坐在前座的少尉軍官在車站前接待他們時，態度相當和藹，完全不像憲兵訓練中心的官長那副嚴酷不可攀的神色，讓這倆個甫掙脫新兵訓練的震撼與遺悸的小兵有些受寵若驚。他們剛離新兵營門，像似剛出蛹的毛毛蟲，身形還才始試著蠕蠕淺動，根本不敢向長官發問，心中雖不息地嘀咕港口憲兵隊究竟會是什麼樣的機構？

狐疑間，吉普已轉離街道，旋即進入巷弄左轉右拐。離開濱海岸街道就出了海港鹹味的籠罩，但轉來扭去還是在濱海的碼頭倉儲區，臨巷弄路旁的水泥屋宇看起來都似倉庫或者漆成灰白色的海事棧房。

吉普車一路駛到巷弄盡頭，目的地到了。呈現在面前的仍是個像倉庫的平面建築，看來不起眼，面積也不大，甚至有點小，一點也不像軍事機關，不起眼的灰泥色的通倉，正門開向面臨進口的側面，一眼望去只見空蕩蕩的入口，光禿禿沒設門扉，門框右首處木牌上書明「打狗港口憲兵隊」。

門前哨檯直挺挺站立個全副武裝的營門憲兵，頭頂白盔，右手緊握卡賓槍，筆直端立在陳舊的木哨台上，紋風不動像個雕像。警衛治安單位大門終年敞開不閉，廿四小時衛兵永遠挺立門前，完全無需門扉。

「敬禮！」

領他們進營房去的少尉軍官一臨近，衛兵立即如中彈似大喊敬禮，併攏腳跟立正行抬手併槍禮。

軍官舉手帽沿略為回禮，逕自帶領新兵進人大門右側隊長室。

隊長室辦公桌後坐著憲兵隊隊長，少尉向隊長行禮報告領到新到充員兵二員，呈上二人的資料袋。

隊長撕開密封的資料袋，抽出文件驗閱。他看了文件之後，狐疑地質問少尉：

「俞排長，公文上寫明三個兵來報到，怎麼只到了兩個，另一個呢？怎麼回事？」

「報告連長，在車站點交時，營部輔導官通知我們：另一個來報到的新兵陳志聰，目前因病留置在陸軍醫院住院檢查，要等出院之後才來報到。」

「怎能派個病號到我們連上？」

連長問俞排長，俞排長轉問兩個新兵：

「陳志聰患了什麼病？你們同梯次應該清楚？」

兩個兵互望一眼，都沒開口。

「有什麼就說呀！吞吞吐吐老百姓樣的。」

連長見了，不高興地斥責兩人。

「報告連長，我不同連隊不知道陳志聰患病的事情。張茱萸跟他同連隊，他應可說明。」

林景山回答。

「張茱萸，你知道他患了什麼病？」

俞排長問。

「報告連長，我聽到的消息是陳志聰結訓後回家因昏厥送醫，原因是受訓時被打成內傷。」

「什麼？哪個打的？」

「他的教育班長。」

「確定嗎？」

「報告連長，他同班學兵全都這樣講。」

「你跟陳志聰不同班？」

「我是第二排第四班，陳志聰是第三排第八班。」

「沒有確切證據，不可亂講。曉得嗎？」

連長訓斥後，繼續拿起公文看。看了半天沒出聲，少尉趕緊過去站在隊長邊上說明：

「報告連長，那個大個子新兵名字吭吭卡卡很難唸，他自己說叫張茱萸。」

「咳！怎麼取個這麼樣個扭捏的名字。」

連長嘀咕一句，抬起頭來注視這大個新兵上下打量一陣，隨即點名喊道：

「張茱萸，」

「有！」

張茱萸立正答有。

連長點頭，點另一個：

「林景山。」

「有。」

林景山「叭」的一聲併攏軍用皮鞋鞋跟，挺得筆直地立正答有。

「連長好！」

同時鏗鏘有力地向隊長問好。

「好！好！」

連長很滿意，猛點頭，認為是個好兵。轉頭跟少尉說：

「俞排長，好了，叫葉副班長帶他們去指定鋪位。」

又用認可的口吻對俞排長說：

「這兩個新兵看來都是可造之材，張茱萸個子高大，配上曾輝雄可做成一對標兵。」

連長特別欣賞張茱萸。

「我去叫葉副班長進來帶他們登錄報到。」

俞排長回答。

葉副班長一喚即進來向連長室報到，原來駕駛吉普車的班長就是葉副班長。連長向副班長指示：

「帶他們下去向營務官報到領取日用物件，再指定鋪位，指點勤務及一般注意要領。等朱排長回來後，讓他們向朱排長報到，從明天起開始排入勤務日程。」

「是，要劃歸劉班長或章班長哪一班？」

「兩個都劃歸章班長，他那班這個月退伍三個兵。」

於是甫自新兵訓練中心出來的充員戰士張茱萸、林景山進入打狗港口兵隊編制，正式服中華民國國軍憲兵士兵役。

葉副班長於是領著兩個楞頭青樣的小兵去走道對面營務官辦公室領取配給物件。營務官的房間較連長辦公室更形狹小，面向門口堵上一對狹小的公桌椅，靠裡牆是一張單人床，三個人根本擠不進去，都站在門口。

副班長吊兒郎當地向矮胖的營務官招呼：

「營務管兒，新兵來報到了，領核配發物件，吶！名條交給你。」

「怎麼這回只來兩個？」

營務官漫不經心地打開抽屜抽出一本十行紙簿子，站在副班長身後的兩人瞧見簿子上面用毛筆正楷書上「憲兵二〇一團第一營第二連官兵物件領取簽名冊」。兩人遊目小房間，小床上被子蚊帳摺齊地放在床尾，床的兩頭空間則整齊地推滿各種補給物品，小房間擠得間不容旋身。

「是啊！連部本來人不夠，現在退役四個，營部只補兩個，他們站衛兵的有得叫了。」

講話的兩個繼續扯淡。

「叫吧！只要不怕朱排長聽到。」

營務官一面搭腔，一面攤開簽名冊，用鋼筆照名條寫上兩個二等兵的名字，然後命令兩個新兵：

「把名字簽好！」

兩人簽完名後，營務官把配備配給物一樣樣點交給二人：毛氈、冬夏季勤務服、白色塑膠盔、軍帽、內衣褲，襪子、毛巾、肥皂、兩種品牌的香煙各五包……等等。

簽領完畢，兩人抱著各項配備及配給物品跟著副班長走過過道進入統倉，統倉前端是四張長方桌，應是飯廳部份，後面則是夜間睡眠用的兩排並列的統鋪。

兩張長桌上都有人數不等的士兵捉對在玩紙牌，桌上除了零散撲克牌外，每個人面前都攤置成堆地一隻隻散開的香煙。

打牌的老兵充員都有，各各專心注意檯上的出牌，沒人多留意他們的進入，只有一個人向副班長哼哈一聲：

「新兵接來了？」

副班長「嗯」地應答。那人看他們一眼，轉跟副班長問道：

「要上來嘛？眼鏡要上衛兵了。」

「葉副班，你上來吧！」眼鏡接口抱怨：

「我勤務服都未燙，就被捉上桌。時間到了，該去整裝上哨。」

「沒看我忙，等我交代新兵完再說。」

「你忙？」原先那士官不以為然地點上一根煙。

副班長帶他們到統舖邊上，房間內兩邊通舖，指著舖面排得較滿的一邊。

「這邊是你們的舖位，看哪裡空，選兩個舖位舖上墊被攤上去，整理好就是你們的床位。」

副班長指示給他們的一邊通舖，上面已排滿舖位。

「嫌窄，擠不進去，可以把旁邊舖位往邊上擺一擺。」

舖沿旁坐著一個兵看出他倆躊躇猶豫地不知如何在排滿舖位的通舖上選取位置好擠放自己的舖位，熱心地加以指點。還跟他們說明：

「這邊是我們充員的舖位，對面是老士官的。」

兩人聽從指導，分別尋找出較空置的部位小心地擠出空檔來插進去擺上自己的墊被棉被。放置好，隨即迅捷練地按訓練中心的方式整理內務。林景山是好手又快又好地兩三下就已將白白的薄棉被整出齊齊整整的四方豆腐干。

「我們這裡不是新兵訓練中心，不必整理得那樣好，過得去就行。」

那個兵又點示他們。

「你們剛來，別聽秦檜這個邋遢鬼唬的，一來就教壞人，到時可別讓日子難過。」

那個在牌桌上被叫作眼鏡的也回到舖位，他一來就一邊吐嘈秦檜，一邊開始換勤務服裝。葉副班已上飯桌接他的位子，沒再理會新兵。

「你乾淨得很哩！」秦檜回嘴：

「誰能像你程少光，內衣褲一穿兩禮拜都不用換洗。」他們互相損來損去，讓兩個新兵霎時放鬆心情，自然地向他們打探起生活及勤務規矩和細節。

程少光邊著裝，邊回答他們探問。他拿出鐵腳環套進腳踝管，再撐平褲管紮緊綁腿，整條長褲拉撐得平平整整。

同時叮嚀他倆：

「你們今天先得到街上去買些必備物件，飯碗、筷子及臉盆馬上就用得著。」

「碗筷及臉盆之外，還需要什麼？」

林景山趕緊問清楚。

「還有，最重要的二等兵識別臂章。老K要你們什麼時候上勤務？」

「連長說是明天。」

「歡迎加入站哨行列，連部充員兵人數不夠，門口衛兵輪得哇哇叫，你們來補充正好。那你們得立即買回來，今天晚點名前縫好，熄燈後就沒時間縫了。一上衛兵就得派用上，要不豬排一開始就會要你們好看。我們這裡最恐怖的是朱排長，一天到晚都在整兵找麻煩。」

「要到哪裡去買？」

兩人誠惶誠恐地追問。

「陳會，你告訴他們哪去買？我得去接衛兵，晚了，又得讓山猴嘀咕我一整天。」

秦檜原來本名叫陳會。眼鏡一面要秦檜指點他們，一面低頭檢查著裝成效。他邊走邊拉平軍上衣，還在腰際扣上粗大的憲兵銅頭寬腰帶，走到前倉帽檯找出自己的白頭盔戴上，最後從步槍架上取出自己的卡賓槍去接大門衛兵。

2 晚點名

到了晚餐時間，林景山和張茱萸驚訝地發現到在憲兵隊勤務單位裡頭用餐前並沒有特別儀式和規矩，和他們新兵訓練時所做的要求吃飯時的規矩大相逕庭。只見人人早早地隨隨便便散坐在飯桌自己位子前，一副好整以暇等待開飯的態式。

全連官兵坐好，接他倆來隊上的俞排長是值星排長，站在餐廳各飯桌當中，一待連長入席，一聲「開動」，全員急忙開動用餐。不但不需喊連長好，而且開動之前既不唱軍歌，也不喊口號，讓他倆訝異得有種期待落空之感。

充員兵佔八個擠一桌，老士官和文書士等佔了另兩桌，軍官桌在國父和大統領韋公九秩晉九的玉照之下，對著電視機成犄角之勢，那一桌只得兩位長字輩、營務官和輔導幹事四人分坐。

晚飯過後，是自由時間，兩員新兵作風不同。林景山態度認真除了把握時間整理內務熨燙勤務服裝，更立刻將適才他倆編屬入班的劉班長點交給他的卡賓槍拆卸開來仔細擦拭。

張茱萸不如他同伴，較玩忽又好奇，聽了老鳥的教唆，就大喇喇也跟著大伙閒在一旁，沒那麼擔心情況，眼鏡程少光一邀，他就興沖沖跟著踅出到營房外閒逛。他隨著眼鏡和山猴徐宗明蹓過後巷，進入港區。一入港邊眼界一寬，港邊靠岸稀疏地泊有三艘軍艦。

他問他們所在地屬於軍港區嗎？另兩人也不清楚。

「我們連隊有兩個班駐紮在另兩處軍港碼頭，這裡應該是屬貨物港區吧？」程少光猜測。

「你看那麼多整根木材排在海水岸濱，都是進口來的。」

一根根直徑約半公尺，長度上三十公尺切割齊一的鉅大樹木齊齊整整並列浮滿一面堤岸，這個港區確應是貨物進出口貨物的港區。

「從哪裡進口？」

「菲律賓吧？」

他們在浮木邊閒聊。徐宗明一直沒接腔，雙手一直忙著，他手裡拿了一段如勤務棒大小的木棍，不停地用磨砂紙死命擦磨，那根小木棒兩頭呈橢圓形，棍身已被他夜以繼日地琢磨得滾圓滑溜。

「你磨這木條要做什麼？」

張茱萸一旁看著不明所以然，向山猴打詢。

「哈哈哈！」程少光一聽他問木條用處就開口大笑。

「這是山猴為他相好的準備的利器，已經磨了一個多月，等到他休假就要上陣衝鋒。」

張茱萸更加莫名其妙。

「他一個月沒休假？」

「我們是兩週輪休一天，他晚上上衛兵打瞌睡，被豬排逮到，被罰禁足兩次。」

「要去哪上陣衝鋒？」

「山猴，你告訴他呀！」

「你媽！沒你的事，少管閒事。」

山猴被程少光笑火了，罵了一句，訕訕走開。

「怎麼回事？」

張茱萸更加摸不清狀況。

「這傢伙跟一個茶室女的要好，他老說那個女的騷得很，他休假時要弄根木棍去通她。」

「什麼？要用棍子去通？」

「是啊！他處心積慮準備用那根木條去插那個女的洞洞。」

「可以嗎？」

張茱萸覺得不可思議。

「誰曉得，他們山地人亂來。」

「站衛兵要求很嚴格？」

張茱萸乘隙問起他們最關心的問題。

「豬排最會整人，你們得當心他，只有他在要求，沒事專找碴。整個隊裡他大小事一把抓，老K等於被他架空，隊上的事情他說了算。」

「他經常鬼鬼祟祟不知從哪裡摸出來，遛在衛兵背後，冷不防地對準你膝蓋後面踹上一腳，你若承受不住因此膝蓋打彎，甚至被震下衛兵檯，那就麻煩了。訓得你好看是好的。倘若手沒握牢連卡賓槍都震掉了，那他不關你禁閉也非得禁足。」

「關禁閉，關哪裡？沒看到禁閉室。」

「營部，要關禁閉就送打狗憲兵隊去關。」

張茱萸又問：

「朱排長會查哨，俞排長不查嗎？」

「魚大牌啊？算了，他和我們差不多，是個預官，數一年饅頭而已，沒人把他當回事。」

「那葉副班長，看他也不像老士官？」

「葉春池是自願留營的，服役完了，再留營三年的。到你要退伍時，輔導幹事就來問你要不要填表自願留營。」

「退伍的都會被勸留營嗎？」

「意思意思啦！馮幹事也是預備軍官，做一天和尚，撞一天鐘，上面交代，照章辦事吧！輔導長受訓去了，他在時就麻煩，看人有可能留營的話，軟硬兼施地來，想方設法哄你留營。」

「葉副班既然負責開車，怎麼連長又找他指導我們新兵，而不去找我們的班長？」

「連裡一般事情老士官都不理，連排長有什麼當然找他這個自願留營的副班長。他當初留營也是為了學駕駛，出去好找頭路。」

「老士官都沒事嗎？不出勤務？」

「他們啊，等於在連上養老，每天只是賭賭香煙。勤務都歸我們出，連本部充員退伍兩個，除去辦文書的只剩八個兵來站衛兵，不說周日巡查，威力彈壓。光輪流站衛兵就站得大家睡眠不足；白天單哨六班，晚上雙哨六班，每天每個人都要輪上兩班多，豬排還不時要出操，大家叫苦不迭，搞到晚上站哨打瞌睡若被抓住就像山猴一樣取消休假禁足。現在補上你們兩個，可以稍為舒活一點。」

他們兩個沿著港岸邊走邊聊，來到一處較空曠的場地，發覺海港邊上竟然還有籃球場，球場上面有人在打球，球場邊圍了一圈人觀戰吶喊；張茱萸是球痴，拉著程少光過去觀看。

原來是連上的俞排長在場上跟人鬥牛，對手竟然還是洋人哩！看來是美國軍艦上下來的水兵。加油觀戰的都是連裡的人。

魚排的兩個隊友也是連上的。圍觀的人都為高的那個叫好，場裡場外都在叫黃幽園，他們這邊拿到球儘量往他手上傳；黃幽園打得很靈活，頻頻得手，大家都在為他喝采。另一個兵是江復生，晚飯時，張茱萸就注意到他，他長得似女孩樣，眉清目秀的。

場上競爭劇烈，張茱萸在場邊看球看得心動不已，恨不得自己也下場跟美國人較量一番。但是天色逐漸黯淡，回營的時間到了。圍觀的人陸續疏散，程少光也催促他動身，跟他說要回去晚自習了。

所謂晚自習，可沒人會在自習時間看書。除了面臨上面定期舉行的政治教育測量時段，每年一臨測驗的節骨眼時間，輔導長一定集合全員上陣押著全連士兵趕火車式的急急忙忙地填鴉上政治輔導課外，通常自習時段最多只偶而有人拿起外面租來的漫畫翻翻看看，否則報紙都難得有人看。寫字倒是不斷有人在寫，除了寫信回家或被要求每週上呈輔導長檢閱的憲兵日記以及政戰教育週該填寫的政戰課程，另外甚至還有人看上外頭哪個女郎要人幫著捉刀寫情書。

晚自習時間禁玩紙牌戲，飯廳裡以老士官們為首，大伙圍在電視機前看連續劇，多嘴的隨著劇情閒扯淡或跟旁邊人講解討論劇情。不看電視的，則有像徐宗明那樣的仍舊繼續專心一致地打磨他那根淫具，還有張茱萸則跟著林景山整理裝備服裝準備次日凌晨的站哨。排哨緊湊，新兵一報到值日憲兵已迫不及待地把他們插排進入次日的衛兵日程表內，張茱萸首先上陣，站夜間二時到四時那一班衛兵，林景山接他站四時到六時。

看他倆忙的，陳會又熱心地過來指點：

「夜間站衛兵，就穿身上這套衣服，不用整裝，雖然打綁腿，可是不用放鐵環進褲腿裡。晚上是兩人警備哨，房子一前一後各一哨監視周圍情況，不用站定在衛兵檯上，可以走動巡視。」

兩個準備上哨的唯唯諾諾地受教。都感到已在訓練中心狠狠打磨過，看了此地的陣戰，只覺稀鬆平常馬虎得緊，應可輕鬆應付難不倒他們。

自習過後，就是晚點名，時間一到，值星排長就在大門旗桿前吹哨子糾合全員操場集合。全連官兵一聽到哨聲除伙房跟站衛兵的以及幹文書及營務的之外，全體空群出動，在曠地上按高矮老少羅列成兩個班排隊。

全連整理行列時，連長已煞有介事地站好在旗桿下。值星排長背對他約五步之遙面對全連行列，班長整理隊伍，列隊排列整理兵士，立正清點報數後，兩個班，一班充員，一班老士官。班長整隊，各班兵答數清點人數，點數畢，立即對著全班士兵大喊一聲：「立正」，轉身依序跑到值星排長前面報告各班晚點人數。

兩班班長如點放爆竹般地照台詞報告全班人數畢，跑步歸隊。輪到值星排長面向全連喊

「立正」。軍皮鞋後跟「啪」地清脆地併攏，全身筆直向後轉身，快跑兩步到連長面前行舉手禮。

連長回禮，值星排長立即大聲朗誦：

「報告連長，陸軍憲兵第二〇一團第一營第二連值星排長陸軍少尉俞若愚報告，全連官兵XX員，實到官長二員，士官憲兵XX員，恭請點閱，報告完結。」

轉身高喊：「立正」。

全員肅立。

再轉身向連長敬禮，連長回禮。排長再向後轉，喊「稍息」，全員稍息。再「立正」，全員再肅立。

「唱國歌！」

全體官兵開口齊聲唱國歌。唱完國歌，排長再喊：

「唱憲兵歌！」

唱完憲兵歌。排長又喊：

「降國旗！」

國旗由站在桿下的值日憲兵徐徐降下。國旗降下後，輪到值星排長做作息報告。

「報告連長，全連官兵，」排長高喚全場注意，對著全體官兵看一眼，朗聲訓話：

「今天連隊新到新兵兩員，可以解除連部士兵退伍衛兵短缺問題。今後人員已補足，各員憲兵執勤時務秉持勤務要領切實執行任務，不得懈怠。報告完畢。」

「立正！」

值星排長報告完畢轉身向連長行禮，連長回禮，排長向後轉，再喊：

「稍息！」

全連稍息。又喊：

「立正！」

「連長訓示。」

排長隨即跑步歸入隊伍排頭。輪到連長開講：

「沒有訓示。」連長直截了當地對全連聲明。

值星排長接著在隊伍排頭發令：

「喊口號！」

由連長帶頭喊：

「中華民國萬歲！」

全員大聲地跟著吼：「中華民國萬歲！」

「三民主義萬歲！」

全場大聲覆誦吼：「三民主義萬歲！」

「反共復國萬歲！」

全場大聲覆誦吼：「反共復國萬歲！」

「韋大統領萬歲！」

全場大聲覆誦吼：「韋大統領萬歲！」

「萬萬歲！」

全場大聲覆誦吼：「萬萬歲！」

「晚點完畢！」

俞排長最後再喊：

「解散！」

一喊解散令下，全場作鳥獸散。大半人馬進入寢室，漱洗的漱洗，上大小號的上大小號，留在室外的繼續三五人聚一起侃大山哈香煙。十五分鐘後，值星班長喊出「就寢」口令，熄燈之前，全連士兵全已在自己舖位躺下。

張茱萸在睡眠中，覺著腳板被人撞搖不停，他睡眼迷濛地見著一個脅下夾槍的衛兵在他舖前催逼他起來接衛兵。

他迷迷糊糊覺得像是在家中床上，一回神又睡過去。過後又被那人喚醒，他尚未醒轉，半晌，尚不知身處何處。那個衛兵還在床前。

「已過十分鐘了，你要拖多久？」

那人壓著嗓子埋怨。

張茱萸這時才警醒，都忘了，輪到他接深夜衛兵的時刻。怎會睡得這麼沉？報到第一天竟然睡死了，累得不知身在何處。催他的人似乎極不高興，他連忙起來著裝。

手忙腳亂地趕快到前廊找出自己槍枝與憲兵盔，等待接班的衛兵又兩度進來，兇聲惡氣地朝他斥責：

「你還要拖多久！」

急急忙忙地趕到門口接班。

那人不理他站在面前交換衛哨行禮動作，反而對著他兇聲惡氣地斥罵：

「你是死人啊，叫了三次都叫不醒。」

他忙說：「對不起，睡太死了。」

「幾點了，這樣拖時間，別人還要不要睡啊！」

他再道歉，說明因為是第一天來報到，可能太累，醒不過來誤了接哨時刻。

那人不理他解釋繼續恣意斥責。站後門衛兵的是徐宗明好整以暇地看著他們，夾槍在附近不出聲，只是悶聲不響地看那人放肆地叱罵。他大概也是剛接班上哨，他所接哨的衛兵應已下哨就回營進去通舖上睡了，他們彼此間即使晚了幾分鐘也沒人會這樣怪責，他是新報到的，惹得那人恨不得殺了他。

那人一直往復叱責，他再三道歉，可是那人仍一副恨不能置人於死地開罵。一聲聲，最後幹字也來了。一幹起來，幹你娘就罵不停，拖了他睡眠時間。那人罵了足足廿餘分鐘不休口，也不回營去睡覺，張茱萸怎樣解釋求饒都無法寬釋那人的怨恨憤怒。

張被罵得萎頭縮腦的，不知如何是好。那人看他是新人才這樣上火肆無忌憚地罵人。他再三請求那人回營房去睡無效。說好說歹晚了十分鐘，下次再補回給那人，現在罵他無濟於事，更拖了他自己的睡眠時間。

那人不聽，反而更罵得兇惡，幹字連連，老母都被那人造翻了。張茱萸被逼得走投無路，只有釜底抽薪地要求他：

「明天去報告排長，關我禁閉好了。」

已經拿出最後步數求那人報他出去關禁閉，那人不甩，仍舊還是罵不休口。幸好這時山猴叫那人名字：「邱明賜！」。提醒裡面有動靜，班長過來了。

那人這下才休口，怕被上面查詢，最後還補一刀：「幹你娘，給令伯記住！」提著槍進去。

3 港濱浮木

連上每天公然在餐廳玩拱豬賭香煙那一票士官兵，成天輸輸贏贏、勝勝負負終於爆發擺不平的爭執；雖然大伙都窮得一清二白，輸贏向來無以涉及金錢，只是以自己按月配給香煙拆封一枝枝零散地作賭注，但有人一路輸脫底賒賬直賒到六個月後的配給香煙都輸淨了，還不肯下桌仍要繼續白爛賭下去好賒賬翻本，作為贏家的眼鏡可不干心讓人攬賴著賭下去。表示：

「這樣賭下去沒什麼意思，我不玩了。」

可是輸急了的那一位仗著老士官的身份叱責他哪能贏了就要開溜，眼鏡回嘴：「我還坐在桌上，哪有開溜，但輸家至少也得付出一部份積賒，否則大家怎好再賭下去？」

那個輸急了的老士官被說得腦羞成怒，開口就罵粗話。眼鏡平常不會惹麻煩，從不曾跟老兵們爭論過，這回卯上了，不肯就這麼讓步，譏刺對方：

「輸脫底就得認賬，不因為職別高一級就非要賴著賭下去。」

他脫口而出反唇相譏，坐在他旁邊一向跟他要好的丁孝燦，暗中拉他一把要他別爭。

眼鏡此話一出，引起老的那一邊公憤，個個幫輸的那個撐腰，有人瞪眼大聲吼他：

「老士官又怎樣？他坑了你不成，賴你賬沒有？」

還有乘勢起鬨：

「媽的！挑撥連隊人員和諧，報告連長把他關起來！」

「我哪有提老士官，我只說他輸光了還硬賴著要玩不認輸，不要血口噴人。」

眼鏡不甘被戴帽，朝著栽贓的叫嚷。

「血口噴人！」賴賬的周克昌故意挑著他的話指責：

「他自己不要玩，竟說我們血口噴人。」

站在旁邊觀戰的他的班長劉班長聽了，二話不說，走過來「啪！」的朝眼鏡臉上就是一巴掌，打得他眼冒金星，眼鏡也飛脫起來掉在地上。

「班長，你怎能不問青紅皂白胡亂打人？」

眼鏡護著被打的臉面，對著班長嚷。

「怎樣我不能打你嗎？老子就是要打你，你敢犯上！打死你！」

又是一巴掌。

「住手！」

本來隱身在後頭不便出面的朱排長只得出來喝止劉班長。

「把程少光押到連長室去！」

他一聲命令，圍觀在旁的值日憲兵和另一名自告奮勇的小兵連忙上前一左一右的把眼鏡押進連長室去，程少光的朋友丁孝燦從地上拾起眼鏡，跟過去交到他手上。

朱排長向來連上什麼事情都一手攬下，向來是說一不二的最後定奪，這回由於平日也跟著貪玩牌戲，跟大伙同樣熱衷於拱豬，不好自恃排長身份，強行出頭制止於先。結果竟然讓事情鬧至一發不可收拾，現在只有把仲裁責任扔到連長身上。而連長一向倚賴排長成習慣，連忙又把他叫進去。

「怎麼得了？士官兵竟然在營房裡賭博，傳到營部怎麼得了？」

連長氣急敗壞地操著湖南鄉音的官話，急急忙忙地問排長該如何處理？

「朱排長，你看要怎麼辦？」

「也不算賭博，他們只不過休閒時玩玩拱豬。」

排長趕緊把賭博這個大帽子摘下。

「朱排長，立刻下禁令不准再玩紙牌，營房裡面還玩紙牌，不像話。」

排長沒理會連長禁令，只說在憲兵營房裡面竟然還發生爭吵，一定要嚴辦。

「在營房裡面吵架，這還得了？兩個人都要送營部管（關）起來。」

連長下令。

「不算爭吵，只是賬算不清的異議。」

排長回覆連長，轉向肅立在連長桌前待處罰的充員兵開訓。程少光一隻眼鏡片已摔裂，一臉狼狽地垂著頭，面頰上仍留著被刮的紅掌印：

「程少光，你以公家配給的香煙跟連上士兵作注玩牌已經不應該，竟然還跟上級士官在

營房裡爭吵，成什麼體統。」

「管起來！馬上送營部管禁閉！」

連長急躁地在一旁下命令要把程少光關禁閉。

「報告排長，不是我引發爭端，爭端是周克昌士官引發，我只是自辯，劉班長不分青紅皂白就處罰我。」

「你還辯！輪得到你爭辯嗎？兵當到哪裡去了！」

排長制止他辯白。

「程少光，你還得了！」

連長跟著叫囂：

「衛兵！進來！把他帶去營部關起來！」

「報告連長！要處罰也不能只處罰我一人。」

程少光仍不屈服，不甘不分青紅皂白硬生生打壓他一個人。

朱排長對著他當胸一記生活。

「還講！衛兵把他銬起來，馬上帶走！」

兩個憲兵立即進來，拿起手銬把程少光銬上。

「是哪個輪值駕駛？立刻送走！我馬上寫條子。」

旁邊的連長意猶未盡地對著排長呼喝。

「報告連長：」程少光含冤莫白，向連長哀呼作最後掙扎。

連長急躁地擺手，不讓他說下去。

「朱排長會處理，不用再講！」

程少光送營部關禁閉，周克昌士官卻沒有任何處罰。第二連的連排長處理事務，儘管如此偏袒輕忽，卻沒人覺得不妥。下面小兵背後雖有人嘟囔上面昏庸糊塗，但沒人不平批評上面偏袒不公。老士官一輩子栽在兵營裡，怨氣沖天沒人要惹上他們。充員再怎樣難挨，也不過咬緊牙根忍耐兩年，兩年時間括弧起來，人人一心一意等待數完饅頭，不干己的事情無人計較。

服從是軍人天職，對兵丁言絕非口號，入伍訓練以來就成為軍人的行為準則。新兵一入伍就強調：一個口令，一個動作；除了聽命令行事，下級士兵沒有質疑的空間，班長或帶兵官第一項傳承要求：即是向兵士強調，命令不容猶豫或考慮後果。要兵士向前移動，即使深淵懸崖或大海當前，唯有的前進方向即是向前蹈險赴死，絕不容有異念。

這都是軍隊灌輸進軍士們不容第二念頭的思想與信念，另外造成原先在外頭最重朋友情誼的年輕人進到軍中也因軍紀要求使得袍澤情淡，只認直線的上下關係，沒有橫線的情義。更且由於在軍營裡面每個兵都自顧或自保之不暇，無從在意別人的事，不論同袍遭受冤屈不公甚或災難病痛臨頭，同袍間事不干己則無人過問。每個充員都認命服兵役就是貢獻兩年時

間給公家給國家，人生至此是段休止符，一切打住，等到退伍才重拾人生。營房裡面，人人乖乖在數饅頭，過一天少一個，乾巴巴地等著日數捱盡，時間挨到大功告成。當兵在兵營裡每個人只求自掃門前雪，沒人會搭理別人的麻煩，更不會計較軍隊內部運作與領導們的荒誕或專斷的作為。

縱然充員間無人以程少光關禁閉為念，可是，相反的，事情發展下來倒使得老士官們怨聲載道，對凌連長事情的處置深為不滿。原因是程少光送營部關禁閉，事情緣由得行文呈報上級營部，並非只自家連部內部的事，事涉上級營部就還得行文呈報上級犯事緣由。平常營部多半不會多問這等所屬連級單位送處罰士兵上來關禁閉之事，這次正好營輔導長看了報告內容沒有說明事由，特意打個電話來問事由，連輔導官不在，電話轉到連長。

營輔導長在電話裡追問何以呈文中未列明士兵犯過送懲戒事由，連長趕緊一五一十地把整個情形詳細報告給營輔導長。這下可好，原來沒事也生出事來了，營輔導長聽罷覺得不妥，說劉班長身為程少光的班長，管教士兵，豈可當眾出手打耳光。輔導長一頓官腔打下來，指責連長管教不當。這可把平時小心謹慎生怕出事的凌連長驚嚇到了。輔導長雖刮了連長一頓，但是並不認為有何要緊，也沒有要進一步追究的意思。可是光只這樣一問已將凌連長嚇破膽，驚慌之餘回頭趕緊謀求補救。事到臨頭連長不得不拿起主意，不再聽從朱排的意見了，他自作主張，把劉班長上報營部請求調往他連去；更不理朱排反對，立即在連部下達禁令從此不准有任何牌戲或類似賭博的行為。

連長命令禁止玩拱豬等紙牌戲令大伙喪氣，個個像鬥敗的公雞。垂頭喪氣的老士官們更是忿恨難平，怨言叢生，好好的娛樂消磨從此被剝奪，日子好不難過。彼此言談間深深怪罪充員兵不懂事，沒事生非，硬生生揉掉平日消閒活動。

抱怨歸抱怨，過後也就習慣，兵當老了，逆來順受是習慣，日子照常，這樁事件無聲無息地落幕，如春夢般無痕，事後若非有人刻意提及，再也無人憶及，像似沒發生過。

不過對站衛兵的小兵們，彼此間卻免不了埋怨嘟囔，他們是身受其害者。眼鏡關禁閉固沒人在意，但是因此少了一個人站衛兵又得讓大家多分擔勤務，沒人樂意。有人嘆息：補進兩個新兵，馬上又關禁閉去掉一個，硬是讓人輕鬆不來。

兩個新兵來連上報到不出幾天就讓上面看出大不相同，明顯地讓人比較出兩人的優劣與資質好壞。林景山是高商畢業生，張茱萸是普通高中，林景山有商校生的仔細與認真，做事一板一眼謹守規章，每樣事情都全力以赴，敬業認真。另一個則處處打馬虎眼，對執勤與當憲兵的職責一來到連上就表現得心不在焉，班長們眾口一聲都批評張茱萸這個兵很不行，做事少根筋。

同樣都是大專聯考落第生，張茱萸一副不來勢的書呆樣，完全配不上他高大的個子。照他自己說的，他參加大學聯考按他填的志願只差兩分就可以上榜，而且他的分數根本可以考上榜尾的私校，但填志願時，他並未填滿，所以未獲錄取。因之他念念不忘滑鐵盧打算當完兵再回去重考，充員兵說他是「毋忘在莒」，老兵說他兵當得不甘不願的。反正他還不死心

一心打算要完成讀大學的願望。因之他在連上完全不像別人成天無所事事，只等著休假好出外遊蕩找樂子，平時關在營房就三三兩兩閒嗑牙，專心等著上吃飯上勤務。一連老老少少人人都在混日子，張茱萸偏偏與眾不同，是個異胎，獨他一個一有閒就拿出英文單字來啃；勤務輪空的時段，或晚自習時間，他木頭人般地不知遭人嫌忌有事沒事更會拿出本英文的讀者文摘來查生字。這副拿出洋文書來唬人的姿態可真惹人眼目，不止老士官看著傻眼，全連老少士兵，除了預官外，有哪個還會讀英文，會看英文書，他以為他了不得嗎？

先是大伙看著扎眼，還沒人講他，最後終於有人轟他了。有次張茱萸趁等著接衛兵前的空檔，著了裝坐在餐桌旁讀英文查生字；這下周克昌實在看不過去，當場修理他：

「你以為你在哪裡？你以為這是什麼好地方？可以讓你成天孵豆芽的地方？你不知是在憲兵連裡服兵役嗎？」

自從這回張茱萸被老士官橫刀直塑地修理後，他再不敢明目張膽地找空子讀書，可是看不成書，他還是不習慣跟著大伙大眼瞪小眼成天無所事事在營中四處閒逛瞎攪和。營房裡磕頭碰腦，大眼瞪小眼，永遠人人來人往，磨磨磳蹭。他渴望獨處，經常趁人不備，逮住空檔，把握機會一個人踅到營房後邊港埠蹓躂消磨。

張茱萸喜趁下午大伙睡午覺時分偷摸出來，尤其是黃昏落日時分，一個人徜徉海濱堤防邊，或側坐碼頭水緣眺望遠方彩霞餘暉映照得港邊天際一片橙紅，經常一個人望著血紅般的落日直到冉冉垂落。或者獨自跳上港灣裡浮沉著的鉅大原木，一根根踩踏著往前蹬躍過去直至浮木盡頭。這樣子逍遙獨處，不但讓他躲離營房裡不停被監管被要求的瑣碎煩人的事務，更使他沉浸在異地港灣景致的浪漫憧憬中。這時他只覺得軍隊裡雖然冷酷又無聊，可是能抽空在港灣地區如此消磨，當兵也算有其不錯之處，讓他年輕的心靈頗為安慰。

張茱萸獨自一個人遊蕩海堤上，隨即發覺憲兵隊裡面並非只他一人有此雅好，另外還有兩個人也同樣喜歡乘傍晚空閒時間徜徉港灣邊，那兩人就是他第一天報到跟眼鏡看他們打籃球的黃幽園和江復生。

張茱萸欽慕他們籃球打得好，儀表不俗。現在再見到這兩人也留連沐浴於港濱夕陽薄暮之下，更讓他倆在他眼中突顯得落拓不群。

在此之前，張茱萸就被連長點名與黃幽園一道出周末港市裡的軍紀彈壓示範哨。地區憲兵出鬧市軍紀巡邏或威力彈壓哨，通常都要從隊伍裡選出儀表好長得高壯的憲兵擔綱。他們連裡週末威力彈壓哨是以黃幽園與程少光配對，現在程少光關禁閉，連長凌杏雲要提攜同鄉張茱萸，跟排勤務的朱排長說新來的張茱萸身量高大，建議以他來配黃幽園出巡邏。

朱排長不同意，一口否決：

「這個兵不行，名字都女裡女氣，行事麻麻札札，衣服都燙不好、衛兵站得一點精神都沒有，哪能派他出去任巡邏哨？」

朱排長堅持地認為連部現有兵員裡面林景山夠體面，服勤仔細，可以用他來頂替程少光和黃幽園出港市巡邏。

兩個人著裝以後，果然是標兵一對，雖然林景山較矮，但是他的服裝配件整理得無瑕可擊，上衣背上三條褶線，軍褲前面的稜線燙得光鮮筆挺。連長在走道上檢閱，頻頻頷首，滿意之極。

由於有這個過節，張茱萸見著黃江兩人在港灣邊坐在浮木邊消磨，兩人一跟他打招呼。張茱萸即連忙奉承黃幽園，說他跟林景山出巡邏哨，真是標準的一對標兵。

「去他的威力巡邏！」

不想黃幽園不領情，當場碰回，把張茱萸楞在當場，這人這麼跩，可把張挫得不曉得是進還是退。

「我們只需應付老K一下，」江復生寬慰張茱萸，跟他告誡：

「你若要迎合他們，可就沒完沒了。」

「這些王八蛋要避開些，要不就要把你放在腳下踩。」黃幽園跟著虧起林景山：

「你那個同梯次的竟然真的幹開來。被抓出去耍猴戲，應付一下不會。竟還挺認真地滿街一個個登記風紀扣沒扣上的水兵，要害小水兵回到艦上扣假不成？」

「出巡不是去登紀違規？」

張茱萸吃驚此人竟然會這樣子講林景山。

「還登記？你跟著他們走，馬上叫你沒完沒了。兵隊的事你要聽老士官的，非要你趴在地上舐乾淨還不止。」

「要避著他們，像你看書讀英文，礙著誰哪？他們自己什麼書從不碰，可就會看人不順眼，不讓人好過。這些老傢伙最怕充員想上進，恨不得你一輩子跟他一樣窩囊。」

「他們怎麼都這樣想？」

聽他分析，張茱萸一副大夢初醒似的。

「他們的一生已完了，最見不得旁人好。」

江復生也跟著批判老士官。

黃幽園接著提及：

「你們個同梯次後來來報到的陳志聰，一來報到就被他們嫌得什麼樣的。這個說站都站不直，那個兇他走路歪歪扭扭，一連人都講這個兵怎能用？去他媽的，人家也不是生來給他站衛兵的。」

「他現在變成這樣，我和林景山都嚇一跳，原來可不是這個樣子，雖然鈍了點，身體稍差，人還是好好的。在中心被班長當胸搥打，打傷了，他跟我說，在軍醫院軍醫也沒怎麼醫，醫院住了一個月後就叫他來連上報到。」

「怎能這樣子就丟來連上受罪，國防部對我們當兵的不管你死活？這種情形還讓他站衛兵根本不人道！中心的教育班長最不是東西，專以凌虐侮辱學兵為能事，陳志聰的班長那麼惡劣，把人打成那樣子應該負刑責才對。」

4 萬壽山

林景山張茱萸來到打狗港口憲兵隊一個月之後，連隊開始準備換防。連長在一次晚點名時，當眾宣布他們要調上打狗市的後山萬壽山上去整訓，整訓的同時也是為準備作大統領特勤警備的後備隊來應付即將接手的特別警衛勤務。通常部隊裡為了保密防諜，換防的目的從來不向士兵說明，但是這次調防由於是整訓，無關乎駐地情報機密，所以才無顧忌地當眾宣布。宣布之後，劍及履及，連長以及排班長等幹部立即展開行動，催促連本部以及各分駐地的充員士兵打包、整理環境、交接勤務、清理點算，吼得全連幾個士兵團團打轉。

國防部規定駐紮在各地的駐軍部隊得定期輪調，駐守於市區負有防護警衛地區憲兵單位的輪換駐守地的期限以三個月為期，留駐時間一到，團部即調動連隊輪換駐在地。現在第二連在打狗憲兵隊已駐滿三月，即奉團部命令輪調上山整訓，整訓是部隊在各地輪換駐戍滿一定期限後，調往訓練營地給整個部隊全體上下官兵予以再訓練的整軍飭武。

搬遷移防交接之日，當天取消早點名，一大早，兩輛軍用十輪大卡車把兩個分遣班的人員裝備載回連部報到，分遣班班長集合他們屬下的人員向連長報到後，隨即全連早餐，全連到齊會師，哄哄哈哈地擠滿餐廳，久未見面的老少同袍一見之下免不了寒暄抬槓，情況特別，連排長也通融未禁止喧嘩。

用完早餐饅頭稀飯。朱排長哨聲響起立即集合全連全員在隊部前面清點人數及補給物資武器彈藥等完備後，隨即出發移防，各人員裝妥連部文具及各項物資上卡車，再依序按規定攜帶各自裝備分乘兩輛大卡車尾隨連長等的吉普車直駛上後山基地。

到達基地，讓全連士兵驚異地發現所謂基地竟是一處頗有庭園花木之盛的院落，位於半山腰，難能可貴的是山裡頭竟還有這麼一方寬暢的台地。位於半山腰的基地背倚後山，面向的下方是打狗平坦的繁華市區，環繞景致特佳。平日日夜遠眺打狗市區平野，晴朗的天空下，極目甚至可瞭望到煙霧繚繞的中央山脈。寬廣的庭院中間作為營房的屋宇竟是一座頗講究的日式大屋宇，前庭及玄關甚氣派，一望即知是當年為高官達人所建的居停。據說日據時代原是作為高級長官的招待所。連上盛傳此地曾作為日本親王蒞臨南台灣的臨時駐蹕所。這棟建築原本屬於日本軍部，國軍接收後，也因襲作為高階軍官招待所。

由於基地建築位於半山台地上，山背後即是最高領袖南部行館的西灣。西灣是個三面環山一面臨海的海濱腹地。而這所基地正好位於西灣背後山腰，居高臨下前景面向市區，用以監視前山及鄰近環境甚為恰當，是以自西灣作為最高領袖南部行館之後，國防部遂拿來作為護衛最高長官的侍衛單位駐紮所，作為監視及防護的基地。

因此每逢最高當局南下渡假或駐蹕時，隨侍的侍衛及警官隊等警戒單位就進駐於此防護基地，同時特別配備的臨時隨最高領袖行動配哨的憲兵單位也駐紮在大屋宇內。而平素最高領袖未曾南下的時日，則用作候勤待命之憲兵隊伍的集訓場所。

這所原先日式大房舍係整片架高舖地板的典雅日式木造建築，顯而易見當年原來應是全

面舖榻榻米的規格。其後國軍接收後，為配合用途，才改裝成地板建築。但是內部推門分隔部位則仍維持榻榻米設施，憲兵連隊全被侍衛室指定分用數間作為臥室。

憲兵連全連遷移住進萬壽山整訓營房，兩處分隊的班士兵及伙夫也併回連隊，一連人員聚齊。班長與老士官們對於入住分配鋪位意見分歧，而且挑剔不已，紛紛擾擾中，值星排長哨聲響起，凌咨雲連長令值星排長俞排長召集全連人馬聚集於集訓營地操場訓話。

凌連長慎重地警告全連士兵，此地可是大統領府侍衛長所駐在之處，士兵當心言行儀容，不得驚擾到上級人員，而且更加應特別注意服勤。簡單的兩句話訓示完畢，還又再覆述一遍。隨後朱排長宣布舖位分配，指定分配完畢，至此無人有公開的意見。朱排長隨即宣布本連勤務及負責事項，計有三處衛兵勤務，他立即公布執勤名單，全連人員即刻起立依朱排長排出的服勤名單展開衛兵勤務。點名上第一班的衛兵三員士兵立即著裝上勤務。

三處人馬聚集一堂，七十餘士官兵只分得三間以拉門隔間的房間，隔間打開來成了約六十個榻榻米的大通舖作士官兵臥室，相當擁擠。然而除了由分遣班回來的兩位班長相互嘀咕，表示不滿外，其他的士官兵由於來到好環境好風景的地方，更且餐廳寬暢好用，倒無人嘖有煩言。

分遣班的兩位班長原先是獨立單位，天高皇帝遠，甚為得意，過得自在不說，還有自己單獨床舖。現在回到連部跟大伙擠通舖睡榻榻米，所有士官兵集體一體作業，大為不適意不說，更得隨時集合聽從連排長集合訓話。原本僻處一隅土霸王做下來，自在慣了，這下子頗不適應。可是也是當了一輩子兵，哪會有久處適意的日子？所以口舌上雖然仍舊咕噥抱怨未止，可也得識時務順從聽命地隨大眾整理起自家鋪位。他倆縱然不滿，可是不管怎樣，這兩人可是一馬當先首先選了處角落位置，那是一整間宿舍頂好的位置，他倆仗著分駐班班長威風與地位先下手霸下來的。

一連人鬧哄哄地排定鋪位，挑精擇肥地選定相識作為鄰鋪後，彼此寒暄誇耀，老兵們又展開那老套，開始打起嘴炮，又復重提是當年勇了，好不熱鬧。

裡面隨分遣班張民班長歸隊的第一港口分隊的人，誇口得最大聲，因為他們伙夫聽班長吩咐在上萬壽山前一夜把養了快三個月的兩隻土狗活生生地悶在開水裡煮了，全班分食掉，分食的人個個向連上的又吹又誇地講下了酒的狗肉有多好吃，彼此更吹噓今年冬天保證不凍腳，站衛兵也不會畏寒，聽得旁邊的人猛咂口水。

黃幽園在一旁聽到他們殺狗烹食，大不以為然，背後跟張茱萸譏刺他們殘忍野蠻，不是文明人，殺狗竟然活活悶死。他譏刺那幾個自鳴得意向人吹噓吃狗肉的傢伙：

「老士官他們北方人冬令進補有傳統，那些跟著吃狗肉的傢伙，一輩子沒嘗鮮過，竟還講得煞有介事，吃香肉要如何如何？去他的！他們懂得個屁，無知的人最殘忍。活生生地把小狗丟至滾燙的開水裡，這些傢伙一點人性都沒有。」

張茱萸吃驚黃幽園竟會大肆攻訐張民那班的人，平常他在連上雖不跟氣息不合的來往，可也從未公然表示意見，這回竟然拉住張茱萸放言不滿，難免讓張茱萸吃驚，也因此得知他是愛犬之人。

連上遷移上萬壽山前又退伍了四員士兵，除港口憲兵隊連部的江復生邱明賜外，另兩員是分遣班的，張茱萸來到連上一直仰其名而未見其人，人人一再說這兩人是連上最能幹的士兵，所有重要勤務如押解人犯、逮捕逃兵等多半輪這兩人配合老士官出馬。等到上山整訓時刻，他們回隊部報到辦理退伍手續時才終於見到人，這兩人是王晃生和徐萬，兩人不但體格高大，而且一副精鍊幹鍊相。王晃生是充員裡的大哥，做人世故老練，不但充員服膺他，連上老士官他也唬得住。徐明則是運動健將，身強體壯，而且靈活敏捷，運動樣樣行，跑跳摔角擒拿沒人鬥得過他。這兩人是第二連的王牌兵士，連部上下都和這兩人熱絡熟悉，人人爭相跟他倆招呼，士兵們更搶著與他倆寒暄。陳會跟張茱萸說，這兩人退伍後連裡算夠得上接替他倆的是景佾和曾輝雄，景佾英俊，曾輝雄身材最高，人卻木訥不苟言笑。

充員兵來來去去，川流不息地輪換流動。所謂鐵打的營盤，流水的兵，老兵江復生等四名退伍的同時，馬上又補進新兵四員報到，其中一名叫汪保川的最特別讓人矚目，他的個子模樣並不出眾，而是下面傳說汪是打狗市區內頂有名的食府新陶芳的小廚子。所以士兵傳誦他的來歷，長官也注意他，他一報到，朱排長立即派他進廚房任伙夫。

連上把充員戰士作伙夫兵，汪保川是第一個人。這一來汪保川就不用站衛兵，不參加早晚點名，不出操，不上政治教育，內務沒人管，服裝儀容也不用操心，吃飯又可以揀好的吃，別人看在眼裡簡直認為大翻身，羨煞所有其他的兵。

眼鏡跟丁孝燦、張茱萸說笑：

「豬排還不是想到新陶芳海嗑他一頓，所以這個現代王寶川一來就不用守寒窰，反而得到特別營養的照顧。」

丁孝燦噓他：

「誰叫你當初不去學做廚子，要不現在日子也好過了。」

張茱萸在連上除了跟眼鏡他們走得近，也跟黃幽園談得來。黃幽園這人有些孤僻，除了幾個他自認是朋友的人之外，不像別人一樣跟大伙打成一片。跟他打過籃球的魚排，雖是軍官也常找他聊天。之外，自江復生服役期滿退伍後，平時只有張茱萸和辦文書的許士祺跟他合得來，連裡面他三個人走得近乎。

黃幽園人伍前曾考上大學讀過一年私立大學，然而由於一向貪玩，進入大學之後，更如脫韁之馬，成日跟朋友在外廝混跳舞打彈子不上課，結果成績跟不上被二一刷下來，所以在連上他是炙過大學的有知識的份子。

張茱萸雖學校成績差考不上大學，父母認為他不是讀書的料，建議他讀軍校，他不幹，跟家裡鬧彆扭，賭氣跑出來。經同學介紹到同學家開的毛衣廠打工，白天做毛衣廠門房監視女工上下工打卡，晚上則仍去補習班複習功課，準備若沒有被抽去當兵，六月份再重考大學，結果到底躲不掉兵役課的紅單，五月間就中籤入伍。

張茱萸人老實又懵懂，黃幽園則世故懂事，他告誡張茱萸：兵隊裡的老士官一肚子牢騷不滿，他們才不在乎你表現得如何？去討好他們是自討沒趣。充員兵也多半不是什麼好東西，個個現實，甚至較老兵更勢利，人人都會逢迎上面，能踩著別人上去，絕不會講道義。

他說江復生平素雖秀秀氣氣溫溫和和的，從不巴結人，也不表現，但從沒人壓到他頭上。重要的是不能讓班排長盯上，老K倒沒什麼，不會特別整人，但也不能讓他特別注意你。他告訴張以前連上有個崔巍也是他們的朋友，那人是最不甩連裡規矩的一個人，絕不理連排長或班長的嚕嗦或要求。結果被老K豬排盯上，成天找他麻煩。但崔巍那傢伙最帶種，仍舊我行我素，出勤照舊懶得燙服裝，人家擦槍他不理；你要罵要罰，就隨你罵或罰，毫不在乎。

崔巍在連上時是邋遢出名的，不洗澡、不整服裝、休假銷假遲到、甚至逾假不歸。反正他大屌不甩，要處罰，關禁閉他當吃白菜，老K拿他沒轍。可是他在連上期間並沒吃什麼大虧，因為他有幾把刷子，他在訓練中心時射擊得到中心最高分，名頭甚大。由於他能為連上或營團部爭光，老K頗有忌憚，拿他沒辦法，後來憲校來要人，崔巍就被調過去，退伍之後，現在在海上跑船。

張茱萸大感興趣，表示：

「崔巍聽來，很有點像美國電影裡的男主角。」

「對，他有點像第三集中營的史蒂夫麥昆那副大屌不甩的德行。」

黃幽園同意：

「他確很帶種，放假時他身上只有幾塊錢，偏敢一個人登上打狗最豪華的國賓飯店，大喇喇地去裡面的酒廊一坐，不僅厚臉皮豁上一下午，還猛泡裡面的女侍。」

「哇塞！實在夠膽。」

「帶種嗎？放假那天我請你去見識。」

在山上整訓，平日全連聚在一起，由於沒有勤務，周日放假那天除了輪值值班的衛兵值日等勤務外，全連官兵同時休假，不再採用輪休休假。

到了假日，黃幽園果然說到做到，換了便裝，拉著張茱萸上打狗華園大飯店的豪華西餐廳。

沒見過世面的張茱萸，進到豪華的大飯店拘拘束束，放也放不開，覺得動見觀瞻。黃幽園卻不當回事的帶他坐電梯，直上十四樓頂樓的旋轉西餐廳。

他跟帶位小姐要求靠窗位置好瀏覽觀賞打狗市景。他倆被帶位小姐帶到靠窗邊位子坐下後，一位亮麗的服務生板著臉來到面前。

黃幽園讓張茱萸先點飲料。然後他才語帶曖昧地對著女侍說：

「我要奶。」

「牛奶嗎？」女侍有點吃驚地詢問：

「什麼牛奶，福樂？還是光泉牛奶？」

「不是。」

「味全的嗎？」

「不是牛奶。」

他一臉詭祕。

「哪是什麼奶？羊奶嗎？」

侍應生好生奇怪：

「不對。」

他一直瞪住服務生胸前偉大。

「你不說明品牌，我怎好寫單？」

「怕你不肯給我？」

「什麼不肯，只要我們有的，我當然要拿來。」

她臉有紅暈，但仍親切地跟他周旋。

「你若不以為忤，我才好說。」

「只要我們有的，我怎會以為忤。」

「那我就說了，」視線仍瞪住她胸前：

「你的可以點嗎？」

「什麼我的？」

仍未變臉。

「奶。」

她囁嚅著：「那怎麼可以。」

抿著嘴帶笑離開。

「哇！你怎麼點起她的奶來？」

張茱萸驚佩地嗤笑。

「她以為她了不起，開她一個小玩笑。」

黃仍舊一副沒什麼了不起的神色。

去過高級的觀光大飯店喝咖啡後，黃幽園提議去遊打狗的夜市果腹。路上張提及連上幾個較騷包的神祕兮兮地語及要結夥去小夜曲：

「那會是什麼所在？是地下舞廳嗎？」

「不是地下舞廳，是舞廳，有舞女伴舞的正式舞廳。」

「哦！你進去過？」

「去過，沒什麼特別，哪天我們一道去一趟。」

黃幽園家裡開工廠，家境好，手頭較一般阿兵哥寬鬆得多，又慷慨大方。被他約著出遊，未見世面的張茱萸算是開了洋葷，可以去平常只耳聞而不曾駕臨的所在。

到了食肆，他跟張提議：

「打狗路邊攤虱目魚最有名，沒試過吧？我們找一家來叫兩碗虱目魚麵線。」

走過幾家攤子，黃都不停足，張問他：

「那家攤不是賣虱目魚嗎？」

「要找人擠人的攤子，冷落的攤位多半不好吃，人多是因為好吃才吸引人，排隊等著吃的攤子東西流量快，不但味道好，也新鮮。」

他們選了家滿座的攤子，叫來麵線及兩樣簡單小菜。張倒不欣賞虱目魚，嫌刺多，但客隨主便，嘴上還是應和著說好吃。

兩人在路邊攤前邊吃邊聊，張注意到路邊人來人往，川流不息，又大半都是單身男人，他覺得奇怪，不由問黃道：

「這裡是哪裡？怎麼人們不停地來來去去。」

「哈！你看出門道了，這裡就是有名的鹽埕啊！」

「鹽埕？」

「打狗的風化區呀！轉過下條街就是私娼寮與花茶室集中地，連上老士官此刻大約都集中在那兒消磨或打炮。」

「連上的人休假都來這裡嗎？」

張一聽興趣大增。

「他們如果剛發餉，碰到休假，豈不趕快跑來發洩。如果找不到便宜的話。」

「哪裡更便宜，不是私娼寮最便宜？」

「除了街角公園邊的野雞，應該是軍樂園和特約茶室，那些場所只有阿兵哥才進得去。這種由國防部經營，不抽頭，當然是最便宜，打一炮用不著當褲子，是老士官的樂園。不過，我不曉得打狗這邊有沒有這種地方。」

「山猴的相好也在這裡嗎？」張茱萸不由想起山猴和他那根小木棒。

「不曉得，你要去問山猴才知道。」

「這傢伙磨那麼長一條棍子，不怕捅出事嗎？」

「還不是比弄一下，連上那些傢伙癆種得很，平常在一旁吹得神勇無比，誰曉得真的上場是怎麼回事。」

「跟你講個故事，那個找你麻煩的周克昌你知道他的糗事嗎？」

「不知道，沒聽說過。」

「那你一定得知道，這可是連上最寶的事。」黃幽園奸笑敘述：

「你不知道那個周克昌每次一領餉就千方百計地趕著上軍樂園報效？反正，就是這麼回事。有次他一個人跑到軍樂園跟軍妓爽歪歪。不曉得是他那話兒不頂事，或者是小了點，漲不滿套子。結果弄到一半保險套掉了，那個妓女從頭至尾沒感覺套子掉了在裡面。這傢伙癆種得很，提出那名堂後，一聲不吭就溜了回來。不過後來還是忍不住告訴那個老劉，那個打眼鏡耳光的老劉。」

「老劉一聽就講他，說他不能害人，搞不好那女的會出事，他良心難道不會有虧嗎？應該積點德，幫人家解決問題。催他回去告訴人家，想個辦法挑出來。結果這周克昌夠寶的，真的跑到軍醫那兒求娘告爺的借了把小鉗子出來，然後回到女的那裡，大概費了一番功夫把留在洞裡的保險套夾出來。聽說他跟那個女的說明，女的還說難怪這幾天下面都怪怪的。」

黃幽園訕笑著說完故事，張茱萸雖覺得好笑，但他更為好奇地質問：

「難道女的那裡面有了異物都不會不舒服？也不會受傷？」

「哎呀！她們這種貨色都麻木了，每天被人搞上十幾二三十次，那邊的皮都磨成繭，哪有什麼感覺？」

張茱萸聽了將信將疑。

「這些老傢伙就是缺德，老劉雖粗暴，仗勢欺人打眼鏡耳光，但這件事還算有天良，要不那個女的真會被周克昌害到，還不知會發生怎樣的後果？」

在訓練中心受訓時，中心教官及教育班長整日價輪轉著操練冶煉，單兵教鍊、班兵操練、徒手或武器操訓、緊急集合，新兵被操得昏天暗地，時間分秒必爭緊湊得無有須臾空隙，每個新兵都被吼得團團轉，動輒得咎隨時受罰。雖國防部經美軍顧問團建議已逐步採用美式新教練法，取消體罰，不得濫施箠楚。但是非接觸性的懲治，並未減少，更且還更變相演進擴充；兩腿半分彎、跑操場、伏地挺身、著裝攜槍或者只穿內衣褲匍匐前進，處罰層出不窮，班長們更挖空心思地標新立異，譬如抓著私下偷摸抽口煙者，就罰和著自來水吞食整根香煙。戒不掉香煙嗎？那麼讓你吸個過癮，張開口將整包香煙點燃讓你去吸。

乍入軍伍的震撼，畏懼加上驚嚇使得人人神經緊繃得似乎要綳斷，沒有一丁點閒及思想的餘地，腦筋不再轉動，摒棄了思與想，外面的世界整面隔絕，也忘了渴與念。張茱萸事後回想，方才憶及在訓練中根本捻熄平常慣有地對異性的無休止地渴望與妄念。入伍的磨難經驗竟然能使人截然忘掉對性與欲永恆而不會止熄的衝動與煎熬。性的渴慕、衝動與性幻想耽溺阻礙了他讀書或對事物的堅持與恆心，讓他幾乎以為是他意志上永無可能制止的渴望與磨難，然而入伍緊迫地磨難竟然能讓渴想與自我沉醉消殆於無形，他不由思及強烈團體訓練的外力壓迫讓他無知無覺中達到他當初即使為升學苦讀力求心無旁騖卻仍無從泯除撲滅的心魔。

張茱萸從來渾渾噩噩，一向不用功，到了高中要畢業考大學的前半年，才醒悟到考上大學是他惟有的出路，生平首次自發地開始發憤讀書。他母親說他到了十八歲終於開竅懂得讀書是為自己，夜以繼日苦讀不輟，然而聯考結果終如家人所料未能跨進大學之門。但是他雖未如願考上大學，半年苦讀的成績卻帶給家人相當地驚異，因為他的放榜成績竟達到分發標準之上，足可以進入幾所吊榜尾的私立大學。可是由於他的麻札不用心，填志願時不肯多花時間與心思，不肯參照去屆分發資料填滿所有的學校，只按興趣填了幾處他想進的學校，結果考試成績雖然達到分發標準可以進入數所私立學校，卻也一樣落榜。

他家人向來認為資質不會不如人，這回更只能惋惜他做事不實心踏地，不肯詳查資料好好地填滿志願，雖然好不容易讀出可獲錄取的成績，卻也來不及了，只有徒呼負負。

意志不堅是他的缺憾，參加聯考的苦讀，使他首度體認到自己的堅持力與潛能。他求學與學習過程都不是愉悅經驗，失敗與中途棄手是他習以為常的慣例，高中畢業後，次年仍未上榜，兵役年齡已屆，入伍徵集令終於來至。入伍之前，他暗自悔悟自己欠缺堅持與執著，他讀書不專注老為浮念飄動不居所苦，抵禦不過欲念浮動與渴望，他清楚失敗關鍵所在，恨惡用功時常為心意飄逸開來所苦，他無法克服或對抗心內不時颺起飄升的淫慾意念，入伍之前，他甚至以為飄搖之欲念是他永無可去除的心中之惡魔。

可他也並非十分以為憾，隱密的愉悅畢竟還是他生活上的安慰與私密的快樂，雖只是一時愉悅，隨後的悔惡使他極為不堪。但每當事過境遷，他也並不以為礙，反而在悔怨之中領略以之為生趣，是種生活想望的寄託，生活之盈足與餘裕即存在於忘憂與怡悅之間。

自訓練中心結訓，分發進入軍中服勤基地，他隨即想開了，雖極不適意，可也不能不算是種生命的轉進。他漸能體認環境與自我的重疊，雖未能如林景山般注入現狀，生命沉淪於此一段時間的喪失，冀寓一年七個月後，他還可再生，充員們全都冀望退伍後的往前盼顧。他的年紀尚不足以讓他體認何去何從，他顧不及遙遠，前程只是即將浮現的遠景，他唯有一心仍寄寓於考上大學。他的家境尚可，高級公務員家庭出來的子弟，人伍當兵更逼得他體認要讀書進大學才是他的出路。張茱萸覺悟逼到絕境使他真正地甦醒，要在軍隊裡利用機會切實用功，準備東山再起退伍後再考上大學，他相信自己一生很有可能前程遠大，此刻他直視考上大學為自己唯有的前程，雖然可能有些晚了，但並不是不能挽回，而且退伍重考以退役軍人加分更會是對失足墮落的考生優惠。

受完訓進到部隊，隨著環境改變，新兵訓練的緊張與怖懼不再，他的欲望與渴想也開始復甦，然而並不是立即拾回那暫歇的心魔，他覺得此刻即使有意念也不盡相同。雖是欲念與妄想可以說是因較空閒的生活環境重新拾回，也可說是心情逐漸調適回疏馳怡逸。然而軍隊的團隊生活諸多不便，逸想不能如家中或學校時那般恣意。一方面也是由於年紀增長讓他較能區隔，想像的女人根本不存在，只是渴望和空虛下幻想出來的虛無身影。

他比類著覺著有如餓著肚子睡覺，夢裡就會出現食物；憋尿上床，夢裡則出現尿床的情景，雖實際上由於緊張及本能反射並不會反射出來。幻想著歡愛睡去，與異性交媾就會出現。他的女人，只是幻想出來的幽靈。他不再願意耽陷於想像，決心體驗真實，他一定要見識真正女人與身體。與同僚間耳濡目染確讓他欲念復甦，更燃起熱衷地渴望與沉迷。嫖妓是營中公開的祕密，當然窮充員兵有人把上女友等情事，那更是讓人艷羨的美夢。

張茱萸青春期已長得高大俊朗，可是遲鈍與靦腆使得他從未接近親人以外的異性，然而縱不敏感可不曾因此稍減對異性的愛慕與喜好，他深自體會心火自慢煎暗熬而逐漸渴求急於冒險上勁去探索真刀實劍的接觸。黃幽園知會他鹽埕這個所在，更使他食指大動，暗忖偷渡潛往開苞之計畫。他尚無法像別人公開而共同嬉戲態度的方式來對待自己這方面的嚮往與發洩。

現在廿歲了，他尚未曾接觸過異性，雖然如此他卻不能領略人們說的「處男」有何意義，世上有處男這回事嗎？男人不像女人，沒有那層膜如何能讓人生出確切的區間？第一次的區別何在？他應有第一次手淫的印象，清楚記得那麼回事，然而又不是那麼明確。手淫可能是耳濡目染學習得來的，在之前，就有了夢遺，從知事之前，性就要了他的命，幻想得要命。少年人的想望與苦惱，在學校其間，性這方面是少年人第一關注的事，同學們講得天花亂墜，眾說紛紜，誇飾的成份多於實戰經驗。

男人的第一次不算什麼？欲念高漲之下，他早已急於去風月場所發洩，廿歲還是處男會太矬嗎？他早已一再安排要去進行第一次。現下黃幽園既已告之地點，他決計去鹽埕嫖妓，他帶來的錢都存著等著用以一擊。性由於口舌間習於不斷地詆毀狎侮容易泯沒其間的界限與區間，性對未經世事者言，可是一連串的摸索與嚮往。

張茱萸憶及他上國中一二年級男女不同班，嚴禁交往，從小學嚴別男女之隔閡益增渴想。最讓他生出遐想的是上生理課的女老師，他們的老師是個肉感的主婦型老師，有個同學每每在上課時在球鞋上置面小鏡，試圖從鏡中倒影窺祕。那人說老師每次上課都換穿不同顏色的內褲，後來人人要那人細述，卻沒人相信那樣的小鏡映照得出女老師著內褲未？他們是男生班，全班迫切地等待最後幾堂課女老師如何照課本描述生育過程與男女性器官的模樣作用與區別，但女老師就是不講，拖到最後一堂才簡略地一兩句話帶過。

他又憶及班上有個叫小癩子的，專會被大個子的指使去掀女生裙子，女生雖見著他就罵討厭，可平時又對小癩子蠻好的，常拿零食給他。最後小癩子終歸還是被告到訓導處，記過後，小癩子就再也不接受挑唆去掀裙子。張茱萸最早得知同學間發生關係也是在進入高中住校時期，他們班上的一個男生跟當時最風騷的女生夜裡兩個人跑進學校山邊的山洞裡去，被知情的舍監逮到，男的當時就被舍監痛打，學校把他記過後開除，女的卻沒事，有人說記了暗過。因為認為都是男生惹出來的麻煩。但張茱萸有次一人留在教室裡的角落看書卻親眼見到一齣好戲，他們班上混太保的大帥哥竟開口向一名叫「大奶」女生要求摸她的奶，大奶竟配合著讓那人撫摸，他才覺悟關於這種事女生也非全然被動不可。

他與女生幾乎全無接觸經驗，所以到了廿歲，尚未經人事。同學中活躍大膽的，早與異性有接觸，一道出遊開舞會。張茱萸木訥呆板，整個國中與高中期間都沒有人會帶掣他一道去參與與異性的交際。唯有的與異性接觸，是在火車上幫同學傳字條，眉來眼去之餘，他那個同伴費力地折了張特別難展開的情書，可是裡面竟是空白的白紙。

聯考沒考上，他父母問他準備作何打算？認為他該進軍校，他堅拒。經過了大學聯考戰役，張茱萸反而有信心，他相信再給他一年加緊準備絕對可以考得上學校。但是中學畢業快一年多了，考也考過，是他自己考不上，家裡不能永遠養著他不做事。在父母壓力下，他沒法再躲在家的象牙塔裡面，不得不出來設法自謀生活，父親說他沒出息，逼得他賭氣找樁起碼的事情來幹，只要找到工作至少也表示他尚能獨立生存。他的好朋友同學家開的毛衣出口工廠願給他機會，於是他找到工作，做了工廠裡的一名職員。他考上大學目的並未嘗動搖，做工打算的是，這樣做不僅可以自謀生路，同時也為著來年準備重考。

張茱萸在同學家毛衣廠的工作是工廠大門門房，事情並不如他所想般的單純如意，毛衣廠是夕陽工業，利潤單薄，靠得是密集勞工，工廠常年加班趕出貨，經常廿四小時亮燈開工，工作時間長。他與另一位退伍軍人兩人輪班，每人每天都得顧門十二小時，全日看守女工進出打卡，和登記工廠倉庫成品與材料進出。他負責晚班，有家室的退伍軍官做日班。還好夜班事務少，他可乘機利用時間溫習功課。有家室一下班就忙著趕回去，他則食宿都在廠房內，對張茱萸而言，是解決了他全部的生活問題。沒人願夜間通宵上班，他可求之不得寧願上夜班，為著好乘隙偷著K書用功，工作之外，只要不睡覺，他將餘裕下來的時間全投擲在加緊複習功課上，為來年背水一戰。

工廠環境嘈雜哄鬧絕不是能讓讀書的場所，但他沒辦法，日夕待在工廠裡，別無選擇。機器嘈雜，噪音聲浪膨大，從不間歇地持續地侵襲凌越整個空間時間。最難過的是收音機裡傳來的流行歌曲，燙衣工人工作時身旁不能少掉播放的收音機，歌曲、廣告及插科打諢永不止歇。為了壓倒機械的單調嘈雜，收音機聲響更扭到最大聲量。縱然如此，這回張茱萸堅定的意志可勝過環境不適的迫害，竟然抵禦住所有的噪音與干擾，他謹慎地避人耳目斷斷續續地點點滴滴地吸收一年多來一再重覆讀過的課本及補習教材。

這種環境下，怎麼也不可能心無旁騖，縱滿心不願意，他逼得去體會工人階層的生涯。他不是生產人員，因此可以用一種較為旁觀的身分來體會或觀察女工或其他男工的生態與社會結構。他親身體會到工作中的升斗小民，尤其工農階層是社會的基層動力，他感到整個富島都植基在這股基層人口夜以繼日地努力生產下。富島逐漸上升的經濟力量原來就是這些升斗小民為生活拼命打拼的成果下，他開始感到所謂上層社會與人物其實都是邀天之功，事情原本出發點並不是在於上面人的議論與策劃，只是因利乘便，整個國家的外貌都是因勢利導，真正產生的面貌與貢獻都出於下層社會的自謀生路與機變，他逐步體驗到所謂共產主義與工人無祖國的真正涵義，現在或向來的社會是靠下層人民的努力生產堆疊而成，成效與功績卻全歸上層階級獨享。

張茱萸首次工作經驗使他感到被逼著離開求學的象牙塔，開始接觸到生活，也接近為生活拼搏奮鬥的廣大群眾，他開始知道出了學校之外的世界。他為工人們的生命力與質樸動容，他逐漸感到可融入受教育不多的人群裡面，也開始喜歡那些充滿生命力的女工，由於她們的生平，他也能體會生活與壓力。她們永處於繁重的工作之中，永遠被逼著趕貨加班，幾乎老是睡眠不足，老是怨聲載道。

最使他感慨的是廠裡十數個號稱養成工的小女工，她們才十歲出頭，模樣小的甚至不足十歲就為著貧苦家中生活需要，被逼誘勸募來工廠賺取微薄工資。張茱萸以他課本上讀來的十八世紀西方工業革命的描述，為小女工嘆惜，小小年紀就得輟學埋身工廠不人道的待遇與沒有歇息娛樂的工作環境之中。

他的同事，另一看門人梅先生卻直截了當打散他的人道主義痴想，梅先生說養成工來到毛衣廠做工還是她們的造化，也是她們家裡的體恤與顧惜。不然像她們這樣出身的女孩多的是送去風月場所像是酒家、茶室之類賣身。更不幸的甚至淪為雛妓，很多這樣家庭的父母為了多得錢完全不為女兒著想。

聽梅先生這樣一說，頓時讓他放棄他的理想主義，也理解到鄉村貧賤小女孩的宿命，雖然他還是認為她們的童年被剝奪得粗糙又惡劣。工作壓榨掉她們每日所有的時間，小小年紀就埋沒於每日繁雜單調的沉重工作之中，生活與居住環境擁擠又貧乏，工廠由於她們年紀小聽話更是無分日夜地壓榨她們的勞力，加班超時她們永遠有份，趕起貨來，經常讓她們一週睡不上幾個鐘頭。

但這些還算是孩子的女工，她們自己相互間聚合在一起，工作與生活形影無間。張茱萸每天看著她們進出工廠打卡爭吵嘻哈，工時長，工作重，可她們仍然活潑開朗，相互間仍保有那個年紀小孩的愛嬌與嬉戲爭執。她們確實能在極度沉悶單調的日常生存活動裡面，仍能設法找出歡悅與快慰。

張茱萸每日見著她們小小的身量來到門房桌前搶著爭取自己的卡紙插人打卡鐘打卡，不多久就能認清她們每一個人，他也跟著逗趣戲謔。小女孩最先都有戒心，臉上冷淡地擺出防禦面孔，但一旦相處日久，有所熟識，她們會較誰都來得誠摯親近。她們及早走入社會，讓她們及早就理會男工們挑逗戲謔，激起女孩愛嬌的嫵媚。

由於她們稚拙可愛，張茱萸不由自主地對她們萌生喜愛之情。他貪慕其中面目可人又不時顯露天真嬌憨的小女工，小女孩臉龐雖可餐，但由於營養不良或是及早投入生產線，卻使得發育不佳，難得有身段撐展可觀的身架。

會讓他動心的是大群女工內浮凸出現標緻女工，登樣的女工多是契約工，這樣的女工年齡也與他較接近。契約工多半由於先前工作的累積，等到累積足夠的積蓄之後就能自備縫衣車台。為著增加收入，她們也是不息地加時加班地工作，幾乎所有工廠裡的員工都無分例假不論白天晚上地趕工出貨，工作內容容或不同，但都同樣地不停歇地車毛衣、洗燙衣物、用小貨車跑鄰鄉收集代工半成品。

契約工較自主，覺得吃不消，或不想做就可以不做。而工廠裡面雇用的車衣工就沒那麼自由，雖不像養成工小妹們那樣無日無夜地使用，但也同樣為夜以繼日的趕工。養成工在未熟練成車衣工前，做的是衣廠裡的雜活；繡補、搬運、整理，清掃…諸凡工廠裡面非專屬的工作一概屬於小妹來做，小妹們就得無分白天黑夜永遠埋首在廠裡加班，但是無論年幼年老任何人要幾天幾夜不睡覺在工廠裡不歇地做活同樣吃不消。

毛衣廠女工是跟時間或睡眠搏鬥的工作，每當女工們帶著一臉疲憊來到門房的寫字桌前打上下班卡鐘的卡片時，張茱萸不免會問她們怎不繼續加夜班，女工們幾乎都會異口同聲地回答：「凍沒掉，人不是機器，車著機器，站著都睏著了，沒稍睏沒塞，一定要回去睏覺不可。」

女工們夜以繼日地車衣繡補，也和洗燙的男工們一樣，身心得沉浸於車衣機旁自備的廉價收音機的播放，來抵禦單調辛勞而漫長的工作。工人們幾乎任何時刻，即使是午晚餐或憩息時一樣地不關掉地收音機播放著的閩南語歌曲。嘈雜的機件馬達與種種喧鬧聲下，張茱萸也跟著聽熟了翁倩玉、蔡咪咪、文章⋯等人的歌曲，縱他強迫自己心思放在書本上，可是廠房生產線上不息地傳來的往往復復播放下的流行歌曲終也讓他不由自住地聽得滾瓜爛熟。

毛衣廠裡並不全是廿上下的年輕人，年齡較大女工也有一些，但大多數都是十幾到廿的求偶年齡層女子，張茱萸心動其中面貌姣好的兩三個女工，那兩三人在他面前流目顧盼，而且刻意與他接近，使張茱萸自得地以為彷彿所有漂亮女工都在對他示好。但是他費勁地抵禦女孩子的示意，他的目標不在此，大學的願景逼他忽視眼前的誘惑，但是從這裡面的挑逗，卻帶引起與異性心電式的接觸，他暗中感到極度愉悅，他領略異性垂青的滿足以及與之接觸交談因之而生的喜慕與暗中的心意浮動。可是他心結難解，他雖未考上大學，只是個高中畢業生，但他可不會認同與程度較低的女工進展或交往。他雖從來不是個好學生，可卻由於家教關係，很有士大夫門第之見，他無法不嫌棄女工們受的教育有限，不說心意不在此，他心底裡根本不願讓進一步交往的可能發生。

5 誓死效忠領袖宣誓大會師

萬壽山原名為野山，自日據時代沿用下來，由於韋大統領的南部別墅位於野山之下海岸邊的半月型沙丘，因之省垣早年藉祝壽之名改名為「萬壽山」。憲兵第二連遷移上萬壽山，雖號稱整飭培訓，但是由於操場狹小，加之又是跟統領府侍衛室和警官隊等單位駐紮在一起。一棟日本式屋宇，三個單位聚在一起，聲息相通。那兩個單位地位特殊是最高領袖貼身侍衛，少將銜的侍衛長是特勤單位裡面最高階的首領長官，一出特別勤務就是掌領並節制所有執特勤任務單位的最高協調人。跟這樣地位的將軍同住一棟屋簷下，豈不令憲兵連的官長戒慎警懼。

這兩個高層單位不似憲兵連，下面沒有小兵當差，單位內所有服勤人員都是軍官，由於執掌最高領袖安全的特別勤務，單位內人員不著軍服，多半一襲中山裝不配帶級別符號，可是絕大部份成員皆是校級軍官。凌連長一來到官長雲集之地處處小心翼翼，謹言慎行，不敢亂生主意，沒事不但不像在山下做隊長時隨時糾集全連士官兵出來集合出操或訓誡，還一再叮囑連上人員絕不許沒事喧嘩叫囂，惟恐驚擾到侍衛隊人員，萬不能引來上頭講話。連長他自己更是除早晚點名，沒事都縮在房間內，噤若寒蟬。

朱排長不似連長，他當兵已當到家了，老油條一個，不相干的官、管不到他的人，他才不在乎哩！他看著全連士兵不整不訓，反而提醒連長既然上得山來號稱整訓，怎能讓士兵

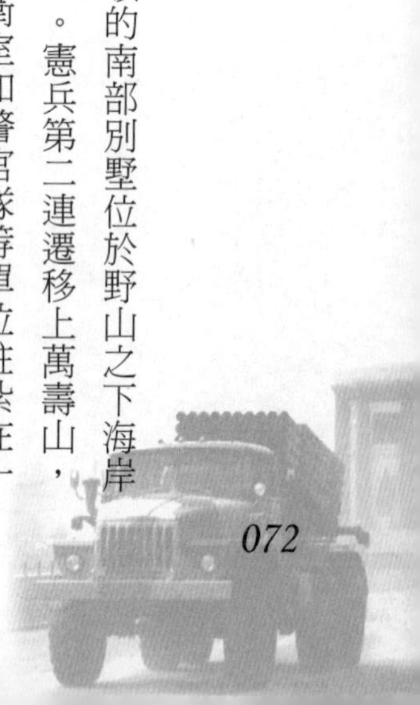

閒在一旁？他提醒連長每天說什麼總得集合全連出操場操一操、訓一訓，要不就有違陸軍操典，兵丁平素若不操練就會生鏽，懶散下來不說，甚至搞不好會生出事故來。但是老K謹慎小心成性，懼畏上面會有意見，直截了當回絕排長，推說地方小，不好出操。

他更進一步告誡朱排長：連隊一來到山上，侍衛長蔣少將就招呼他過去，知會連隊出操集合可不要鬧得嘈雜喧嘩，要注意山下面是西灣官邸，大家一定要注意絕不能妨礙到官邸的安寧，平素起居要弄得像沒有駐軍駐紮在附近一般，否則下面反映上來，後果堪虞。

連長既然這樣說了，豬排沒得唱了。但臨走還賭氣聲明：

「我只是個排長，管不了大事，現在只不過盡本份，不讓全連士兵貪懶下去。你們上面看著辦吧！既然沒我的事，我管不著，到時出了問題，那時就不要找我接手。」

朱排長把話撂開，連長不睬，裝著沒聽見。老K權衡事態，當然不受要脅。管你排長再跋扈，總得聽他的。

豬排在連長那兒碰了個沒趣，頗不痛快。老K向來沒主意，朱排長意見難得會被打回票，連上種種事務向來都由得豬排大權獨攬。這回老K竟然堅拒他的提議，使他很不順氣，連長講出來理由固然有他的考量，可是即使蹲在侍衛長眼前，也不是就讓你們一連人蹲在山上動也不動，什麼也不做？哪有來整訓放著一連士兵，訓練也不訓練。說穿了，還不是連長膽子小，生怕出差池，此刻竟然捧著侍衛長的一句話雞毛當令箭。

連上其他人不是預官就是下屬，資歷地位皆不如朱排長，在老K面前吃了鱉當然不會跟底下人宣洩抱怨。連上階級高於他的唯有甫受訓回來的于輔導長，照朱排平日作風也不可能跟輔導長談論自己乖忤之事，但這回連長一口否決他的計畫，使人鬱氣難消，找不到人吐苦水下，竟然過來輔導長房間，找輔的述說連長的不能擔當，話一多說兩句牢騷也就迸發出來了。

他挑明地譏刺連長迂腐怕事：

「凌咨雲哪能這樣昏庸懦弱，放一窩兵蹲在半山什麼也不做，老于你看看哪有這樣帶兵的，沒事也會讓他窩出事來。」

輔導長當然不會得罪連長，不好公然附和。可于重陽這人向來是見人說人話，見鬼說鬼話的，最懂利用情勢，拉攏人的。朱排長是連上一把抓，既然上得他門來，他怎不順著來人意思附和贊同一番。他更明白朱排上得山來，沒能大展鴻圖整兵操兵，悶得無趣。因此排長的牢騷，他雖不出聲發表意見，卻都點頭認同。

朱排一見對方也贊同他，乘機把一肚烏氣都發作出來：

「一連士兵你怎能讓他們閒著不操練，七十來個人，窩在一起，到時候，不生事則已，一有事，他只會拉著我叫嚷：『朱排長，怎麼得了？怎麼辦哦？』。」

朱排長說得這麼明白，于重陽聽罷忍不住吊句戲詞來附和，說連長是「要唱沒勁，要打沒味。」豬排聽了，大為窩心，忙不迭地點頭稱輔導長這話說到心眼裡去了，連長就是這號人。

事情演變成這種情形，全連到齊，士兵聚在一起，四十多個充員兵，勤務只需站三班衛兵，吃飽了沒事幹，成日晃晃悠悠，著實便宜大家。不出操，唯有叫俞排長帶著整理環境，但也不能成天掃地拔草的，同樣也會礙著官長們的眼。

小兵們閒下來，沒事幹，自然私底下變著花樣活動。不能賭拱豬，有人背地另行出招照舊賭香煙或零錢，可是沒工具猜拳等賭法總嫌單調，動腦筋的想到就地取材，最先是丁孝燦逗山猴，說山地人連蛆都吃，敢不敢從樹木花草裡找到的蟲子螞蟻飛蛾來吃，山猴乘機要求拿包香煙出來他就吞下肚。

見這個好賺，有人出價，就有人出頭願意拼著噁心反胃來生吞種種不經的活物，先是生吞硬樹葉，長刺的花卉，反正只要吞下的就換來兩三根煙，何樂不為。賭開了，挑出來的賭注異物就愈來愈刁噁。敢死隊裡面丁孝燦和分隊回來的顏學銘最敢，尤其小廣東顏學銘什麼都敢吞，只要你找得到的，他無有不含入口中吞食：蟑螂，有人弄來的毛毛蟲蜜蜂螞蝗銅角子、甚至活捉的小蜂鳥都敢吞食，他成了連上一號吃蟲子賺錢的人。

旁觀的人見小廣生吞活嚥贏盡賭注，就笑話拿錢跟廣東人賭，要喊出賭注的，就虧了，什麼異物廣東人不敢吃。

眼鏡也湊和：

「對呀！小廣東哪有什麼不能吃？天上飛的，除了風箏，地上走的，板凳不吃。你們這些小case怎難得倒他。」

結果好景不常，接下來一個禮拜小廣東都在鬧胃痛。周克昌罵他要錢不要命。不過還好，討了點胃藥瀉藥，瀉了一天，也就復原沒事，這樣的日子與環境，不出操，不集合聽訓，不僅充員兵得其所哉，老士官們也過得自在，上得山來整訓，不想竟然不整不訓，修來的好日子，讓人感到不像在軍營裡被操，倒像退伍還鄉過家居生活似的。

全連官兵滯留山上號稱整訓，卻又不整不訓，不僅朱排長眼看小兵閒蕩得眼冒金星，不曉得他們這第二連待在山腰上為的是什麼？實情是，不僅排長悶在葫蘆裡不知所以然，連他們連長也只知模模糊糊地在待命，可怎會是讓他們渡假逍遙？果然好景不長，把一連兵儲備在山上怎會是讓他們渡假逍遙，做了憲兵就別想日子悠閒好過。一整連人馬配備在領袖別墅旁邊不會沒有任務，只是暫時的空檔，上面的臨時任務尚未下達。

第二連上山待命用不了多久，待命的任務就布達下來；原來防護最高領袖安全的侍衛長調他們上來為的是要把他們連隊配備在大統領侍衛室及警官隊之下，準備萬一大統領南下到各地出遊或散步時當用來沿路站機動武裝勤務哨。便衣隊是暗哨，他們就是明哨，是臨時準備配在南部的特別警衛連，用以相對應於北部官邸常年駐防的憲兵特別警衛營。

領袖華誕將屆臨，侍衛室援往例都會先行籌劃領袖可能採行的慶壽行止，預先在重點地點防範準備，恐一時大統領下來不及調動人手布防。照以往慣例，韋大統領正大可能仍會避壽南部。所以侍衛室先行在打狗地區備下先遣隊伍，凌連長是首次接受這個侍衛室祕密安排的任務，不到命令下達時刻，連長也不可能知道勤務內容。

最高領袖性好遊山玩水在全島各地風景頂出色的景點皆圈地作行館，一年四季行止居停向無定規，全憑一時興致喜好或由夫人陪往或單獨前往徜徉各風景名勝地行邸。或尋思國家大事，或接見黨國元老耆宿故舊及各行各業領導人，或者召喚重要機關僚屬前往簡報，聽取並討論治國方針。由於領袖年事已高，以及健康情況逾下，多年來政務都歸太子國務院韋光明總理一肩擔負，尤其這兩年來領袖壽登人極等於已退居二線不再視事，只負責大方向之督導與監察。民間也傳言老韋已是百歲耄耋老人已不可能治事，整個國家事實上早已是權傾天下的小韋的天下，而小韋自扶正為正總理後更名屬相副地當家主政。

最近四年來大統領避壽選的都是打狗西灣行館，因大統領認為這時候南部天氣適宜，而且西灣行邸最為寬暢廣闊，是除大統領府所在地大城市之外，地域與館舍最寬大的官邸。四週境濱海臨山，風景絕佳，更且地居富島南端遠離全國院會所在北端的大城市，實屬避壽最佳的地點。

雖屬避壽，然全國各階層領導人、社會賢達、文武百官為感戴領袖一生為國辛勞，領導革命抵禦外侮功在國家無論如何都要前來表達感戴的赤忱，領袖雖體諒國事維艱，不允舖張，但親友、重要僚屬以及長年下來的故屬舊友仍趕著前來祝壽拜謁，府內掌事不得不為之設壽宴廣為接待。

這一年尤其重要是領袖的百齡全福大壽，全國軍民咸感難能可貴，全世界哪有百齡松壽的領袖，上下一心一意全擺在籌備盛大慶賀普天同慶。但是上面遲遲未表明今年該如何慶祝如此最重要的華誕。孝思不匱的韋總理也發布告示，表示領袖雖體恤民情按慣例仍堅持避壽，然領袖百齡華誕實屬更不同往年慶典，是中華民族百年不遇的偉大際合，更是群情沸騰的光榮慶典之日，人民的愛意與敬仰不會罔視不顧，他代表大統領順應民情接受全民盛大祝賀。

由於韋總理作此聲明，治安單位更不能確定今年將是以如何形式慶祝的祝壽慶典。不能決定是否如往年巡自在南部部署避壽的治安準備。凌連長只不過是調上萬壽山準備執特勤任務的初級單位，當然更不可能探得上面計畫，唯有等候命令來決定行止。

雖然中央當局遵囑大統領意願，未曾展開積極籌劃的慶賀行動，但是人民有幸得逢堂堂全國最高領袖大統領九九晉百的壽誕這樣亙古未有的舉世歡騰的大事，全國上下豈能不普天同慶？政府各級機關、地方政府以及全國士農工商各界無論出諸自動自發或上面示意或者為巴結表態都已如火如荼地全面展開慶典籌備活動。

這時全國的報章雜誌電視和廣播沸沸揚揚無不傾全力以刊載宣揚領袖的偉大事蹟以及百齡華誕這歷史上空前難遇的榮典。媒體一致號稱是自中華民族有歷史以來五千年不曾得遇之偉大際合，全國各地政治覺悟度機敏的縣市或鄉鎮首腦已率先大舉張燈結綵開始籌備大肆慶賀。一向倡言儉樸治國的韋總理值此百年不遇自己的大統領父親的偉大日子，也順應民情一改往日作風，不但不反對舉國舖張慶賀，反而默許暗示親信盡可能張揚舖張來擴大祝賀。

因之中央及各級地方政府趕緊極力表態逞能爭寵，教育部長首先上書閣揆報請核示各級學校放假一週慶賀盛典以示擁戴領袖與恭祝百歲華誕之忱。接著各部會首長更是無不競相出招表態比疏效忠輸誠；有發動部屬簽血祝壽者，有上萬言書呈請中央當局如何乘此舉國軍民一心表達效忠領袖國家赤忱之際，加緊向國際宣示我國民復國建國的決心，更有各縣市發動全國連署千萬人簽名祝壽恭賀領袖政躬康泰。

民間各個商會工會更是以空前的企圖來表示會員與員工歡騰與效忠，無不藉以向中樞表示出他們的赤忱與熱切，變著花樣發動各式各樣的慶賀活動與全民捐款祝壽運動，用以添購武器與國防預算，以達成大統領心願，反攻大陸，重光神州。商號工廠更不後人，莫不利用商機別出心裁製造種種喜慶與祝賀的飾物，所有主題無處不是競以「百」字為設計圖樣。

軍隊裡更是不後民間國防部令全體服役及退役軍職人員亙凝聚全副力量全力表態忠貞效命，空軍官兵勤練百機大穿梭串聯，訓練精良傘兵編隊準備在空中百人大跳傘在空中整合現出「百」字傘兵傘陣，原先尚有難度更高的「壽」字祝壽表演，但隨後放棄繼續操演，軍中傳聞是操作或掌控困難，以致傘兵之跳傘一再糾纏失事，先後損失四名傘兵，因之逼得取消「壽」字空中大集結，僅以百人百字空中集結表演。此外尚有海軍百船艦艇編隊海域大巡行，大統領府前更有百隊百人大遊行。總之無處不呈現出百字，那一年是百字年。

全國到處都是橫過街面的橫幅，牆上都是祝壽標語。無論繁華的市區，鄉鎮小街全都滿布了百字祝壽詞、松鶴延齡、種種百壽圖考以及不同類型的歌功頌德標語，大街小巷一片百字，富爾摩沙一時成了百字島。

甫從一等兵升上等兵的黃幽園雖位低職卑卻獨對滿街祝壽標語及口號不以為然。他攻訐這種現象，暗中跟張茱萸詆譭地說：

「標語與口號就是獨裁政治的共通特性，獨裁就是愚民，把人民的知識或者認知能力捻熄到一兩句空洞口號來概括麻痺。」

大統領百壽華誕當天富爾摩沙全體軍民將用最熱誠的祝壽表達對大統領堅強地效忠與擁戴大統領英明的領導，同時舉國上下也以一年一度狂熱的慶賀大統領萬壽無疆，展示全體軍民一心一德對大統領導全體國民反攻必勝革命必成的決心與信仰。可是對於今年領袖萬壽無疆百齡大慶典，以身體需要靜養為由堅拒公開出席群眾歡呼萬歲賀壽場面，大統領與大人體戴時艱仍維持原議，照慣例避壽南部的西灣，但中央及省垣的慶典為使全國人民得以表達向心力與對大統領的熱誠感戴，則仍如往年由閣揆及省長自行負責舉行。

層峰一經確定決定仍如往年往西灣避壽，情治單位立即展開調動與布署。首先就近擇期在打狗大體育場召集所有有關執勤單位全員參與誓死效忠領袖宣誓大會師。

效忠大會是日，南部地區所有執勤單位大會師，無論軍警明暗所有部隊都集合大運動場誓師，等待上峰宣布勤務重點及責任區分的重點，並且進行全體效忠領袖宣誓。

萬壽山上的憲兵連全體官兵一晨即全員整肅著裝攜帶拭得亮晃晃的武器由三部軍用大卡車凌晨出發趕往打狗體育場，抵達場地後，立即在場外列隊排班清點魚貫入場進行宣誓效忠大會場。場內浩浩蕩蕩滿滿地容納下五萬餘各類軍種，依行列整齊排列。全場軍警衣著鮮

明，各個不同的單位身著不同軍服，各色相間，蔚為壯觀。憲兵隊伍白盔黃軍服，憲兵是領袖的鐵衛隊，幾乎全打狗的地區及配屬各軍種部隊的軍中憲兵隊伍都參與。雖都是憲兵，軍種不同，服裝不盡相同海軍是白色水兵制服，空軍是藍色軍服，相同者的唯有頭上白膠盔。

由於已入冬，警察隊伍已換裝一身黑色制服。五萬餘人的執勤隊伍絕大部份制服整齊鮮明，然尚有大部份單位非戎裝列隊，這些單位著中山裝不戴帽，這一類人員多半是情治單位的人，情報局、調查局、警官隊以及侍衛室的人員。有些單位非憲警也非情治單位，應來自部隊的隊伍，這一類人著的仍是草綠色軍服、布軍帽，手中拿的是較沉重的正大式步槍。

會議由南部軍管區司令部主持，隊伍集結完畢，正式儀式程序開始，由軍管區執行官長主持集會儀式。循例各隊伍由帶隊官長整理隊伍，點報全隊參與人數。唱完國歌、升國旗後，恭請司令校閱，司令及諸陪校諸長官分乘三輛軍用吉普，巡閱全體部隊。校閱完畢，司令隨即上台接受執行官彙報行禮，禮畢再登上講台準備進行恭讀遺囑和訓話。

校閱執行官待司令進入位置，即行配合厲聲高喊：

「立正！」

全體肅立

「恭讀國父遺囑！」

司令整冠立正於遺像前，盯住遺囑逐字恭讀。

讀畢，執行官再喊：

「宣讀總理訓示！」

司令轉身後，面向全體執勤官兵用江浙口音宣讀總理訓示：

「總理訓示揭示我們偉大的最高領袖，人類的救星之百齡松壽聖誕的十二月十二日即將來臨，是日是自有我中華民國以來最光輝燦爛的日子，也將成為我中華民族最值得紀念的一天。我們偉大的民族救星，帶領全國軍民，清黨建軍，重建國民革命軍，戡定內亂，削平軍閥割據，統一全國。歷經艱難困苦，不畏強權，抵禦帝國主義者，擊敗侵略者，重光華夏，大統領一生都與帝國主義與共產叛黨作生死搏鬥。建立復興基地富爾摩沙，歷經艱難險阻，排除萬難重建反攻復國根據地，振興經濟，帶給人民安康樂業，功業蓋世，是全世界無與倫比的偉人，是拯救中華民族的救星。現在天佑十億中國人民，偉大的統領即將統領全國軍民渡海戡平叛亂，重光華夏，解救大陸同胞於倒懸。值此偉大領袖百齡誕辰之際，我全體軍民敵愾同仇，同心一德，普天同慶大統領萬歲！」

肅立的全體三軍立即不約而同地同聲暴起：

「大統領萬歲！」

司令再呼：

「萬萬歲！」

全體三軍齊聲應和：

「萬萬歲！」

齊聲向領袖祝萬歲，執行官再宣示：

「校閱官訓話！」

司令濃重的江浙口音再響起，下面似無人聽得懂司令的訓詞。反正不外是全體執特勤任務官兵，勠力盡忠職守為領袖安全捨身守護…等等。

「宣誓。」

全場肅立，全體軍警齊聲隨校閱長官逐句跟隨宣誓，司令長官吟誦一句，下面全場員警依序背誦誓詞。來的誓詞，全場人員順遂地同聲跟隨司令複誦，所有官兵員警事先已於營區背誦得滾瓜爛熟，全不需聽懂司令的鄉音，自行如回聲般整齊劃一地嘹亮接口覆誦。誓詞如次：

「余陸軍幾等兵（或某軍士、或某等級軍官）某某某一本國民革命軍人精神，誓以血誠，效忠領袖。在此某某場地，監誓官陸軍軍管區司令某某某及南區全體在場官兵為鑑證，宣誓以小我來維護大我，以生命血肉來維護最高領袖之安危，誓死在任何情況下絕對以身體為領袖擋槍彈，以領袖之安全為唯一職志。中華民國某年某月某日級職某某某宣誓。」

宣誓之前一週，連上在輔導長幹事監督下足足花了兩天背總理訓示及誓詞。背不好的，輔導長加強教育。晚自習輔導長逐員驗校，對一伙背得咬螺絲的充員兵，則嚴詞苛責。

大致上充員兵不成問題，老士官們大半背得則是挪東漏西，輔導長對他們卻是睜隻眼閉隻眼，尤其是對帶班的班長們更是有見沒有到，全都放馬過關。老士官裡頭不乏背得熟的，那些人又得意的像小學生，朗誦不輟不說，還刻意找著充員兵來比拼，看誰背得又熟又快。

充員裡也有一小撮人一直背不熟，張茱萸是其中之一。熄燈號響後，仍不讓休息，命令留在餐廳繼續背誦，要背到輔導長滿意才准回寢室。拖到半夜還有兩三人不合格，最後弄得輔導長不耐煩地斥責起這兩三人：

「你們這些人怎麼這麼笨，背了兩天還吞吞吐吐，嘴裡頭還像含了顆滾燙的紅薯，到底怎麼回事，你們腦筋真個都是通條嘛？」

顏學銘不服氣，指出班長們背得更不熟，平常滿和氣的輔導長一聽，火上來，劈頭就罵開：罵他是什麼革命軍人，怕難畏苦，連最基本的誓詞都背不好，碰上緊急情況怎麼辦？為領袖擋槍彈豈能容一點猶豫。班長們記憶差一點，一時背不熟還情有可原，你們這些人不背得滾瓜爛熟，怎能算是領袖的鐵衛隊？

張茱萸還好尚不是熬夜背不熟的那三個，其實背誦誓詞對他本不是問題，當兵就是當天和尚撞天鐘，逼急了，他還背出來了，背書他不會是最差的。誓詞縱背下來，但是他記住的是文詞，內容他卻刻意抵禦著不去理解，誓詞內容說來倒也文義通順，但誓詞裡有一點讓他猶豫又不願接受，更懷疑事到臨頭能勇於執行否？宣誓詞第三項是宣誓人誓死得為領袖擋槍彈，張茱萸自忖做不來，到時他不知該怎麼辦？可不願為任何人擋槍彈。雖然黃幽園跟他說過軍中的事只重形式，心底裡怎樣打算另一回事。但是他卻杞人憂天地擔憂事情一旦突發時，覺得脅迫於急迫情勢下很有可能會身不由己衝動地憑著一股熱血衝激上去為偉人擋槍彈；或許照他衝動而又一向不能當機立斷的個性，很難說到時不會不去為領袖光榮犧牲。預想著這一類情況，竟讓他怎樣也背不下來這樣簡單的宣誓詞。

6 領袖的鐵衛隊

宣誓誓師後，他們這個指定為最高領袖南下避壽的機動特勤憲兵連隊，為配合與配置單位的特勤業務，全連人員及時展開特別勤務再教育，以應付即將來臨的重大任務。

特勤任務派下，朱排長復得以重拾操持整治整個連隊的長才。每天早點名後即在操場集合全連士兵加緊操練。俟大統領南來後，他們這個憲兵連得隨時隨地聽候侍衛室指示，跟隨大統領行止行動。特勤室機動調動整個護衛特勤勤務，所有單位一獲特勤通知，即得立即出動，不容耽誤，一定要在大統領車隊到達的特定地點前先行布置好特勤哨，不許任何錯失。

連長獲上級指令後，即由朱排長集合全連訓話，一再強調站領袖特勤哨任務重大，事關領袖安危的最重大責任，絕不容一絲失誤，否則即造成個人終身甚至全國的遺憾。

朱排長開宗明義標明特勤哨和一般平時所站的哨不同在於布哨哨兵一定得背向領袖，為了崇敬最高領袖，更為維護領袖安全的必需，大統領座車接近時刻，哨兵得背向行駛前來的座車監視周圍環境，絕不能面向駛來的座車。

等到侍從室傳令大統領即將來臨之前，神經緊繃的連長更要求朱排長全日加緊訓練，早午晚連長都要分三次召集全員精神訓話。連長講話，朱排長則出新招數，要全連士官兵開勤務情況檢討會，他號稱是集思廣益，號召全員就布哨配置情況、種種狀況與可能產生的問題，徵詢全連官兵發表疑竇和意見。

軍隊裡只有上面意思，下面人不容有意見，但朱排長這招一反常規，開新門，讓大伙發言表示執勤意見，不但常能把原先固定呆板的教條式執勤陳規拿出來公開檢討，更且由之討論出可能出問題的癥結。一開始沒人敢公然提意見，小兵們背後雖然不時小話不斷；私下意見不少，譏評老K，議論豬排。可是要他們公開提意見，是沒人甘冒大不韙。但是老兵們可不然，你那幾個官，他們可不放在眼裡，尤其你豬排還一天到晚大家鬥拱豬的，那點斤兩他們可從沒當回事。幾天連著操練及意見發表會，要下面表示意見，老士官們意見可多哩，此起彼落舉手發言個沒完。

可是老士官們的意見，牢騷的多，對勤務本身倒難有助益。朱排聽多了不耐煩，轉而朝向充員戰士們徵詢：

「你們兵士們平時意見多得很，現在讓你們公開發表，卻個個都是死老百姓，都沒有意見了嗎？」

朱排長今天不知吃了什麼藥？豁開了，非要眾兵士公開表達意見。黃幽園事後說朱排是想學對岸的黨主席也要來個引蛇出洞。只有他這人會這樣想，別人只覺得新奇。不怕事的丁孝燦首先回應舉手提出疑問：表示執勤時見座車出現時一定要背向座車，但是如果在狹窄的山區道路站哨難道也不得面向道路，也得背山面向山崖嗎？

丁孝燦的問題，站在朱排長後面的連長首先表示：「不錯，要背向道路，朝山下注意。」

「你要站路的哪一邊？」朱排長接著反問丁孝燦：「不是叫你笨頭笨腦站到貼山壁那邊，這種情形，當然是站在崖緣朝視野開曠這一邊。」

「這樣不是失去警戒意義了嗎？」站在隊伍旁邊的輔導長聽了他倆的說明也表示他的懷疑：

「如果道路上有情況，或出現可疑人物，背向道路似乎不方便處理？」

「應該採取自然轉向的站哨方式。」

原港口分遣班的張民班長表示不同於排長的意見，然後就他以前的執勤經驗發表曾經遇上的種種情況及處理辦法。

「好了，」排長打斷張班長的長篇大論：「這裡討論的是通例，暫不提個別案例。」

但是連長聽了張班長的陳述，卻點頭表示同意，他搶著向官兵加以複述：

「對的！張班長的提議很有道理，應該採取面向來車方向，見到座車出現，即朝座車行駛方向自行緩慢轉身。」

「對！」輔導長也點頭贊同連長說明的方式：

「這種自然轉體方式才能達成警戒目的，也方便處理臨時情況。」

「見到座車哨兵不面向來車，自動轉體雖然對情況能掌握。」兩位頭子一致贊同，排長也不再反對朝座車轉體的衛兵辦法：

「但我們的兵一定得機靈，不能像目前這樣痴騃的不知變通。」

他警告全連士兵站特勤哨一定得機靈知所變通，隨後提出一個故事說明站特勤哨不當的嚴重後果：

「你們站韋大統領的特勤哨，不容任何錯誤發生，去年在中部就發生一樁事故。有個兵在往明潭的山路上站哨，座車來了不但未曾背向座車，還緊張的把手摸向手槍掛袋，結果被隨行的貼身侍衛一槍打死。所以你們不放機靈點，到時候不要出大事。」

經過這般前所未有的民主方式士兵與連裡官長一番切磋討論，朱排長採折中辦法定奪出出勤時的站哨方式，他宣布：

「在郊野站特勤衛兵，應監視前後路面，特勤警衛站兵面向路面注意座車駛來方向，發現來車後，即行自然轉向至座車行駛方向。在市區人潮擁擠之處，則面向群眾監視，背向來車馬路。」

例外的民主方式的意見發表討論會後，士兵仍得一個命令一個動作，上面指定怎樣站崗，就是下達執行命令。說來意見討論也不過是讓長官聽意見，好集思廣益。最後仍然是照

上面意見行事，連排長愛怎麼捏，兵就得怎麼做。

豬排隨後展開面向來車自然轉向的操演，站特勤哨是全連動員，老士官也不得倖免，派哨時不分老少，座車行駛那條路，衛兵就一路派下去，他們連上人馬派完，下一段即由別單位接派下去，大統領行動範圍不定，一次臨時行動可能極為綿長，甚至興致來了可能含蓋整個南部，看他老人家的心情與身體狀況，所以得動員南部所有可動員的軍警與情治人員待命。

機動勤務是廿四小時待命，連長宣布取消兩週輪一次的輪休，士兵服從是天職，取消休假，只有不出去了，沒人會對下達的命令訴苦或抱怨，尤其是事關整體性的勤務。可是閒散慣了的老士官，平常不十分受管制，一下子全連一體待遇，沒有假日，不免有人嘟嘟囔囔，嘟囔得最兇的兩個是等同士官長級由分遣班回來的兩個班長張民與程明，他們兩人在分遣班都是一方之長，自己是頭頭，疏鬆成習慣，這樣一下子備受拘束，頗為不慣。張民是連上除了連長外唯一有家眷的，聽說還有小孩，每兩週就非得想法子回一趟他在雞籠那個窩不可，一個月拖過頭不讓他回去，可夠讓他難過的。

士兵裡私下也有人拿不休假來消遣長字輩。黃幽園對張茱萸說：

「老K一年四季從不回家的，他是沒藍扒的，休不休假對他可沒區別。張民可沒那份耐力，你沒看，一聽可能兩個月都不能回去抱老婆，臉都綠掉。」

「老K家在哪？」

「聽說在大墩市那邊，老K老婆嫁給這個緊張大師，有比沒有還慘，一年到頭最多回去一兩趟。他已活埋在憲兵隊裡，營部裡面有事沒事還拿他來尋他開心。」

「怎樣尋開心？」

「老K守在連上，不休假，不回家已有名了。有次去營部開會，營長見了他故意當眾尋他開心：『凌杳雲，你上週又回大墩市去了？』老K一聽幾乎昏倒，連忙分辯：『報告營長，沒有，我沒回去。上個月我也沒回去，上上個月我也沒回去，上上上個月也沒有。』。他急於辯白，口吃得說不下去，要不然上上上上個月上去，會直上到去年。」

「哇！有家真和沒家沒兩樣。」

張茱萸為老K嘆息。

「老K沒藍趴，他可以，他老婆可是守活孤寡。他不擔心他老婆，不要出了事都不曉得，等到他終於挨到回家，早已人去樓空，老婆等不及跑掉了。」

「不過老K對憲兵勤務還很熟，是他提醒豬排站大統領哨要注視來車方向自然轉體。」

張茱萸有點受不住黃幽園的刻薄，試著幫連長講話。

「虧他們還記得怎樣站衛兵，」黃幽園大不以為然，他露骨地挖苦第二連的頭頭：

「成天就會拿大帽子壓人，什麼憲兵的天職？連最基本的站哨布哨都迷迷糊糊，說不出確定的規定，怎麼站，他們連排長都不能自行定奪，還要參照下面提意見。老K尤其沒用，官箴不振，自己是連長，事事反讓下屬豬排作主。」

「他們說這樣站衛兵是為了好監視群眾。」

「監視什麼？一齣鬧劇。照他們這些官的辦法，若真有人要行刺，按照他們這些笨而呆板的方式，根本可以從容幹掉人，之後還輕易脫身。」

黃幽園講得大喇喇地，毫無忌憚。張茱萸不由朝四周窺望一下，他們兩談話的地方離旁人甚遠，沒有人能聽到他們在講什麼？也沒人理會兩個人聊什麼天。他擔心這樣大放厥詞落入人耳，那就麻煩了。黃幽園卻不以為意，認為只他兩人避開人談天安全得很：

「哼！大統領他遊興高得很，有事沒事就來避個壽，四處雲遊，可把治安人員整到死。他隨便點個地點，上面一傳話過來，我們馬上就得連夜拔寨，早五六個小時，事先趕在他老人家前頭可能經過的路線四處布哨。你還不知道厲害，這哨一派出去十二三小時回得來算你運道好。」

黃幽園肆意批評，張茱萸怕他愈說愈張揚，連忙逮住機會轉開話題：

「他四處跑能看得到嗎？不是傳言大統領早已沒視力了嗎？」

張話一出口，也確實覺著奇怪，一個一百歲的人瑞，怎能有那麼大精力，還有好奇心，尚能南來北往四處跑，到處遊覽？

「誰曉得？搞不好只是做樣子，車子裡面坐的可能根本不是大統領，裝出來讓國民欽佩敬服，讓我們以為大統領是異於常人的神人。」

黃幽園竟然發出這種讓他從來都未想過議論，張茱萸訝異不已，不由暗服黃幽園確與他們大家不同，見識異於一般人。

自小以來，長久的洗腦教育以及高壓威嚇統治，使得人人對最高領袖都有著半自發地打自心底的崇拜；可是反抗性特重的黃幽園竟然敢私下對張茱萸說出這些類乎大逆不道的話。張聽了，在軍營的環境下，自覺地警懼起來，但同時也感到興奮，畢竟他自幼就是受排擠在「好」與「正規」之外的放牛班劣等生，有人如此大不諱，不由得認同也覺著慰貼。他醒悟即使在軍中裡面一片滔滔向長官國家及眼前現實輸誠的心態裡面，不認同群體的黃幽園可是個徹底的叛徒，讓他傾心的違逆者。

人伍受訓以來一直不停地被灌輸榮譽、忠誠、領袖、主義、國家以及以清純廉潔的蓮花為軍種代表符號的憲兵所強調的軍紀理念，已把懦怯柔弱張茱萸整個壓倒；人伍以後的時間裡讓他思維停頓自我泯沒，外力強大地壓迫下壓榨掉他的自我意識，讓他不由自主地忘懷先前得自書本雜誌引發的思想震盪。此刻碰上黃幽園，除了讓他驚訝憲兵裡面也有叛逆不屈，不阿諛上下、不同於周遭環境而有自己思想的同僚，讓他醒悟在軍隊裡面並不就必須將腦海裡頭的活動整片壓制消泯掉。

當夜憲兵連突然接獲上面指令，命令全連戒備，半夜可能有勤務。連長一接獲侍衛室通知，馬上叫排長命令廚房即刻準備乾糧，乾糧是炒過的饅頭或米飯，事先準備好存放在乾糧袋內，行動出發前一人一袋配發給各員官兵。臨行前侍衛室才知會派哨地區，一派出去既不知遠近，也不知曉何時大統領車隊到達？何時撤哨更是沒有底。到達放哨區域，一個哨一個哨由軍用卡車沿路扔下派定駐守，守哨地區可能是荒山野地無人地帶，一個哨兵一站半天一日的，很長一段時間都得不到接濟，所以兵士事先都得配備好乾糧水壺。

通知待令出勤後，果然深夜上面指令到。睡眠中，哨聲大作，全連緊急集合，由於事先已奉令準備妥當，迅速著裝完畢，全連人員除值勤衛兵及文書後勤外，所有官兵立即出發。深夜三輛卡車沿海濱道路前進，抵達指定布哨地點，一片黑茫茫下展開沿路布哨。兵士們在卡車上耳語得知；原來大統領深夜要來左營海濱道上散步，黃幽園在張茱萸耳傍說，老人家晚上睡不著，夜晚興致來了要上海邊觀星散步。憲兵連被下令自指定地點起一路放哨到左營，路線綿長，兵力放盡後，後半段由海軍憲兵隊接續。

三輛卡車沿路以五百公尺距離派一哨，一個兵一個兵丟在荒涼海濱道路。輪到張茱萸上哨，卡車一停，四周墨漆漆一片中，坐在卡車尾部的班長對著車尾地面照亮手電筒，張茱萸對準光線照亮處提著卡賓槍迅速跳下卡車。

「走！」

他一落地，車尾的班長立即通知駕駛室的駕駛駛離。

卡車開走，留下他一個單兵在黑暗中，五百公尺外的另一哨兵完全不知在黑暗的何處，他打開掛在身旁的手電筒查看地形地物，黑暗之中不辨龍蛇。地上是柏油路，打狗至左營海濱公路是沿海鋪設的公路，可全無路燈，陸上烏漆漆一片黑。海上倒可見著一些光源，天際薄弱的熹微下，可見著海面來自點點閃閃漁船的光，不能確切分辨，其中是軍艦或商船或是漁船。

黑暗之中，張茱萸感覺很舒暢，他蠻喜歡晚上站哨，尤其是一個人被丟在黑暗中，四顧無人。前面似乎有一小點的燈光，五百公尺外的另一哨應也下來了。車子又得往前開，整個連隊就一個哨一個哨被拆散。待會連排長應會回頭來巡視，也許不會過來，讓他們就這樣站到天亮。他有點想試試乾糧的滋味，但不曉得要站多久，現在若吃了，四五個鐘頭後，可能會餓得受不了。他沒拿出來試吃，黑暗之中，無人監管，無法查哨，覺得頗自在。不知道大統領那一列座車何時會到？馬上？幾個小時之後？也許不來，但他得仔細警戒。可路上半個鬼都沒有，誰會跑至這種地方來行刺呢？

深更半夜不會有人出現的，哪會有人來到這麼一處遼遠荒涼的海濱？而且還是軍事管制的海防禁區，不冀望會有人出現，除了可能出現亮著車頭燈的汽車。若有，那可能就是大統領座車的行列出現了，應是一列車燈自遠處馳來，或者查哨的連部車輛，那就是一簇車燈，黑暗之中老遠就看到它駛來，分外明亮。除此之外，應只有孤魂野鬼了。路邊可能有墳墓，他用手電筒四處探照，看不出所以然來，但至少他站哨附近的路旁沒有墳地，遠處彷彿有點似螢光的一丁點閃亮，可能是鬼火磷光，但也可能是螢火蟲，雖說冬季不應有螢火蟲。

他不覺得黑暗之中會藏有鬼怪，無從恐懼，其實當了兵，操和整使得你對黑暗與鬼怪全無感覺，但他們說鬧營風或鬼打牆確有其事，難以相信？連上有個人倒是常見鬼。

眼鏡告訴他：趙芷相上士當年是司令部的劊子手，每天晚上，大伙入睡後，他摸進營

房，按照上面事先在舖位上畫的粉筆頭記號，兩個人把人叫起來帶到操場絞殺。

眼鏡說趙芷相當年殺人殺多了，現在神經有些失常，然而張不認為那會和鬼扯上關係，絞死的士兵成不了鬼魂。趙芷相可不在乎鬼，他是連上唯一睡獨舖的士官，一個人在餐廳打地舖，經常自言自語，從沒聽懂說些什麼？張茱萸以為大約是詛咒別人，眼鏡說不是，說他常跟鬼魂對話。

趙芷相由於睡眠中老會說夢話，沒有人肯作他鄰舖，所以他打獨舖。別人也說他夢裡見鬼，說他說夢話是向被他絞殺的人懺悔求情。張茱萸也聽過趙芷相的怪聲，有次在廁所裡聽到有女人叫春的聲音，他有些吃驚，他曉得不可能有女人在營房裡，後來問眼鏡才弄清楚原來那是趙芷相在廁間裡打手槍尖著嗓子學女人浪叫。

張茱萸的哨位在靠陸地這邊，他考慮到是否站錯邊，到時大統領座車到達時，後面跟著的侍衛會把站錯邊的衛兵報回連隊嗎？應不會？一晃而過，他們哪管那麼多？但晚上上哨帶著卡賓槍可得謹慎，不比掛在腰脅的手槍，卡賓槍可是雙手握著，槍口一定得朝上，否則更容易讓人會錯意。

到底應站哪一邊？派哨時忙著趕路，排班長都沒有指示，黑暗中，先他而下的士兵站馬路究竟站哪一邊，隨著車子開走一點也看不見。

考慮一番後，張茱萸決定移到靠海那邊，因為貼近海濱，更可以瀏覽海域風光以及海濤在岸邊起伏。他不認為到時收哨時排長會責罵他，因為事先又沒指明該怎麼站，他有一半機會是站對邊。

他們並沒有站到天亮，因為過了不久卡車就回來收哨。大統領沒出巡，侍衛室通知連部撤哨，可能傳錯訊息，卡車上聽到班長們討論，好像別墅裡直屬憲兵連並未出來排哨，只通知他們配屬連隊，顯然不知那個環節傳錯消息。

一連人趕回連部，朱排長命令急速就寢，因為次日白天說不定還有任務。這個大統領只要起個意，動都還沒動，他們就得趕起來回奔波，累倒所有官兵。所以連長的命令是抓住機會，趕緊憩息補眠。

到了次日下午再得到通知急速布哨萬壽山公園周邊道路，這次可是緊急狀況。上面通知大統領座車隊已出發了，他們憲兵連得到通知要火速出動沿山路緊急布哨，頓時全連雞飛狗跳，連長急得都快昏倒，對著兵丁亂吼亂嚷：「快！快！快！怎麼得了哦！」。朱排長不理他的慌張及催促，鎮定地指揮卡車一輛接一輛地急駛出營地。

全部人馬都是被急催著上車，人人來不及著裝，匆忙掛上手槍袋，急急忙忙跳上卡車，在車上東倒西歪地趕著梳理整裝。

手忙腳亂地一路派哨，輪到張茱萸放下的地點正好是忠烈祠正門口。這回班長指示他站到面向忠烈祠的路邊，要他背對忠烈祠面向山下警戒。張茱萸心想這難道不是山野地區？朱排長不是要衛兵面向來車方向嗎？為什麼又要他背向馬路？班長的意思好似要他監視山崖下，難道會有宵小埋伏在山坡樹林間？

路上不時有攜家帶眷的行人，彷佛人人都攜有一兩個小孩，整條路都沒管制，情況有點紛亂，張茱萸覺得應面向馬路，但他可不知座車會從哪個方向來？而行人零零散散地走來走去，令他不安，他不知如何處理，是否應不讓行人行走，讓他們停在路邊隱蔽處，待座車車隊走過再放行？否則到時座車經過時，有人貿然穿越馬路造成驚駕，那可不得了。但是無從推斷座車何時會到達？更不確定會不會走這條路，或者根本沒上山，攔下一堆人在路邊要等到何時？

他不能阻止遊人行進，因為多半的可能大統領不會經過這條路，他只能站在路邊朝兩頭謹慎地張望。

正當他擔心忠烈祠前馬路上遊人不斷，身旁卻冒出兩個穿中山裝理平頭的人，一看那種模樣，他立即曉得是站便裝哨的，可能是侍衛隊的人員。張茱萸一直弄不清侍衛隊跟警官隊有何區別，都著便衣，又都是維護大統領安全的人員，名稱警官隊，可又同樣在侍衛室掌理之下，想來是不同的安全單位吧？同時對面忠烈祠大門前也突然冒出許多侍衛來。

他正狐疑時，旁邊又來了一個著警察制服的警員。警員一來就向他打招呼，他忙回禮。警員也是站特勤哨的，他有點想問警員如何處理這一堆民眾，可是又覺不妥，憲兵還向警察請示，未免有喪威風。可是這警員倒很老到，一來就要民眾靠邊站，別走動。

人們都聚精會神地聚在路旁，知道有事情要發生了。果不期然，黑色座車出現了，無聲無息地一輛接一輛停到忠烈祠門前，共約七八輛座車，侍衛們圍繞住車隊周圍。其中之一打開車隊裡的第三輛座車車門，所有座車窗玻璃都是烏黑的，看不見內部。

路邊的人個個屏息安靜地翹首仰望，原來大統領從忠烈祠裡面出來。張茱萸開始覺著大概侍衛護著大統領是從後門進去，穿過祠堂，向忠烈牌位致意，現在要從前門上車。

張茱萸應該背向忠烈祠大門雲表牌樓，面向群眾警戒，但他不轉身，他感到機會難得，好不容易可瞻仰到大統領，他也要看清楚最高領袖，他一動不動地面向正前方。

大統領披著黑大氅披風出現，兩旁由侍衛攙扶著步下台階，行動老態龍鍾，幾乎不是自己在走動，由旁邊人挾抬著行動似的，可是隔得老遠仍看得見臉上紅光滿面。有人幫他拿拐杖，顯然備而不用，即使平路都是靠人扶撐著行動。大統領身前有兩條大黑狼狗，一接近打開著門的座車，兩條狗一躍逕入，訓練有素，座車內外若有任何不妥嗅覺靈敏的狼犬會立即反應，侍衛隨之採取行動。

大統領隨後被攙持扶抬著進入後座。關上車門，座車隊伍立即無聲開走，民眾開始嘰嘰喳喳討論剛才見著大統領的難逢機遇，便衣侍衛人員也立即撤離，在張茱萸旁邊站哨警員向他致意後也走了。

不一會，接回憲兵哨的卡車也來到。張茱萸一上車，就得意地告訴大家，他親眼見到大統領從忠烈祠出來，卡車裡的人個個興致勃勃好奇地問他大統領的神態模樣，他得意地加以傳述。全連只有他這個哨位正好碰上大統領上車，別人最多只能見到座車黑著車窗一駛而過。

「好大膽，面對大統領不轉身背向，竟然還敢直視，難道豬排的警告都忘了？不怕被侍衛神槍手打死。」

駛回營區的卡車上，喜歡逗人的眼鏡故意拿出先前豬排講過的事故來噱他。

「怎會？我的手指又沒放在卡賓槍板機上。」

張茱萸不覺得有何必要背向警戒對向，他認為連排長的站哨指示，上層單位不見得同意。他辯白：

「看到大統領時人人都太感動了，機遇難逢，所以顧不著了，特意正面瞪視好看清楚。」

「小心排長削你。」

眼鏡嚇他。但是一路拔哨回去，全車官兵都興沖沖的，排長坐在前座駕駛旁，也很滿意當天勤務執行圓滿。

百齡高壽的大統領健康情形令人驚佩，精神出奇的好，三天兩頭地四處遊逛巡視。夜裡又來任務，連隊得到命令大統領第二天要巡視府城市。

次日一大早憲兵特勤連趕早三輛卡車一路自打狗急馳兼程趕往府城，他們連隊指定布哨的目的地是府城市區著名的鹽埕地區靠海的漁市場，

府城的漁市場可是他們執行領袖特勤任務以來首度遭遇到的困難任務，沿著舊城市狹窄擁擠又扭曲的馬路一路排哨，排班長們一看情況，不由不互相交換意見，都感到執行特勤相

當麻煩，狹窄的馬路就是市場，攤販擠在路當中，放一個衛兵到人潮中是沒有辦法控制擁擠穿梭混亂成一團的人潮。

意見多的張民班長透過駕駛艙玻璃門洞跟坐在駕駛旁的排長抱怨：

「這裡光排衛兵怎行，除非整條街封鎖起來，不讓老百姓走動，要不然大統領車隊來了搞不好會堵陷在路當中。」

但是上面指示是排哨，沒叫你封鎖街市，一個命令一個動作，沒人敢擅作主張，要不怪罪下來還得了。排長沒理張班長，照計劃排哨，情況雖糟，但是非得一路排哨下去。

張茱萸被指令下到馬路上站哨時，立刻發覺不妙，一跳下卡車，頓時陷入人潮裡面，棘手不已。馬路上人擠人，即使一身齊整裝扮的衛兵也由不得已地沒入在混亂擁擠的市場裡面，他失去頭緒，搞不清該如何處理及維持秩序，想著張班長的辦法，可沒有特別指令，他們憲兵不可能驅走人群，空出道路來。而且自己一個人，周圍市場四周都是人，在做買賣，憲兵怎麼可能趕人？他哪有這能耐？

一地面儘是大人小孩老人婦孺，男女老少看著他，似乎透著好奇，人群也許奇怪此刻竟然一反常態跑出一個著裝的憲兵站在路當中。

戴白盔攜武器的憲兵緊緊張張地落在亂糟糟的人群中，雖然沒有人通知當地人發生什麼事？可是這副陣戰也會讓漁市場裡市民感覺出有大官駕臨，機敏點的可能連想起報載在南部避壽的大統領可能要蒞臨，或者至少也是中央部會大員要來視察漁市場。張茱萸這樣想，可是事實上也難說，這些升斗小民根本不以為意現下此刻發生什麼事？並沒人理會全副武裝憲兵站在市場裡幹什麼？

是呀！如此擁擠混亂情況下，武裝憲兵在人群中生不出任何作用。此地的市民看來也沒人理會有何要事要發生，人們依舊自顧自地閒蕩或忙交易。

亂成一團的地方，狹窄熱鬧，人擠人推貨嘶喊，一圈圈的人群裡面可能正在進行魚貨喊價拍賣，憲兵站在一隅既看不週全也無從照應。什麼樣的人都有，魚販、漁人、貨運行的、小販、挑貨的漁工、選貨的商人以及漁市場的角頭或地痞。加之，吃食攤當道堵塞馬路，一箱箱濕水滴滴的魚貨堆積路旁，到處都是髒亂腐敗，雜物紛陳，完全沒法控制。此刻每個人在張茱萸眼裡彷佛都顯得刁頑不馴。他一直在考慮領袖車隊到達時該如何維持秩序，要如何趕開混亂雜沓的民眾空出流暢的道路來，著實憂慮憲兵的職責該如何貫徹。

可是不用擔憂太久，隨後卡車就回來撤哨了。大概上面特勤單位也覺著大統領進來這種地方安全實在有顧慮。上了卡車，他們才聽說大統領已改去關子嶺。

7 冶遊

大統領壽登人極，由於全國遴選出的頂尖醫護專責人員悉心貼身照顧，飲食醫療保健得宜，不僅身體得以維持康健，而且更難想像的是竟然能以百歲高齡尤尚具生趣與興致四處觀景遊覽。

大統領遊興高昂，下面各級人員則緊張忙碌得不可開交，驅使得所有侍從警衛及相關人員四處趕場布哨警戒，讓整個南部軍警忽東忽西南追北趕地疲於奔命。然而就在即將全國上上下下張燈結綵喜洋洋地等待大統領壽滿百齡暖壽之際，不料世事難料，忽然傳出最高領袖壽體違和，病倒旅次。府方立即召喚醫療小組緊急從大城市趕至西灣行館聯合會診。

萬壽山上待命的第二連隨後得到通知，原先凌連長的憲兵特勤連本已奉令準備連夜上阿里山布哨，以備大統領遊山。消息傳來，任務隨即取消，伙房趕忙著準備出來的乾糧一時用不著，遂改供作為早餐食用。

大統領得急病同時，連隊裡面也傳出不幸事件，不久前因昏倒送去軍醫院的陳志聰，也由軍醫院傳來通知，由於病情轉劇，暴斃於院內病床上。

大統領患病，似乎使得整個營區所有單位特意都壓低氣壓，一副感受嚴重的樣子。陳志聰死亡的消息全連只有充員兵相互間有人提及，官長及老士官們根本提都未提，好像沒有那回事似的。

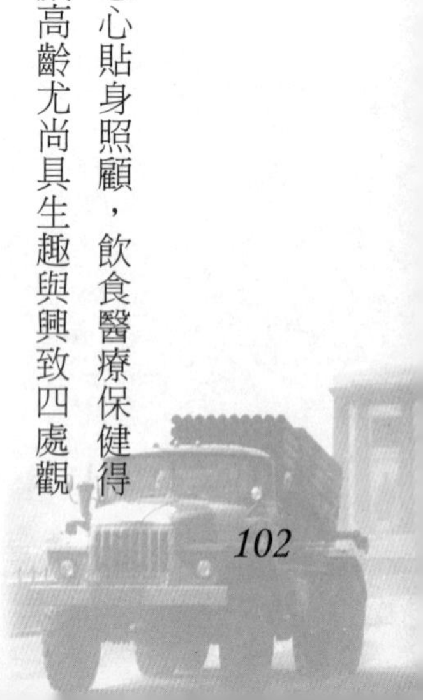

原先陳志聰初來連上時，黃幽園就跟張茱萸講過連上人的不是與不當，現在更借題發揮：

「死有重於泰山，有輕於鴻毛。大統領還沒怎麼樣，整個軍中就一副如喪考妣樣的。自己連上的兵陳志聰死得不明不白，沒有人當回事，每天集合宣布公告時提都沒人提，更不要說追究死因了，一個在軍中服役的青年人就這樣不明不白地註銷掉。那邊一個百歲人瑞的命卻那麼要緊。這邊一個廿歲的兵死了，在他們眼裡還抵不上他們殺了隻狗來吃下肚那麼重要。」

「他們只看人中不中用，陳志聰來了就不行，又不能出勤務，對他們講有沒有他，沒有區別。」

張茱萸說出他的看法。

陳志聰猝然逝世，最先是林景山來告訴張茱萸，林景山感嘆地說：

「我們同梯次三個人，現在只剩下兩個了。」

張茱萸聽到消息也同樣吃驚陳志聰的死亡，深感命運無常，年紀輕輕的一個人竟然如此容易地就消逝了。

既然不再特別勤務，連上該退伍的正好趕空檔，加緊退役。要退役的這個梯次包括眼鏡與山猴，這次不止小兵要退伍，老兵也有一票要退役，連裡更有人傳出豬排也會退役。雖未經證實，光聽到消息就傳得大家樂開了，走了豬排日子要好過得多。

等眼鏡走後，三個月後，就該輪黃幽園夢寐以求的退伍了。他跟張茱萸討論，他不認為走了豬排以後，就是連上的好日子，他說：

「這些傢伙不用痴想，不可能第二連因此成了樂園。」

同時他還懷疑豬排離開部隊能有什麼好去處？

「他退下去，有什麼好？別看他在連上威風得很，下去能幹什麼？」

「他會駕駛，下去可以開計程車，或者賣燒餅油條。」

眼鏡雖迫不及待地等著數完最後幾個饅頭，可是心情大好，一聽到批評豬排，馬上加入虧人。

「賣燒餅油條？」

「我家門口賣燒餅油條的就是退伍的軍官。」

「一把年紀還滿街跑計程跟人搶生意，不曉得繼續待在連上，仍是一方之霸。」

黃幽園替豬排合計。

「時間到了，應該退役！若能出去，混口飯吃，誰願意一輩子待在這裡。」

「江復生退伍回去怎麼樣？」

張茱萸想到黃幽園的好友，特意問起。

「他接了他家的事業，做了家具店老闆。馬上就要結婚囉！這個好傢伙先上車後補票，女朋友肚子都大了。」

「哇塞！這小子長得瀟灑，果然行動比人快。」眼鏡一臉羨慕地說。

由於暫無特勤任務等待執行，連上恢復休假。

藉休假之便，黃幽園乘機趕赴大城市去辦理出國申請。他要去西德是因為他家裡準備開發富爾摩沙海域的珊瑚探採生意，他老子打算自德國進口一艘單人小潛艇來進行開採。黃幽園退伍時機正好接上他們家這項事業的起步，黃幽園書讀不成，他家只有希望他能接手做生意。因此黃的老子打算他一退伍，就送他上西德去受訓，學成後，由他來主掌這份新開展的事業。這是項冒險的新行業，合乎黃的個性，他興沖沖地準備好好學會操作潛艇探採。

出國手續關口多，非常費時間，他家裡要他在退伍之前就進行辦理，退伍之後就不需耽擱。於是乘著休假，把握時間趕著回大城市先行辦理出國的手續。

這回休假可是眼鏡山猴等人退伍前最後一次的休假，他們倆人為了慶賀終於數完饅頭告別軍中，特地拉了丁孝燦、顏學銘、張茱萸等人上打狗市區去逍遙。

一伙人轉了兩道公車殺去風化區。張茱萸人老實到了這麼大還尚未見識過女人，能讓人帶著見識，自然興奮更不下別人。他自己一個人也不是沒摸到過那種地方，想雖想得要死，可是獨自摸索沒膽衝撞。雖有意願急著一探幽窟，心頭卻忐忑不安七上八下，徘徊門前，總下不了決心是否進去一試，憂這懼那，嫌妓女不乾淨，怕得性病。而且心裡面道德約束緊縛，不容易讓他衝破藩籬。

他總覺得他應等到有機會交到女友，跟正常的女子來往，才合乎他的需要，也才衛生。但是眼前談交女友談何容易，性欲不歇地衝動，等不到那天就要氾濫了。他覺著這種事情卑下，干犯禁忌，去到那種地方，讓他心頭緊縮，既刺激又恐慌，想得厲害又退縮。犯罪般的行徑，不是規矩人行為。但是這回跟著識途老馬，讓他覺得大不相同，見識別人的尋歡作樂，自己似可以跟著有樣學樣。而且跟著大伙卻除了心理障礙，似乎可以一舉而下。

下車的地點是酒吧區，他們憲兵營部打狗憲兵隊的轄區，滿街酒吧林立，裡面是洋兵喝酒泡吧女的地方。馬路上也是洋水兵摟著打扮妖嬈的吧狗兒滿街穿梭，他們幾個餓鬼士兵看得個個一臉饞相。

山猴站在路口東張西望，路都不曉得走了。

「山猴，走啊！」丁孝燦叫他：

「別那麼丟人，呆在路上口水掉了一地。」

「他媽！這些女的當街竟跟老美打kiss，還貼得那樣。」

山猴仍看得意猶未盡。

「這些吧狗兒只認美鈔，你退伍去跑船，回來就罩得住她們。」

「媽的！跑船回來還來這裡。」

山猴一副不屑的樣子。

他們談論間，街上的美軍紛紛閃入酒吧內，連坐在三輪車上經過的水兵也趕緊付錢下車，摟著吧女閃進酒吧。原來馬路那頭出現兩個高大的美軍憲兵。憲兵一路巡邏過來，洋兵人人閃人。

「老美憲兵好酷！」

「老美也這麼怕他們的憲兵。」

張茱萸說。

「我們的兵見了我們並不躲閃呀！」

顏學銘回答。

「不是怕憲兵。」眼鏡知道緣故，加以說明：

「他們規定出來酒吧區玩，不能在路上梭巡停留，怕影響當地人不滿，所以憲兵一來，人人避開。」

美兵吧女全閃進酒吧裡頭去了，酒吧花巧的門前在霓虹燈閃爍下顯得既豪華又詭異。好看的都閃了，街上沒精彩鏡頭可看了。這區域可是一般人想都不敢想的高檔銷金窟，他們這幾個草地郎兵哥尋芳隊得開步跋涉去尋覓屬於他們身價的歡快園地。

一行人來到鹽埕區，本地人尋歡的風化區風光完全不一樣，什麼事都直截了當。人肉買賣也像他們連上大伙推三功一個樣，一翻兩瞪眼，走進去立即見真章，兩三下就清潔溜溜，隨即提了褲子出來。

妓女站在綠燈下拉客，搔首弄姿，見人走近，「來啊！來啊！」地喊個不息。一般人急急走避，害怕被拖住。也有老練的嫖客不當回事地站在門前骨碌碌地張著眼細瞧，看那個樣子大概是在精挑細選地比較。

他們一伙走了一圈，老遠地觀看，怕一走近，不得脫身。眼見有人面露猶豫，被妓女硬拖著進去。老練的妓女最愛拉面皮嫩的少年郎，多半一拉之下，一副不好意思的模樣被拖進去。

他們裡面山猴是老手，他們先還笑他，說他忘了帶那根棒子來。

「他那根棒子是用來孝敬他那相好的，不是隨便用的。」

眼鏡仍舊拿棒子做文章。

「那他今天怎不去找他的相好？」

張茱萸不知情況，狐疑地詢問。

「人家回山地去了，所以山猴今天才跟我們出來嘗鮮。」

山猴不理別人取笑，看中一個後，一馬當先，不多嚕嗦逕自上陣。

剩下的幾個人東瞧西顧拿不定主意，最後小顏說：

「那家那個不錯樣的。」

他看上的那個大約才十四、五歲模樣。其他人也覺得不錯。

「小顏，你上啊！」

丁孝燦慫恿他。

小顏也就進去了。

「看小顏弄得怎樣？」

眼鏡也看中那個雛妓。

三個人在遠處等待，張茱萸站在一旁心頭鹿撞不已，興沖沖地忍不住問裡面的情形。眼鏡問他：

「要不要小顏出來，你去上她？」

「我不要，」趕緊推卸：

「看看就好，我不想進去。」

等到小顏出來，三個人連忙問他滋味如何？

「不錯。」

小顏微笑著答。

「怎樣不錯？」

丁孝燦還問。

「年紀很小，滿漂亮的，下面很緊。」

「真的？」

小顏點頭。

「那我也去。」

眼鏡也過去找同一人。

山猴回來，問大家怎樣。

丁孝燦說他在等眼鏡出來，要去找那同一個。山猴轉問張茱萸怎麼不進去。張茱萸回說，他看看就好。

「看什麼看，來了不打砲，幹什麼？」

小顏幫他說：

「他不好意思，膽小，不敢進去。」

「不是膽小，只是不想。」

張茱萸連忙辯解。

「這有什麼不好意思，我陪你過去找。」

張茱萸先還推托，後來抵不過別人的慫恿，被推著前去。

「不要推！」

他避開山猴，走進一間妓女戶，挑上一個輪廓還不錯的，於是被妓女帶了進綠燈之內。

進入戶內，張茱萸憂怯身後無數炯炯目光，急步跟著穿越約有平常一般店面那樣寬廣的展示間。

展示間除了敞開的大門外，面街的窗扉也都是一覽無遺的玻璃窗，方便外面人群清楚看

穿裡面的人與物。裡面三數慵懶等待郎客的妓女背牆一列坐在椅上，老鴇另有一靠牆的小桌椅，好向進進出出的妓女收繳進帳，鴇母妓女之外，屋裡尚有兩三個男子無所事事大概是龜公和保鑣，展示間在紅紅綠綠霓虹燈照耀下顯得異常妖艷。

進入裡面，走道光線昏暗，兩邊是一間間三夾板隔成的小房間。妓女牽引張茱萸進入其中一間，房間內大床鋪一張，紅色的燈光和走道一樣昏沉。

帶上房門，就只兩個人生巴巴地。張茱萸雖激動得身體都僵硬了，仍然覺得尷尬，心頭盤算要如何進行，是否需要先搭訕一下。不想妓女直接脫掉外衣，立刻袒裼裸裎。

事後，張茱萸覺得沒怎麼了不起，完事之後，竟有空虛之感，想趕快離開小房間。妓女不僅沒有催他，還要他繼續並躺在床上，並不像眼鏡他們講的，催著人趕快辦事。

她還跟他說：

「你若再不乖，我就不對你好了。」

張茱萸不明白妓女何以說他不乖，他有點混亂。辦事時，他試圖討好妓女，用力衝刺，弄得床板都喀嗤喀嗤地響，可是妓女並不欣賞他這樣蠻幹，反而說他壞。

他是第一次，不曉得是怎麼回事，顯然她們並不需要男性雄風。

他問她：

「我不會，要怎樣啊？」

「不要亂來啊！」

他仍然不懂。

「你如果乖，我就對你好，下次再來時，兩個人躺著好好談話。」

但他不覺得有什麼好談。

三夾板板壁背後又有人在敲門板，老鴇第二次來催了，他的時間已過了很多。

回到營舍，大多數人都休假去了，營房裡面空蕩蕩的。由於已累積三週未輪休，累積兩次休假未休的兵士得以一次休兩天，因此得到兩天假的充員莫不各自回家，老兵也有乘機外宿的。使得平常一到就寢時間就填滿人與寢具的房間，此刻不僅顯得空曠，也少了人聲鼎沸。

這回擴大休假，連部人員和官長也多半跟著外宿，特別取消晚點名一次，回來宿營時竟覺得營房裡面有著平日難得一遇的輕鬆自在。幾個人嫖妓歸來，發覺舖位上沒什麼別人，彼此間毫無忌憚地相互交換是晚冶遊經驗，嫖雛妓的三個人都感到從未曾有的滿足，個個交相稱讚女孩子的桃源洞緊，人又稚嫩漂亮，眼鏡尤其癲狂不顧形象，一再叫好，表示真正過癮。

山猴愈聽愈心癢難熬，當即下決心表明退伍當天一定要去找那個雛妓玩過痛快。

聽別人一再叫好，表示玩雛妓的快活。張茱萸雖然也心動，但他更沉浸於自己的初次上陣的奇妙際遇。妓女對他好，但他總覺得她們不潔，怕染上性病，他不會再進去。見識一次足夠了。雖然鴛鴦交接回味起來，還有些甜蜜，那個不知名的妓女確對他不錯，刻意要留住

他，躺著講話，事後還打來一盆熱水仔細幫他清洗陽具，說他郭錐，使他很覺得滿足，但他沒有問起她的名字，他可不會再去那種地方。

他並不覺得不對，事情發生了，就不再有良心不安或罪惡感。只是他深怕染病，心中憂懼這一次的交合，是否就讓他種下不治之疾。他的不安是來自安全的顧慮，得了病真是見不得人的事，如果染上梅毒就完了，根本無從向家人啟齒，他確切不應像別人一樣一再沾染甚至沉溺進這種惡習。

8 泰山崩塌

百齡高壽的大統領雖壽登九九，位極人寰，是全國人民幾乎近四分之三世紀以來最崇仰的偉大人物，然而人的生命終難抵自然界的生理法則，偉大的領袖畢竟終究還是俗世之人身，活到這種年紀，已至壽限，沒有人能勝過自然，即使是超人。

大統領身體逐日衰竭萎縮，老病復發迅即不可收拾，健康醫療小組不眠不休密集會診，並且加上動員全國醫學精粹共同研究緊急對策。集全國醫療力量全力搶救之外，同時更禮聘世界上醫界專科權威來富島研商搶救，然縱如此全力診治仍未能挽波瀾於既倒，全國萬眾一心所繫的偉大領袖的生命跡象逐步消逝。

終於在百齡壽誕的前一日，龍體再無生命跡象，群醫束手，診療小組秉告家屬，韋總理旋與主掌領袖醫療的三人小組緊急會商，隨即召集最高階層閉門會議，最後決定宣布大統領駕崩。

大統領崩塌，國家新聞局秉承意旨當天即傳令大統領逝世為國喪。消息一經公布全國立即舉哀發喪，一島各界民眾籠罩於愁雲慘霧之下，哀傷悲慟如喪考妣。國務院傳令全國是日起全國所有娛樂場所暫停營業，全國人民應自行檢束，停止一切歡娛活動，以行動來表達最大的哀矜至慼。

同時所有電視立即配合中央頒行命令，除新聞播報之外，取消一切其他節目。並責令主管機構即刻研商釐出廣播時段大幅減縮之辦法。緊急研商後，主管機構即刻通告宣布國喪發喪期間電視及廣播電台每日僅得發播二至四小時，並且所有電視播映節目都取消彩色映像，所有媒體都得是黑白色，不得出現其他色彩。所有新聞報紙也同時減張成為單張發行，並且國內外重點新聞除簡略傳述提要外，所有報導只能專注在治喪新聞、廣告、娛樂或副刊等當然取消。頭版版面規定全頁登載大統領之言行思想，俾全國人民省思憒念先大統領仁民愛物以及革命的博大精神。

斯時無論電視播報或報紙報導都是民眾哀傷逾恆的鏡頭和消息，螢幕上處處可見有人哭倒電視機前，記者訪問的群眾莫不個個憂形於色，老兵榮民有哀號泣血者，也有沉痛哀毀至昏迷路倒者，甚至竟有傳來自殺者。政商學者名人發表的訪問談話，莫不悲惋嘆惜長城傾倒，是全國軍民全民族空前最大的災難，無人不恐慌憂戚領導全國軍民反攻大陸、重光華夏的偉大宏願難以竟功。

當然隨後話鋒一轉，幾乎一致都表示相信在英明睿智韋總理領導下，一定能度過國難，重新釐定國策，振與機運，走向康莊復國的大道。

全國上下，小自幼稚班托兒所的稚兒，上至達官貴人，人人舉哀，個個臂膀都戴上黑布條袖圍或一小段黑布條，以示臨喪之哀忱。黑色是此刻的國色，全國人民人人佩黑，穿黑，一下子使得全國黑色布料耗費龐鉅，供不應求，竟導致市面嚴重缺貨。機關學校四處搶購不得，逼得變通使用，原先按指示是圈住臂膀的寬約三寸袖套，布料不敷之下，一條臂條分割成三條臂條。再不敷分配，只有不講究袖套，改變得更簡略地以別針別一枚小黑布塊在臂上。布料不夠，大家流行的說法是哀悼以至誠，不在於物料形式的大小。

國家遭逢如此創劇深重的變故，全國哀悼舉喪，萬壽山上的憲兵特勤連當然更得遵循上面指示全連表示出哀慟之忱；所有文娛活動停止，更且再度取消甫才恢復的休假。淩諮雲連長受到韋總理的精神感召，除了早晚集會點名時，帶領全連官兵致哀喊出悲痛哀戚領袖之口號而外，他自己更一副神情棲惶地鎮日困守在自己的房間內，足不出戶。

淩連長如此虔敬的行為，乃是受到韋總理的精神感召。

第二連每日夜朝晚點名都依國防部頒布訓令，由連長帶領全體士官兵恭讀日報上登錄的韋總理守靈的孝愍沉思語錄給全連官兵復誦哀思。輔導長更且一再在早晚集合時黽勉叮嚀所有人員都得逐日恭讀報上刊登轉載的總理守靈日記，提醒所有官兵用心體諒總理的用心。

輔導長告訴全體士兵：總理在心情極度哀傷，身心俱毀狀況下猶獨自為大統領守靈的沉痛心情，仍念念不忘以國家前途與人民安危福祉為念。輔導長要大家體念總理用心，化悲傷為力量，全心全力執行憲兵勤務，報效國家，以慰最高領袖在天之靈。

從報上新聞得知韋總理，原先堅持要遵古禮在領袖靈柩暫厝所在地結廬守靈三年，後經五院院長會同中央各部會大員一再陳情，陳示國難當頭，務祈總理以國事為重，移孝作忠，權宜守喪三月。否則舉國已痛失領袖，在此非常時期黨國國事紛紜萬端，全國國民仰仗總理棟樑支柱，務須從權親臨掌舵，引帶領全體國民度過非常時期，賡繼大統領遺志完成復國之大業。

原先國務院因應全國哀慟，明令全國所有娛樂及商業停業半年。政令甫頒布，全國工商業界大譁，國喪期間，雖全國陷於哀悼之中，各行各業為維持生計，私下仍聚會頻仍，參考各業界實際經營的困難，均行表示如遵照政院命令所有娛樂或百業停業半年，各行業十有七八無法撐持或存活下去，不但會逼得工商各界無以維持，而且國民經濟及生產毛額會倒退得無法彌補。

最後各方陳情所司單位研討後，不得不酌斟工商業界實際情況，全面停業無從維持到那麼長時限。業界團體及工會更且不斷向層峰上書建議陳情，表達若要強制執行到達期陷，絕大部份中小型工商業無法負擔期間慘重損失，非得面臨全面性倒閉風潮；而且如此長時間的停業，工商業固無法承受，民生消費也無法忍受那麼長的空置，屆時不但民眾生計無以維持，更且不能避免地會爆發治安問題，搶劫盜賊橫行可期。

同時工商界領導人集會聯合商酌後，咸以為兩個月期限應是國內經濟及一般生意人能忍耐的限度。在困境當前下，由商界耆宿及商會工會等領導人領銜聯名陳情，敦請行政當局是否能酌情改半年全面休業休市為兩月？

國務院接獲陳情，隨即報請總理裁奪，韋總理雖在傷痛的服孝期，仍本一貫體恤民情之愛國愛民之忱，立即諮商百僚，令有司負責機構研究人民及工商界實際可行之辦法，並昭示為守喪停業絕不應因此造成全民的損失。有司研討後，即刻向總理呈報可行辦法。韋總理仁民愛物，一接研究報告，雖在哀毀逾恆的情況下，仍一體民情，憂傷一肩挑，特許兩個月後全國百業復業，並命令有關機構盡可能復歸工農商業與建設的原來軌道。

同樣基於工商界的請願及請求，國會不因國喪期間休會，院會議事因之得以不至於中斷，有關國計民生的議題，仍舊如常進行議論研討及表決。但由於國喪當前，會議議程不敢冒大不韙，非關國計民生需緊要處置的議題，仍一體擱置，待國喪期限過後，再行覆議。

眾國會委員所研擬者，仍是在表態，倡言國家不可一日無領導人，應依憲法，立即推舉新大統領就位執事。然關於總理堅持統領懸位的問題，由於當前情勢特殊，全體委員一致表態應權宜現況，暫擱置憲法規定，同時懸空副統領，附議正式奉韋故正大統領為永久統領，中央政府組織法不再具統領名稱，但書決議共同推舉韋光明總理為大統領的正式繼承人，今後以總理職稱權代原大統領職稱，並敦請立即宣誓就任。

此議案一提出，全島各地如斯響應表態，各地民眾服務站也發動群眾簽名連署，表明贊同國會提議國家不能一日無領導人，韋總理應為全體國民著想，順應民情就位以利領導。報章社論更有痛切陳述表示韋總理行年七十，年事已高，不宜再謙讓，應為國家著想即日榮登大位。

在全國一致請求下，謙沖為懷的韋總理雖在守喪期間，為了俯應國民仰望之請求，乃發布告全國同胞書。說明光明身負全體國民的寄付，當此五內俱焚的喪父失怙守靈期間，實無意置喙名位。述明他對大統領的追思感戴懷德，再三陳情不僅他不能，而且今後中國也不再有任何號稱大統領之職位，大統領即全體國民對韋大統領尊崇感戴之永久名銜，全國人民為感戴國家大統領之為國為民一生功績與犧牲，此名銜今後應永為韋大統領襲用，以示尊崇感戴之忱。

總理最後在告全國同胞書內聲明：「光明不敢擅自僭越，立院為民請命要求光明履位領袖位置，名位從非其所眷。大統領素來是全國人民的領袖，仁民愛物，不僅以人子身份不宜僭越，更不應辜負全體人民對大統領的摯愛。但為了無違全國人民的熱望需求，光明秉諸一貫為國做事之赤忱，只求為國家鞠躬盡瘁，願自署備位元首，以示永遠尊崇大統領。」

韋總理終於宣布願俯允民情，暫領備位元首。接下來，就是大統領如何入厝的問題，大統領治喪委員會經與孝家再三商議後宣布在國土未重光，大統領棺柩未能歸寧故土前，陵寢採浮厝方式於反攻復國基地富爾摩沙。陵寢厝置地點則選擇大統領晚年經常盤桓之孝池。大統領在島上五十年行跡遍及全島各處風景地點，一生都雅好散步沈思於各處接近自然的地點。全島各地行館雖逾四十餘處，但大統領獨獨認為孝池深具偉人誕生地之故鄉風貌。因此治喪委員會宣布孝池為陵寢暫厝之所在。

層峰宣布陵寢所在地，同時決定為配合韋總理得守靈三月，立即展開移靈孝池。

大統領治喪委員會規劃出移靈計劃及行程，計劃自故大統領靈柩所厝之南部打狗市設靈堂供各界人士祭祀，之後移靈北上，靈車沿縱貫路一路北上，沿途須歷經全省各地，沿途廣設祭壇，讓國人瞻仰，供愛戴領袖的全國民眾拜祀祭尊，各縣市人民得以沿道路聚集設香案參拜。一縣市接一縣市，一鄉鎮接一鄉鎮，各地方行政長官領銜帶領百官扶棺過境致哀敬禱，為使得全國軍民得以沿途瞻仰崇拜禱祝致悼，一站一站地有如奧林匹克世運會聖火傳遞接力，沿途慎重嚴肅虔敬哀慟。一路治安維護更是全國大警戒，預計將動員近二十萬員軍警。由於領袖的精神偉大，感戴自發自動之沿途朝拜之民眾預估將超逾千萬。

靈柩自南部打狗沿縱貫公路一路北上，沿途接受民眾路祭奉祀，最後進入北部首都大成市，將進入中山大會堂行全國各界弔靈公祭，公祭後移靈，按計劃將在首都繞市一周，最後入厝孝池。

靈柩北移是自西灣行館移靈打狗大會堂，此處定為大統領移靈發引靈堂，並決定就此靈堂舉行南部各界追禱公祭儀式。

這個決議是治喪委員會考量移靈北上前，先行在南部行移靈公祭，俾讓南部各界民眾祭拜瞻仰。移靈程序排定，隨即知會相關各部門加緊進行工作。待命於萬壽山上憲兵第二〇一團第二連接獲憲兵司令部指令為治喪委員會移靈執行組的靈前禮兵哨任務。

凌連長獲指令當下立即著令全連士官兵進入緊急情況。一連官兵頓時復又忙碌起來。整裝、緊急操練。朱排長雖被傳說要退伍，但在退伍前有如此重大任務，義不容辭重責又全落在他身上，他全權掌握。

全連士兵出過特勤後，現在開始又臨時密鑼緊鼓地進行操練禮兵訓練，禮兵不同於安全特勤任務，儀容與體魄最為重要，是故不似特勤任務，只有充員出禮堂附近的禮兵任務，老士官則派在禮堂外圍衛兵，不同靈堂附近成列的禮兵哨位。

禮兵是一對對的捉對站立之衛兵，連長和朱排長按高大儀表，兩個兩個的配對，最先挑選的就是高大的張茱萸與全連最高的曾輝雄配對，他們兩個被選為靈堂大門前的第一對禮兵，連長事先警惕他們：

「你們兩個站在靈堂大門口，一定要讓進靈堂來祭祀的高級長官看出你們的威儀，這才能顯示靈堂的莊嚴敬穆。所以你們一定要表現出最好的精神與儀態出來，你們兩個責任最為重要，一定要做到從頭至尾直挺挺筆直地站住，一定要站出儀兵的威儀，要練好挺上八、九個鐘頭一動都不動，你們就是我們連上的標兵，憲兵的光榮全落在你們身上。」

操練禮兵，不僅要站得挺直一動不動，更且膚色儀表都得講究，有模有樣。更得像尊銅雕塑像紋絲不動地站上幾小時，為練習耐力以及使得儀兵臉龐膚色凜黑劃一，朱排長每天一早集合全連準備上場值儀兵勤務的士兵，全體脫光上身只著短褲頭在太陽下一動不動地立正曝曬，務求大家曬出一色健康黝黑的臉龐。為達到全連兵士持續地站上八小時，採逐步加重訓練份量辦法；第一天先不動地站上一小時，第二天增加半小時為一小時半不動站立，一天天往上增加，每個儀兵要求做到像門神般地一動不動地立正站立，先是徒手立正站立，待站出水平後，再練習持槍立正站立。每天幾小時立正站下來個個站得膝蓋僵硬動彈不得，人人叫苦連天。

連長和豬排的目標是要站上八小時，一天天累積等到最後一天站上八小時才算達成可執勤的目標。

朱排長警告士兵：「沿會議中心館大道一路成對排上去，從早上四五點鐘出門，預備五點半各人站上禮兵哨位，就得開始站上各兵部哨位置讓蜂擁而至的民眾以及行禮致敬各界官長重要人員鑒賞，一直要到下午四五時啟動移靈方收哨，差不多有十個小時地一動不動地筆直地站在哨位上讓民眾觀賞，大小便一定得事先處理好，否則到時有你們受的。」

眼鏡等人由於在出勤前兩日即時退伍，不必出勤，所以不用上操，不由慶幸及時脫離苦海。但是他們這梯次中，山猴竟然被輔導長說服自願留營，自願留營當然特別優遇，自然不用站這苦兵哨，但山猴寶勁大發自動請纓上陣，自願站這去憲校升士官前的最後的勤務。

大統領逝世，全國舉哀，民間熱烈發動種種弔唁活動；從暫停任何娛樂活動起真到全民募款捐購戰鬥機愛國運動，一個接一個愈演愈烈，軍中也配合發動效忠領袖運動，充員兵自願留營延長服役如火如荼地展開。各單位政工人員使盡手段方法力求貢獻出成績。第二連山猴是被輔導長鎖定盯上的人選，認定為可勸服他自願留營，輔導長跟山猴述說當士官的好處，告訴他不但薪餉加倍，而且可送憲校學技藝。輔的是先把充員又哄又唬簽字再說，由是半個月來一再遊說，個別講話，直到山猴同意簽下自願留營切結書。黃幽園跟張茱萸說搞政工的人不是哄就是騙，充員被他們這些人一陣天花亂墜地亂許諾，若貪圖一時的好處，就容易地被說服上鉤了。

黃說山猴意志不堅，抵不住輔導長的生花妙舌被勸誘自願留營。背地譏笑山猴：薪水加倍，那點錢有什麼用？現在上等兵俸一個月上兩次鹽埕，加倍也不過上四次。他說山猴不可救藥，講得好好的出海夢就這樣便宜斷送掉。

自願留營本可直接上憲校士官學校受訓，不必再留著服連隊的勤務，但山猴竟然腦充血，又自動允承連長願意執完禮兵勤務再進憲校。黃幽園只有說他傻得無可救藥，自願留營不說，還不曉得拿好處，有優待不拿，竟還又白痴樣地自願來服這個整死人的禮兵勤務做什麼？連長輔導長只曉得爭取成績，哪會體諒山猴的表態。

憲兵原先為祝壽領袖已配發特別的百字祝壽徽章與紅色壽字領結，大統領突然去世，用不著了，就得動也未動完整地繳庫收回。

喜事不成變喪事，三軍總元帥沒做成大壽，反而辭世，司令部令全體憲兵執勤時又得改成一律帶上弔唁的黑布臂章。特勤連到會議中心靈堂前門大道執行送葬禮兵任務更得帶上黑色領結。因此收回百字徽章和紅色領結同時又換發送葬禮兵的黑色領結，連營務官一時之間竟忙得不可開交，趕緊向排長要人幫手，調去的兩名靈活的士兵襄助打理。

治喪委員會的決定為配合韋總理守靈日程，即刻先大統領仙逝之南部地區搶先進行奠祭儀式，俟儀式一完結，隨即自打狗展開縱貫富島南北之移靈北上路程，沿途供感恩戴德之全島軍民焚祭奠拜。

殯儀過程及事項程序議定，打狗市政府立即遵奉中央指令以最高的速度布置好靈堂，刻不容緩地展開南部地區祭奠活動。

是日凌晨三時半，站祭靈大道沿途祭祀禮兵的憲兵連即在哨聲下著裝用餐摸黑出發，五時不到即到達會議中心館旁的大體育場。只見南部各地憲警單位雲集，各單位隊伍整理後將各自乘原車駛往指定地區排哨，沿縱貫公路一路排去直到接壤中部縣治地界止，始由中部地區憲警單位接下該地區排哨任務。第二連擔任的是南區靈堂禮兵哨勤，最為重要體面的門面任務。全員到齊，朱排長整理隊伍列隊點名後，吩咐全員迅捷處理清楚身上大小事，有內急的把握上陣前最後機會上廁所，再整裝列隊互相檢視儀容，連排班長再分次檢閱畢，準五時半列隊出發，沿大道次以整齊步伐一對對分列地站上指定之禮兵位點。

會議中心靈堂預計六時半準時開放，一般致祭民眾雖不能進入靈堂致哀，唯可以在移靈大道人行道兩旁焚香路祭致哀送靈。事前各地地方政府已發動各級學校全部學生及公教人員沿移靈路線依序一路排列縱貫全島一直綿延進入都會大城市穿越城市核心，準備讓移靈觀禮致哀人潮不斷一直排列至主靈堂大門前為止。

打狗市會議中心靈堂沿途致哀祭典不斷，許多榮民竟日跪在太陽下瞻仰迎靈，而中小學生及部份黨國機構公務員則被主管單位要求跪在路邊迎靈，情況是史無前例之空前哀榮。同時當地各個民眾服務社，村里民大會等基層幹部也受到上級指示鼓勵民眾站出來表達哀矜之誠。因此子夜開始沿體育路邊已陸續出現致哀民眾，夜間三四時，道路兩旁已開始聚集各類帶著黑布帶的市民。

次日凌晨靈堂大門甫一打開，陸陸續續地黑色官家轎車即一輛接一輛進入靈堂用松枝紮成的大拱門下。全國各業各界等重要政要工商領導人物幾乎都趕早自北部南下前來上香祝禱，有的全國重要人物連夜下來住宿一夜等候一早好趕早敬禮致哀。隨後車子愈來愈多，有乘鐵路專車南下，也有各單位公務車包車南下，當然絕大部份重要人物都是乘自用車趕來，當然更多半是當日起早南下的地方首長及來自首都大城市中央層際的的高官大員及耆宿。所有全國重要大人物櫛比鱗次一輛車接一輛車地出現，全部都是黑色大轎車，因為是國喪，各個高級官員想必早就特地事先預備好黑色轎車。

幾乎全國所有官商領銜人物全先後來到靈堂致哀，雖然移靈首都大城市後，有更慎重國際性的盛大正式國喪祭奠，但全國各界領袖人物都寧可先趕來打狗靈堂一表衷心之哀思以及誠篤之感傷。

靈堂內致祭的高官顯宦有如政府高官達人清冊一般一波接一波地出現祭拜之處，而外面廣闊的街道沿途更是聚滿無以數計的民眾自動自發地馨香跪拜禱祝。悲戚緒緒影響下，致意民眾無不哀毀逾恆，哭號之聲震天，現場情況感人，有人甚至號哭至昏厥者，更甚者尚有人悲慟不已，竟當眾執刀自殘，幸好經旁觀者奪下小刀送醫，幸未釀成慘劇。

張茱萸由於身材高大出眾，在連上是第二高的士兵，為連長選派站第一哨的禮兵，站在靈堂大門口。他興奮之餘，恐懼一動不動地立正站立一整天，體力不勝，特地一早趕著囫圇多吞下兩顆冷饅頭。上崗位前也急著在體育館廁所解決腹內隔夜積料。但一站上崗位，結果竟然感到肚腹內依然不寧，而且愈忍就愈騷動。張茱萸心想此刻是他生平最緊要事最風光的時刻，可是肚腸偏不爭氣嘰哩咕嚕鼓湧流動；他強自忍住，已站上禮兵位置，絕不能洩氣，拼了命也得忍住。他提醒自己盡力站好，這是何等重大的事件，咬住牙，筆直挺立住，一動也不動地儘量撐住，絕不能讓人看出不對勁。

可是情況並不是光咬緊牙根忍耐就撐得下去，面前一輛接一輛黑色轎車不間歇地駛來在他面前停住，車門打開走出一個又一個達官貴人，有的高官偕夫人，有的是隻身來行弔致祭，侍衛人員忙不迭地趨前一一接應招呼，座車一下人，旋即開走。緊跟著下一輛車補上前來停下下人，車隊川流不息地流動，張茱萸不盯還好，可就在面前無法不瞪住，一下子就使他頭昏眼花。他忍不住不瞪視，因為走出來一個接一還都是久仰的名聞全國要員或大人物。

他無法不注視他們，雖想不看可能好些，但既不能閉眼，還非得全神貫注地瞪視前方，不停駛來的黑色轎車的四個輪胎猶如旋轉不停的陀螺，一再旋轉接續滾動而來，他頭腦也避不開地跟著不停打轉。

轎車滾動的輪子，不停地轉動，一輛復一輛在他眼下停止又開動，愈來愈多，愈盯視就愈感覺到腦內暈眩，愈來愈覺得頭重腳輕，他害怕會昏倒，愈怕就愈暈眩，滾動得他快站不住了，使勁全身力氣努力挺住，深怕就此倒下。腦愈來愈昏眩，更糟的是早上怕一天下來不能進食，稀飯加饅頭吃多了，肚子嘰哩咕嚕，要拉肚子！早先上哨前他已去過廁所，此刻又來了，完全沒辦法頂住，而且愈來愈嚴重，他已沒辦法忍下去，雖挺立站住，可實在撐不住，最怕頂不住，下面會就噴出，那要丟盡憲兵顏面。

幸好遠處來回巡視各哨位的朱排長一眼就看出他的不對。朱排長老到精明，知道張茱萸是怎麼回事。他一看出站最重要位置的禮兵臉色發白神色倉皇，顯然快站不住了，立即斷然採取行動，躡足到他背後耳語叮囑：

「你挺住站好，我馬上找人來頂替。」

然後迅即快步走向後方找到也在巡視的葉春池副班長調他上陣來頂替。

葉春池雖然個子矮一截，但這個緊急時候，不能講究。他直截了當地進入位置要張茱萸下去，就地頂上張的位置，他雖是副班長但一站上去，也像標兵樣的筆直挺拔地立正站穩。

第二部

9 雞籠憲兵隊

先大統領移靈後，萬壽山上的憲兵連的特勤任務也解除，團部的移防命令隨即下達，第二連隊將自南部轉移進駐北部港口的雞籠憲兵隊。

在移防前，朱排長果然如傳言所言退伍了。豬排離開時，好像成了另一個人，完全不像平常讓士兵們有所畏懼的鬼影人物，怕他不時潛行出來找衛兵碴的朱排長。臨行之前那幾天，已覺著不同，人頓時好像小了一號，連隊上不再聽到他跋扈地喳呼。雖早有傳言他可能會退伍，但上面沒發布消息，沒有人清楚他是否真的會退伍離營？他走了之後，很過了幾天，才由耳語證實豬排確實退伍了，他是在大家不覺不察下無聲無息地離開廝混了半輩子的軍旅。

豬排走掉的同時，無獨有偶，跟著連上另一個預官排長俞若愚也詭異地消失。魚排在連隊裡面重要性雖遠不若朱排長，但他的不見，流言可遠較豬排多得多。

連上的人都傳說魚排被軍法處逮走，現在關在國防部監獄裡。張茱萸老早就聽到傳聞俞排長是大統領二太子韋光耀的小舅子，傳言更說是因大統領逝世，二太子領導的裝甲兵團有奪權嫌疑，趁亂要發動兵變，但已在事變爆發前就被敉平，事後清查，魚排因親戚關係牽連，所以被軍法處逮走收押。

但跟俞若愚有往來的黃幽園告訴張茱萸根本不是這回事。

「連上的人根本搞不清楚事情來龍去脈，捕風捉影的瞎猜亂傳。」

「你是說俞排長並沒被逮？」

張茱萸求證。

「他是被送去軍法處，但和兵變沒關係。魚排告訴過我他姐夫早就不是裝甲兵司令，外面穿鑿附會把兵變與韋光耀連在一起。」

「那他為什麼會被送去軍法處？」

「魚排在學校時就和非黨人士有交往，韋光耀大概怕太子清算，所以先將魚排報出去。」

「那他確實是韋光耀的小舅子？」

「他姊姊嫁給韋司令作續弦。」

「魚排姊姊很漂亮？」

「大學校花，當然錯不了。」

「既然有這層關係，為什麼還要報上去關他？」

「那你不懂，怕出事啊！先將他送進去，免得小韋辦完喪事，過後輪到要整肅非黨時，魚排會牽連出事，到時可幫不了他。」

虎口裝甲兵變事件從頭至尾都被封鎖住，不僅未曾見載任何傳媒或廣播，也完全被封殺在新聞報章雜誌上。但在軍中或相關機構裡面仍有些耳語傳聞，主要是由於牽涉干係的人員

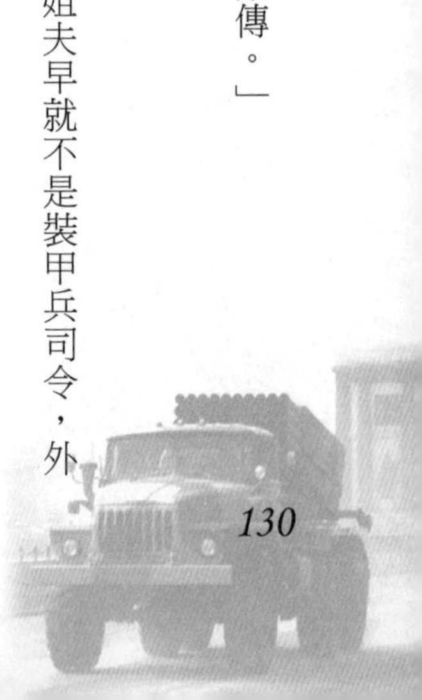

不少，事件之後清理與人員調度遂使得消息在軍中逐漸走漏。

雖說從沒人確切知曉是否有那麼回事，但人員調動使得某些傳言得以證實，這算是軍中嚴密保防政策的一樁漏失。黃幽園、張茱萸他們連隊得以確認有這回事，並不出於俞排長的離職或傳言風語。俞排長事件無人清楚詳情，黃幽園背後跟張茱萸描述得繪聲繪影，也都只是姑妄之言，無從取證。但是他們連上兩個排長走了之後，沒想到調來頂替的古排長倒確切地以人證來證實是有那麼個事變。

自中華政府遷富島以來，一直採行強力戒嚴管制。韋氏父子的黨國中央政府為免蹈當年大陸時代之失，嚴密監視內部，警戒及肅清異議份子是當務之急，匪諜是人人避諱畏忌的話題。

韋大統領奮鬥近四分之三世紀，最後僅落得喪師曳甲靠美國的維護勉強守住這個小島。在島上他又開始生聚教訓，呼籲全國軍民勵行臥薪嘗膽，一心一意為打回去收復失土成了韋氏父子黨國舉國奉行不渝的命運與立基富島之使命。為強力守住這塊最後基地，任何有影響他基本國策的言論或滲透，全以種種警備情治等高壓統治及政策鎮服。除反共外，有關富島本身獨立自主之類異見更是絕不容碰觸的議題。同樣對韋大統領個人統治方式有所建言，如尋求言論開放與依民主立憲組黨同樣也是見不得啟萌發聵的議題。所以民主化制衡力量的尋求和匪諜、島獨都一樣是島上嚴格禁上碰觸的三大禁忌。

多年來，整個島國籠罩在肅殺的戒嚴氣壓下，各方監管極度嚴厲，除了多重警察機構自各個方向監督警戒而外，情報與政工單位更是無孔不入。甭說在獨裁政治壟斷之下，地下攸關的活動不可能，而且只要民間稍有異議，立遭整肅。

韋氏父子以兵領國，軍隊成了他們個人資產。自兵敗喪失中原國土舉黨國政府遷來富爾摩沙後，領導統御加強一元化，軍隊成了領袖個人的武力，兵變簡直未曾聽聞過。所以風傳甚廣的虎口事件，在人們心目裡，只是將信將疑的傳言。仍如同以往無從證實的傳言，不久也即煙消雲散。不料他們連上正好新調過來的排長，自稱是虎口事件的關鍵人物，此樁兵變事件在連上遂又被提醒起來。

第二連去了兩位排長，不久調來一位新排長。這位排長姓古，充員裡面立即延續舊例，私下稱他「骨排」。骨排來到連隊時，正趕上是在整編後的連隊遷移往北移防，入駐雞籠憲兵隊之際。連上的小兵初見骨排先還不明白他領肩上徽章的玄機，因他一來就自稱是排長，照講稱為排長至少應是一條槓的少尉。但他戴的肩章並不是一條槓，有人問知道原委的老士官們，才知骨排那個點代表的准尉身份，他領肩上那條槓還沒長成，所以只有一個小豆點孵在那兒。不是少尉當然不是排長，老士官們背地噱他只能算是排附，自抬身價，自封為排長。

由於階級不到位，骨排在連上的身份只是代排長。但是雖然不是正式排長，古排附可不含糊，一來到連上喳呼得很，讓全連認識到他這號人物竟然可以立即頂上朱排長在連上的重要地位，上承凌連長之旨，下面號令起全連士官兵動起來。

古排長來沒多久被充員按連上傳統暗封為骨排，不僅因為他姓古，更因瘦得像排骨。骨排雖瘦可瘦得精悍，一張臉雖像螃蟹，可一身制服永得筆挺，神氣得緊，而且精力旺盛，成日嘩喇喇的，不但音量大精力充沛，更搶著一手攬事。沒兩下子就能接手豬排在連上地位。一方面連上此刻連長之下再無帶兵軍官，他來了當然得接手。

骨排跟退伍的豬排一樣，同樣是在兵隊裡打滾成精的老兵，一樣不是正規軍官，也是行伍出身。骨排是從裝甲兵憲兵連調過來的，有人傳言他曾參預傳說中的虎口事變。他得知不但不避諱禁忌，更向大伙證實確曾發生過傳言的兵變。不但如此，更大言不慚地自我吹噓表明他就是事變中外傳的憲兵連裡強出頭的那號人物。

骨排證實虎口兵變，連上更有人說明他本來只是個下士級的士官，因抵制兵變有功，不僅獲頒獎金，更連升三級成准尉。

傳言繪聲繪影，說那次事變裝甲兵司令本來只與幾名親信協商兵變，下級官兵及絕大部份的帶兵官當然都不知情。司令乘在大校場校閱全師裝甲兵團時，在台上訓話當中，突然改變訓話，開始改口攻訐起領袖黨國，進而號召兵團起義，全場錯愕，斯時司令台下的幾位政工人員在下面叫囂反對。古排長當時是憲兵掌旗士之一，站在近司令台附近，乘機呼應，號召一旁掌旗士兵一馬衝前，衝上司令台扳倒司令官。

骨排呱喇呱喇他的偉大事蹟，老兵們聽歸聽，沒怎麼動容。他們可是憲兵當了一輩子，什麼事沒見過，什麼事沒聽過，自己的事成天提從來無人理會，還理你的拔辣經。小兵一旁雖好奇，礙於身份，豈好向新到的排長打探。

張茱萸聽了這樣的傳聞，跟黃幽園說古排長似乎是忠勇兼具。可是黃幽園不買單，他語帶譏諷地批評骨排，說怎麼看也只像個虛張聲勢的小人，誰能證實他說的？真實程度有多少？看來也不過仗著初任軍官的自鳴得意，在他們連上這班孤陋寡聞的小兵前張牙舞爪。

黃幽園雖然露骨地譏刺這個下士連升三級的骨排，可這回第二連長途迢迢的自南富爾摩沙的港區直奔遷往本島北端的港區，初任大事的准尉代排長，表現得可不馬虎，掌握全連事務有條有序完全不是初帶兵的軍官，一連官兵與物資搬遷可是他這位新科排長一肩扛起搬遷重任的，瞻前顧後有圈有點一點也不含糊，完全不是老士官們口中甫登上台盤的小下士那般沒見過場面，護旗英雄可不是蓋的。

凌連長的憲兵連隸屬地區憲兵二〇一團第二營由原先駐地打狗調往北部港口雞籠的雞籠憲兵隊。這次北調是連級單位的輪調，只各連部輪調，各連部上面的營級隊本部並未輪調。陸軍制度，連級部隊單位三月一調，營單位是半年一輪調，團單位則一年一調防。。所以凌連長連隊這次調防，第二營只他們連北調，另外兩個連仍在打狗地區輪調。

他們被北調是由於擔當特勤連使他們在地區憲兵隊任務輪空，此次團部進行單位重整編排，因此把他們連跟南調的連跨營對調，他們因之換屬營隊調上雞籠，所以凌連長的連隊從原先所屬的第二營被劃歸駐紮在北部地區的第一營。

地區憲兵隊的編制是以營部作為隊本部，憲兵隊內部勤務，如治安分工、與其他單位協調、轄區單位領導與統御、後勤單位補給與籌措、會報以及文書作業都是營部職掌。營部本身並不領兵，武器兵力都歸轄下的三個憲兵連執掌，因此隊部所在的本身的下層外勤執行都由配屬憲兵連來任務。憲兵隊的諸種任務舉凡安全崗哨、轄區軍紀巡邏、與民間警方配合治安協調、伙房、看守所、人犯押解等等隊裡的裡外一切雜事都指定配屬連隊執掌。

凌連長率連隊上來輪替接掌雞籠憲兵隊，全連輜重與兵丁仍照前些時日搬遷上萬壽山時一樣，全連人員及物資分乘連隊三輛卡車與三輛吉普，但這回是沿縱貫公路從島南遠征至島的北端，三輛卡車由連長座車的吉普車領頭一路急馳上來。所有的武器裝具隨隊搬運上來，進駐駐地後，就成為雞籠憲兵隊的火力與配備。

一行車隊自打狗凌晨出發經過一整日急馳北上，入夜才趕至目的地，富島北端大不同艷陽高照的南部地區，還未進入市區，已是一路陰雨綿綿，一連人車入夜後烏天黑地到達市區雞籠憲兵隊，憲兵隊是所極單薄的二樓建築，車隊將就側邊馬路一字排開停妥，陰影中只見隊部操場狹窄低埒，全體人員隨即在細雨下展開搬運進駐。

憲兵隊位於市政府對面的路口，兩層樓的哥德式建築斜立街角，外觀雖還不俗，但進入內面周遭一覽，委實十分袖珍型。然而雖佔地狹小、建築侷促，該有的卻還都有，而且規模與架勢也都能呈現，只是全縮小一號。

並排的前後門各有一軍綠色木質衛兵亭，由於憲兵隊屋宇本身袖珍，顯得衛兵亭特別顯目，老遠在路上，一眼就只看到衛兵哨亭。但走近仿哥德式的屋宇很有可觀，直立抽高的屋宇修飾，頗像那麼回事，應是日據時代模仿德意志式的留存建築，門口雪亮的銅牌楷體的「雞籠憲兵隊」襯得頗有神氣。

門廳大門開兩邊，石階梯進去，兩門間窗口內對立兩張桌子，是值日憲兵值勤處。門廳左右兩邊相對兩間牙房，左手是隊長室，是二〇一團第二營隊本部營長的居停，第二連從進駐的此刻起正式配置於雞籠憲兵隊隊本部一營屬下的直屬連部。

隊長室的正對面的另一辦公室就是連長的連長室，室內面積不大剛好容得下一對辦公桌椅。辦公桌臨窗，平行靠牆則是連長收拾修整的單人床，床尾是永遠褶疊得四四方方修整如豆腐乾般的薄舖蓋，其上自天花板垂下一卷的綿紗圓蚊帳掠捲起掛在牆角，斗室之內就是今後凌連長俯仰所在。

門廳背後樓梯通樓上，樓上是營部兩間辦公室。樓梯轉折處進入連部士官兵的營舍，狹隘的長條式通舖屋的一壁是上下兩層通舖，班長士官兵分兩列睡滿上下舖，室內倚門的走道僅容旋身。

出了前廳就是小操場，真的是小，攏總算起來大約有半個籃球場那般大，後院兩側邊的走道蓋有遮陽蓬，一邊是看守室的牢房，再過去就是伙房與炊事兵房以及軍官宿舍。小操場另一邊則是餐廳，後門進出口及車庫，餐廳也是輔導官上課的教室及看電視的文娛室。麻雀雖小，倒也五臟俱全。雞籠憲兵隊雖是營級單位的辦公建築物，但整個建築物坪數比起第二連在打狗港口憲兵隊隊部還小得多，估算起來約莫只有一半的面積。

10 高砂橋下

雨港雞籠的冬天，絮雨綿綿，陰霾低垂，永遠不會放晴似的。黯淡的天空，溼潮的馬路，老是滴水的屋簷使得人也跟著鬱悶消沉。

由於天空早晚都在落雨，憲兵隊原本由營長主持的晚點名，無法在操場上正常進行。都變通在士官兵寢室改由凌連長負責就通鋪邊主持儀式。

憲兵隊二樓狹窄的長條形臥室內，全體兵員就地在通鋪前站成一列，連長則站在兩邊寢室當中過道門廊主持晚點名。地方極度狹窄，古排長向主持點名的連長報告前行的標準立正及轉身動作根本無從施展。無論唱國歌憲兵歌，打數報號都只有遷就場地簡略地意思一番。訓話的官長窩在門廊下，空間窄，威風不顯，訓話的連排長也只將就對著面前的幾個兵講話，站在兩頭裡邊部份的兵員長官看不到也注意不到，那些兵是否聽訓或者倚在通鋪柱上休息甚至在搞自己的私事。因之一等連排長和輔導長訓話完畢，隨即喊口號草草結束。如此濃縮下的晚點名，人人暗爽。老士官說上面是多此一舉，顏學銘加以引申，對他們那伙人說：

「何必拉不出，還硬撐住毛坑挺？」

連隊進駐憲兵隊，接掌的勤務也就多元化，週日在市區要派出示範哨，軍紀巡邏，軍警連合巡察，突擊檢查，押送人犯……等等不一而足。但所有勤務當中，最普遍而且佔用最多值勤人數與時間的日常勤務仍是一般無二地站隊本部前後門的衛兵。朱排長離開之後的憲兵第二連，原來由他一手包攬的隊上事務，開始分派給相關的人接管。凌連長與古排長當然負責市區出勤的遴選與排班，而原先衛兵排班是豬排當仁不讓掌管的事務。此刻他離營後，連長乃授意由遴選出來的兩位值日憲兵來排班，連長指示值日憲兵按全連兵員依序按每週填排後交由連長審核後執行。

接掌雞籠憲兵隊之前，連上值日憲兵都是以下衛兵的預備班兼代，做的是傳達和接電話的總機的事務。接任市區憲兵隊職務情況不同，值日憲兵是重要職務負責坐鎮大門辦公桌，不但是隊本部營部的門房，收發公文、應付上門來的人與事的第一道關防，同時又是連部連長的文書和傳達，要從充員兵裡頭遴選出機靈能幹辦文書人員充任。

連長和輔導長商量後選上兩名有墨水夠機靈的士兵兩名值日憲兵是丁孝燦與被叫做大蝌王的王安雄。做了值日憲兵就和文書兵一樣只坐辦公桌再不用站兵了，文書兵和和值日憲兵算是憲兵隊裡要具備墨水才能的士兵擔當的職位。文書兵是連上剩下來的另一副眼鏡許士祺，許士祺雖是新報到的，但人靈活，一來就上上下下走得熟絡。輔導長看上他是因為他寫得一手好鋼筆字，常找他去刻鋼板，因此順理成章被遴選為文書兵。

連上加上新補上的新兵，現在共有約三十個充員戰士。前後門及車庫保養場三處衛兵哨位，日夜輪番排站下來，再加上白日上哨前得輪一班坐在值日憲兵對面的原先叫預備班的勤務憲兵，光這麼些勤務就把所有充員兵輪值時間鋪排得滿滿的。

如前述，雞籠憲兵隊除固定的前後門衛兵站哨勤務外，其他固定勤務是週日休假的軍紀示範哨；逢休假日，各軍營的士官兵放假出來蜂擁上鬧區及電影院，憲兵隊就得在重點地點派置軍紀示範哨來威力彈壓。此外另外每日固定勤務則是平時夜間得按視實際情況，於固定時間派出一兩組憲兵去軍紀巡邏。

軍紀巡邏是成組的憲兵按指定路線巡邏鬧市的風化區及平價娛樂場所，對一般外出休憩或外島回來休假的士兵進行糾察警戒防止違紀或鬧事。

軍紀巡邏而外，同時尚有為配合警察單位的夜間冬防勤務，與民間的警察單位進行聯合巡邏。一般民間流氓滋事或違警或刑事事件，當然是警方的職責，但牽涉到軍人時，就必須由憲兵出面負責。

憲兵隊的軍紀巡邏通常是兩員憲兵出巡察任務，沿街巡邏時以一位老士官帶班配領一員充員憲兵戰士巡視街市，這樣的搭配為的是讓老士官帶領經驗不足的充員憲兵，情況發生時，需有經驗的士兵帶頭處理。

憲兵裡面老士官多半是從大陸撤退時隨軍遷來富島，一年一年下來，在軍隊裡面逐漸老大，一般勤務雖然多半不再擔當，但像到風化區等龍蛇雜處地區巡邏，有經驗的老士官還是比年輕沒經驗的充員憲兵派得上用場。

軍營裡士官跟軍官階層上差別是一道不可逾越的巉岩淵壑。士官與兵在事事講究等級與階層裡面，是屬於同一層級，然雖生活操作起居在一起，由於年齡出身和環境的不同，彼此間有著明顯的代溝和區間。而一級級的士官階層雖不若軍官階層般的階級地位與權力上差別那麼大，然身處其中，其間自有其明顯的級別及階層之區分間隔，這乃是軍中特意培植出來的階層軍紀制度與文化。

士官兵裡面層級最高的是士官長，連上共有兩位，一位是號稱營務官的徐得功，營務官不是官，其官階只是士官長，充員兵都不明究裡何以稱之為官，大概因為徐士官長掌控大家最為攸關的糧餉軍需，因之奉承為官吧！總之，連營務官這位置很奇特，編置上是士官，但稱呼上又是官，甚至吃飯他都上軍官桌。軍隊裡最講究階級倫理，怎會有這麼矛盾的稱號？張茱萸當初曾好奇不過特地去問過眼鏡，眼鏡的解釋是說為了叫得順口，大概就把營務士官長，叫成營務官。張茱萸只有似信又不信地接受他這種順應式的解釋。

另一位是洪得標士官長，洪士官長既不帶兵，也沒有勤務派給他，平日雖然閒置在連上，可是所有沒有分屬三個班的士官名義上都是洪士官長轄屬。洪士官長是兵王，是睡通舖的士官兵級階層的太上階層。

連上三級士官裡面最多的是上士，幾乎超過士官總數的一半，除了三位班長之外，大部份士官都是上士階級。軍隊待久下來，輪來升去，最後都升到上士，到了上士就不容再上去。一個連的士官長都有一定數量，所以混得再久通常不會再提報上去。

上士裡面，班長也不少，但只有章亢龍、程明和張民三位班長三人是真正帶領三個編制班，這三位班長在班長裡的是掌權派，位高權重，等於最高等級的上士，所有充員兵除了伙房文書之外都平均分配在三個班長的班上。但在連隊裡面，除了早晚點名外，三位帶班的班長只名義上帶領分配在他們班上的兵，勤務調派及管兵領兵都在排長手裡。但若是分派到分遣班，像當初在港口憲兵隊時，分派在兩個分遣班的班長張民跟程明就是他們單位的一方之霸，所有權力和任務調派就都在他們手上。

除了班長、營務官、文書士、伙房班長、駕駛班的、電訊班的等等負責非正規憲兵任務的士官外，其他人多半閒置連上，有專屬任務的是極少數，趙芷相上士是有正式職掌的士官，他是傳訊士負責傳遞送達公文。各班班長之下，配屬兩三位中士副班長，葉春池就是其中之一，但來到雞籠憲兵隊，駕駛班擴編，他榮調成了駕駛班副班長。

沒有專業任務的班長和士官在憲兵隊裡所分配到的勤務就是帶班兵出巡邏，以及配合充員士兵休假日在娛樂場所的彈壓等等。

當然出巡查任務就像前面所述，都是經過連排長挑選過的並不是所有的士兵和士官輪流出勤的，出街巡邏要挑個子高大體面的兵。帶班的士官也要拿得出去，懂得應付情況的。

士兵裡面景佾、曾輝雄、黃幽園、林景山等幾乎是固定被挑來出巡邏的兵。出巡查就不輪衛兵，所以他們四個老出巡邏的兵很少輪衛兵，尤其曾輝雄和景佾是連裡最體面的兩位，幾乎一直排在出巡查名單上，輪不上去站衛兵。

張茱萸雖然在連上表現不佳，站大統領致祭靈堂的禮兵時竟然幾乎當場垮下，三個班的班長認定他是個菜包。但連長偏看他是老鄉份上，有時還是特地要挑張茱萸出巡邏。

只要是不是下雨天，憲兵隊每夜會固定派出兩組巡查，從憲兵隊出去一組向北，一組向南。張茱萸首次被派去巡查走的是南路，帶班的是王積柱班長。王班長聽說是大統領府前國慶閱兵時的掌旗官，長得高大挺拔，不過人倒不似那三個班的班長成天板著臉、搭架子，王班長人隨和得多。

張茱萸被連長挑出出巡查那天，可讓他盼到出巡查的風光滋味。出巡之前，首先兩組巡邏全付裝備，在門廳內整裝待命聽古排長號令立正、稍息；立正後，報請連長檢閱，連長仔細檢閱兩組巡查的服裝儀容畢，再檢查武器，兩個憲兵聽口令舉起手槍，打開槍膛查點後，連長點頭認可，值星官一聲令，兩組巡邏位序隊伍出發。

站在一旁跟著觀看兩組憲兵出巡前檢驗的陳會，一臉羨慕相，他個子矮，出巡的勤務不會輪到他。他和張茱萸睡鄰舖，平日也都走在一道，很為張茱萸得以出巡慶幸，高興之下竟然脫口說出像頌詞樣的話語：

「五府千歲出巡，保境平安。」

「秦儈，你在拜菩薩啊！」

坐在位子上的值日憲兵丁孝燦譏笑他：

「嗯！菩薩會保佑你這個三寸丁也出去當七爺八爺。」

「去你的！你才七爺八爺哩。」

「你們兩個胡說什麼？在憲兵隊門廳內，被人撞見成什麼體統。」

他們兩個小鬥嘴，被古排長轉身撞見，破口叱責他倆不成體統。陳會伸伸舌頭，趕緊開溜。

「這樣憲兵像個什麼樣子！」

骨排繼續發作。

「一點架勢都沒有，哪能鎮得住老百姓！」

張茱萸出了隊部挺著腰板，隨著王班長腳步齊步並肩沿著馬路邊巡邏。一路未碰著制服的軍人，即使有的話，老遠見著憲兵也轉道避走。路上著軍服的軍人可能並非怕憲兵會找麻煩，而是為了避免迎面撞上，不管怎樣？憲兵要跟你糾正，你是沒道理好講，譬如挑人風紀扣沒扣上、帽子沒載好還是查問何以離開營區、有出差條沒有⋯等等，只要攔下一糾察再沒事也生出事來。

他們一路巡來，第一個歇腳處是軍樂園，軍樂園裡的人穿便服居多，分不清老百姓軍人。但是這種場所，著軍服的，就是服裝隨便點憲兵也不便糾察。裡面的人看了憲兵進來也沒人當回事，叨根煙打彈子的繼續打彈子，跟妓女打情罵俏的仍然打情罵俏。

王班長待了幾分鐘後，即要張茱萸上路，兩人繼續巡邏，穿過兩家電影院前門之後，去到火車站，這是第二個駐蹕處，停留一會就進入高砂橋下。

雞籠市倚山面海，市區腹地異常狹小，海港與狹窄的街市區背後即是土丘碌碌的丘陵地帶，因此遷就地勢，市區背部接外道路乃直接由迴環引道自平地高架成陸橋，從市區直接接上通大城市的主貫道。

這座高架橋民眾沿襲日據時代的舊名稱仍稱之為高砂橋，高架橋上標示的正式名稱是以前大統領之名命名的「正大陸橋」反而不彰，世居當地的居民多半都不知道另有正式名稱。陸橋下面那一片區域，因之也統稱高砂橋。

當地人何以慣以高砂為名，乃是因為該地區在二戰時是日軍訓練的高砂義勇軍出征前之營地。高砂是指日軍徵募的山地人軍隊，山地人英勇善戰在二戰中對日軍南洋幾內亞戰場貢獻良多，犧牲也最鉅。高砂志願軍對日本軍隊最重大貢獻是傳授日軍在叢林求生技能，日軍得以用山地人叢林求生技能在南洋叢林作戰發揮最大的效用。高砂族軍員能在無徑之叢林，穿梭偵察，分辨遠方聲音，從事伏擊。更由於山地人擅狩獵，對叢林動植物分辨可食或不可食，使得日軍在缺糧下得以補給。

眼前高砂橋下那一帶是雞籠地區最為龍蛇雜處的地區。湫隘紊亂的兩條街道上，全無秩序地雜聚聚集各式廉價成衣與日用品攤販與飲食攤推車。更讓人注目與知名的是不大的地方，參差林立著低檔的私娼寮、花茶室。

張棻萸頂著白憲兵盔，挺直腰桿，一本正經地隨著王班長走進區內。只覺得區內光線暗淡，來往的人們影影綽綽。稀疏的電線桿上的路燈昏黃無光，垂照得周遭朦朧模糊，幾乎看不清地面，讓人以為髒亂的馬路上似乎未曾鋪上柏油。擁擠凌亂街道混雜種種怪異的人群，那種情形，有點像是夜間才出現讓見著的矮小而瑟縮的生物族群，整個地帶呈現出一片非現實般的詭異氛圍。

那些人看來莫不都是地痞、流氓、妓女、軍妓、老鴇、拉皮條的龜公、吸毒者、煙毒販及服裝不整的軍人。其中的軍人特別不同，邋遢隨便，全不像平時路上隨處可見穿制服的士兵，那些軍人一副吊兒郎當什麼也不在乎的形貌，穿著更是隨便，草色軍服隨意往身上一披，鈕扣不扣、不戴帽或歪戴帽，沒有肩章和階級識別標誌，其中有些兵是還戴有臂章，卻是從未曾見過的標誌，奇特的藍色圖案下繡出反共救國軍字樣。

而且個個蓬頭垢面，滿臉黧黑晦氣，顯得格外寒傖憔悴，有的甚至酩酊酒醉，有一個竟然扶住電線桿當街嘔吐，要倒未倒，一副站立不住的模樣。

人人一副吊兒郎當大屌不甩模樣，沒人把突然出現在面前的兩個憲兵放在眼裡。張茱萸心中奇怪他們是什麼軍種？哪裡來的軍人？何以可以作出這樣的打扮，而且全然不在乎眼前的憲兵。張茱萸與王班長走過，那些兵態度彆扭地望著他們兩個憲兵，一副你能奈我何的挑釁模樣。

王班長見著他們沒有任何表示，好似見怪不怪，一點也無動於衷。二等憲兵張茱萸狐疑不已，只好向班長請示：

「報告班長，要不要對這些兵檢查糾正？」

「他們是反共救國軍，你不知道？」

王班長詫異地望向他，反問他：

「要怎樣糾察？」

11 反共救國軍

張茱萸出巡邏，算是首度見識到反共救國軍真面目，才曉得堂堂中華國軍裡面還有這號部隊。回到憲兵隊，連忙將當日巡邏的見聞跟黃幽園說明。

黃幽園許是由於經常出巡查勤務早有所接觸，見怪不怪並不以為異，反問他：

「你曉得這些兵是從哪裡來的？」

「哪裡來的？」

張茱萸可不知道是從哪裡冒出來，正好奇。

「他們是從外島放回來休假的。」

「外島？那他們是從金島和銀島坐船回來的？」

「什麼金島、銀島？他們可沒那麼好命。」

黃幽園糾正他。

「金島和銀島也是像我們這樣的兵抽籤或調防去駐防。這些救國軍是駐紮在更前線的小岩石島叫做大嶼或小嶼等地方。」

「原來是從那些島嶼來的。」

這些島嶼的名稱，曾在高中地理課本讀過。

「或者比大嶼小嶼更小更貼近大陸的烏龜島蚯蚓島。」

「那是什麼地方？」

「沒聽過吧？那是些寸草不生的蕞爾小島嶼，或者是珊瑚礁。」

也不是完全沒聽過，張茱萸小學一二年級時候也曾經在家裡訂的報紙上見過報導金島炮戰、有名的共軍血洗二江島以及軍民自大江島撤退，都是些偶爾從新聞上得知的遠處大陸邊緣的一些國防最前線的小島嶼名稱。

「金島銀島那兩個島原來就是有人住的島，不但是正式國軍駐防前線的金防司令部和銀防司令部駐守地，也是各有所屬的縣政府機關之所在地。」

「是，我知道是金縣縣政府和銀縣縣政府所在地，」張茱萸點頭稱是，表示他也很清楚金銀二島的狀況，他接著更加以發揮，表示他地理課本背得滾熟：

「兩省的臨時省政府卻都在這邊的富爾摩沙島上。金島銀島是僑鄉，那裡的居民大都移往東南亞，在南洋各大都市有很多兩島僑民，僑民匯不少僑匯回去。那兩島上不但國軍做了很堅實的地下防禦工事，而且農漁事業也很發達。」

「你知道我們這邊吃到的黃魚貴得不得了，你知打哪來的？」黃幽園問他。

「都是從那裡運來的，你喝過金島高粱沒？」

「沒有。」

「啊！味道一流，哪天找你去喝一盅，保證要讓你叫讚，不僅清洌而且濃郁得不得了，到時不要醉倒路旁像救國軍一樣起不來了。」

黃是大凱佬，動不動就提議要帶他出去開眼界。

「好像兩個島上產高粱都很有名。」

「都是一流的國產酒，公賣局從兩島上的酒廠應賺了不少錢，你知道嗎？金島高粱不僅我們這裡有名，海外也有名聲，我當兵前曾隨家裡漁船出去過，到了星加坡當地港口都買得到金島高粱。」

「大嶼小嶼沒有居民嗎？應該有漁民吧？」

「除了救國軍哪有人住？即使有民居也老早被對岸的砲彈炸光了，那裡太小，守草不生，不可能有人住。那些島嶼每次運送食物食水等補給都得冒著砲火搶攤。」

「搶攤？」

「當然，那些小島都看得到對岸，又沒有碼頭港口，軍艦運送物資去，都得用小筏子衝上岸，那裡的兵一見筏子靠近，立即涉水去搶接，每人一接到船，就得在對岸砲彈下飛快地背上物資奔回島上。那些兵你不要看個子不大，力氣都大得很，一個人一坑就是兩包一百斤的米飛身往回跑。」

「那些軍隊難道一直都派駐守在島上？」

「對啊！一輩子蹲在岩石島上，除非倒下，就地一埋，或者埋都不埋，往海裡一扔。」

「怎會這樣？」

「他們原本就是被放棄置於死地的留置部隊，是當初大陸撤退時最後出來的部隊，你知道什麼是留置部隊？」

「留置部隊是戰鬥中，部隊為了整體撤退，留下一小部以性命死守陣地，要戰至最後一兵一卒，以換取整個部隊從容撤防。」張　萸又背誦起他從書上得來的知識。

「對，就是用小部分兵力死守陣地以掩護大部隊撤退的隊伍。大部分救國軍都是舟山群島等地撤退下來的轉進部隊。這些人死裡逃生回來，老韋就用他們來守最前線，或者用來偷襲入敵後作戰。或者空投大陸作敵後部隊，但空投後多半都被甕中捉鱉，絕大部份都殉國了，即使逃得回來這邊也不要他們，只有留在最前線等待反攻大陸。」

「那些軍人困居島上，休假才能回本島嗎？」

「他們休假大概都是去金島吧？也說不定有事沒事也混到對岸去。大陸海防可能不像我們這麼嚴厲，離他們的島又近在咫尺，偷偷潛進去不是難事，搞不好要玩就乘夜摸黑上對岸玩一趟。反而那些人回來本島是不容易的，除非因榮譽假，或在機緣情況下才讓坐船來本島。他們閒散慣了，沒人管，又不體面，不能影響國軍的觀瞻，所以劃出雞籠這塊小地方讓他們遊蕩消遣。」

「他們個個個子矮小猥瑣，像軍人又不像。」

「是呀！大概可能都有性病在身，見了人一副人家欠他幾斤油樣似的，反正很難纏。看起來有點像人渣似的，像是被一般人類挑剩扔棄出來的爛品種，瞎了眼的，傷了一肢的。」

「我見到的身體四肢都完整。」

「你是說斷手斷臂嗎？倒也未必，話雖是如此，誰曉得他們倒底打過仗沒有。你是不知厲害，才會想到上去糾察，王班長不會那麼傻，才不會上去自找沒趣。」

「如果上去糾察他們會怎樣？」

「哈！能怎樣？他們就是那個樣，一問三不知，逼得你只有把人帶回隊上。正好，這邊營部會有你好看，哪能關他們？他們自認為國家賣過命的，死都死過了，你能把我怎樣？他們一副隨時可以豁出去跟你拼上老命的樣的，誰會去惹他們。」

張茱萸慶幸當時他本想立即質問面前的救國軍人，還好懂得先向班長秉告，否則不曉得會是怎樣的麻煩。

「島上生活一定很單調無聊？」

「當然，島上沒淡水，沒女人。全靠補給。邋邋遢遢，沒什麼儀容好注意，那些人從不出操、不洗澡、不刮鬍、不剪髮、不刷牙野人似的。他們唯有的盼望是等軍艦到時從本島或金島送幾個軍妓過去，他們在島上平時是見不到女人。國防部送的軍妓一過去，老母豬都當成天仙。那些兵平時薪餉沒處花，存的錢都換成金子。妓女過去使一點好處，就讓他把心掏出來，什麼金戒子，金項鍊，有什麼都恨不得全給了妓女。碰上那些女人，就是他們一生的溫暖。那些人此生出不來了，對他們好一點的妓女就是他們最大的溫柔。妓女只要略施溫柔，老兵們什麼都願付出。」

「船從海上一接近大嶼島老遠就島上韋正大手書的勒石『大膽守大嶼，島孤人不孤』，什麼島孤人不孤，把人家榨乾孤苦伶仃地丟在孤島上，還唬濫人，說你不孤單，你是堅強的國軍。」黃幽園大肆渲染地把救國軍描述一番，最後還譏刺地批評起大統領。

張茱萸聽得一楞一楞地將信將疑。但是第二天他即刻就得到印證，救國軍軍人可惹不得，有兩個救國軍軍人就在他們堂堂憲兵隊部撒野。

那時，張茱萸吃完早飯正拿了鋁飯碗跟筷子回寢室準備去放回自己洗臉盆裡時，聽到門廳裡面鬧嚷嚷有人在爭吵。走進去一看，只見一個衣衫不整的軍人，追著要打一個警員，還旁若無人地斥喝：

「打你個龜孫耳光又怎樣？」

一面舉手作勢要再刮警員。

警察已被他逼到角落，無處可退。營部兩個調查官都站在值日憲兵桌邊，竟不喝斥制止，任由警員委屈瑟縮在角落閃躲，還好軍人的同伴叫他過去，才終止鬧劇。

「老X，過來簽字，別鬧了，簽字就和解了。軍部派來的人到了，我們坐他車走吧！」

調查官也說：

「你們兩邊簽字後就結案了。」

原來這兩個兵是在花茶室鬧事，報警後，警察拿他們一點辦法也無，處理不了，轉來憲兵隊。他們也不甩憲兵，照樣喧鬧，憲兵隊也奈何不了，調查官只得做和事佬，息事寧人，寫了和解書，讓兩邊簽字結案。被打了的花茶室小姐和砸壞物件，都不予追究。不過聽警部裡頭人透露：事後港口軍部會照往例稍微補償些金額給茶室作為損失賠補。

12 軍警聯合冬防巡邏

雞籠和打狗是分岐海島南北兩大出海口，是進出富爾摩沙海域與太平洋的前後門戶，不但是海島命脈的南北貨物進出的兩大商港，同時也是國防軍事上最重要的兩個軍港，雞籠港附近不但駐軍多，來自外島進出的軍人也多；軍人多，違紀違法的事件難免也層出不窮。專責民間治安的警察不能管制軍人，因此一旦發生軍民糾紛必須知會憲兵到場共同處理。

進入冬季宵小活動更加頻繁，因此進入冬季為加強保安防止犯罪，每年一到時候，市警察局都會按慣例通知憲兵隊一同進行「冬防聯合巡邏」。

雞籠市憲警聯合巡邏是警察局負責的治安行動，憲兵隊是配合行動的單位。出巡由市警局派出中型巡邏車沿市巡查，和平日憲兵隊自行派出壓馬路式的巡邏不同。憲兵隊出聯合巡邏依舊是出動二員憲兵，照舊由一個士官帶領一個憲兵配合參加警察的隊伍出巡查。由於不是一對配對的憲兵並肩走過街頭，因此不必顧及身材是否相襯。個子高大的張茱萸就不再需搭配同樣尺寸的王班長，這次張被派出去出聯合巡邏帶班的是個子矮小的蔡中士。

蔡中士不似王班長，不會訓人，也不陰沉，而且臉上好似老帶著笑意，頗為隨和好講話。但木訥的張茱萸仍不曉得如何與之搭訕套近乎，一仍木木地跟著搭乘上來隊門前接他倆憲兵一道出巡的警局巡邏車。

巡邏車上前後有三排座位，每排原先各坐上兩個警察，兩個憲兵一來，中排座位空出讓給憲兵，其中一位警員擠進後座去，讓兩位憲兵擠入中排。

警察們招呼兩位坐定，他們跟蔡中士客套，道過：「班長好！」後，車子就按前座帶隊的市警局巡官指示，一路展開出巡。

負責帶隊的警官蔣巡官，人滿熱絡，江浙口音，話說不停，很四海樣的。坐在蔡班長旁接腔的年輕警員，頗為奉承，聽他們交談的口氣，好像蔣巡官在地面上頭面甚熟，無論黑白道上似乎都罩得住。說話的員警口舌便給，即使是恭維話，聽來都不落痕跡，幾位員警都是本省口音。

蔣巡官則用他江浙腔國語，一路不歇地回頭對著後面各員警侃侃而談，不時指點出那裡可能會有歹人鬼祟出現，那裡會有小太保聚集，那個場合平時會有流氓聚眾滋事，他又曾經在哪裡逮過某要犯，又在下一個街頭和某大流氓搏鬥過。

兩個憲兵都沒接腔，只有聽的份。這種沿街駕車巡邏他們警察可是駕輕就熟，和憲兵巡邏固定走的路線不同。軍和民顯然不一路，對象不同，出沒地區也不同，即使要鬧事，也有不同的場合。

港都冬夜淒冷，從巡邏車車窗望出去，暮靄寒燈下，屋簷街影參差婆娑，街市行人稀少。警車巡過一道道單調暗淡的街首巷尾。忽然間，巡官看出異狀，立下命令：

「那頭有情況，調頭！」

還是常年巡行街頭的警察經驗豐富，老遠就望到街尾那頭有可疑的人群聚集，即刻指示司機轉頭急馳過去。果然有兩派人馬，圍聚在街燈下講數。

不待車子停住，巡官及警員已打開車門一躍而出，衝入人堆中。

「將軍。」蔣巡官識出帶頭的首領，直喚其名。

「你們兩邊幹什麼？要幹架？」

兩方人馬見警察出現，都做出沒啥大事的態式。被警官喚做將軍是個高頭大馬的流氓頭領，裝做沒事人樣的快步閃入人群中，但警官不放過，筆直趕至他面前，左擋右阻不讓離開。

幾個警員也圍住這堆人，不讓人乘隙溜走。

警員要檢查有無帶傢伙，那些人個個不就範，口口聲明：

「無啦？」

「不是要械鬥？」有警察指出。

「哪無？」

「那你們兩邊聚在路上幹什麼？」

「沒安狀啦？泥們要安狀？」

流氓們反問。

一伙流氓被巡邏隊盯上，每個人都不在乎似的，仍舊遊來走去的，口中詛咒不停，幹來幹去，有點像捉迷藏。看情形彼此似乎常打照面，都面熟，警察要纏住的是頭子，小嘍囉們則撞來晃去地要掩護頭頭。

張茱萸有些不明情況，不知該不該上前幫忙，但只見蔡中士縮在後頭，沒他事似的。張請示士官：

「我們要過去嗎？」

蔡搖手制止：

「沒我們的事。」

糾纏半天，警察們還是把將軍跟另一個頭目請上車。

頭子們請上車送警局，嘍囉們圍住車子，講狠話，背三字經。張茱萸見身邊一個傢伙扳住車門跟將軍交談，好像在阻撓汽車開走，張出手拉他放開車門。不想那傢伙反手就抓住張的手，張吃了一驚，只得鬆手。這些人並不怕憲兵，他身上的憲兵制服未能制服流氓，這才認清這般傢伙不好纏，個個好勇鬥狠，都不是怕事的角色。街頭真見過世面的才不向他這身制服低頭呢！這身制服並不是老虎皮，這些人同樣一眼看穿他色厲內荏，甚至色也不厲，看流氓反手抓他，就表明毫不在乎他這個小角色。

兩位警員隨巡邏車載人回警局，人群被驅散。留下的幾位警員好像有默契似的指著街邊廊下的酒家曖昧地跟中士提議：

「班長，巡官掠人回局裡，等他們回來前，先到裡頭坐坐吧？」

班長點頭應好，兩位憲兵就被邀著一同進去。

張茱萸莫名其妙地跟著蔡中士進去酒家，時間已晚，酒家裡在打烊中，已沒客人了，張想像中的鶯鶯燕燕的場面看不到，留下的也是驚鴻一現，走的走，忙收拾的在忙收拾。但酒家老闆一見他們進來，還是立刻帶領他們四人去裡面房間。

坐下後，張才從警員們和過來招呼的酒家老闆娘對話中約略弄清楚，原來剛才兩幫流氓是在這間酒家不期遇上，互相看不順眼，另一邊人少恐寡不敵眾去搬兵趕回來在門口對峙上了。如講數不妥，就要火拼。正遇見巡邏車來到，才把兩幫人分開趕走。

過一會其他兩人和司機也回到酒家來入座，老闆娘已命侍應生理好桌面，好菜好酒也端上來招待憲警同志。

「么秀！將軍見了阿火就摔酒瓶，我們求好求歹叫他們莫要在裡面吵鬧鬥陣，費盡力氣才請出門口。」

老闆娘講解適才的驚險。

「老闆娘，免驚啦！再有人來，你只管報上我們巡官的名字，包你沒人敢來亂的。」

會講話的那位警員幫巡官膨風。

「沒問題，」巡官也拍胸脯擔保：「雞籠這裡上下我都熟，有事只管電話找我好了。」

「有軍人鬧事，可以找我們班長。」

那警員順便也哄抬蔡中士。

「班長，貴姓？」

「我姓蔡。」

中士趕緊回覆。

「班長，來，乾一杯，多吃點！」

一沾酒，巡官蓋得更帶勁，原來將軍還跟巡官打過架的，整個雞籠的幫派都跟巡官有過過節，那些人一見面就非要請巡官喝酒。張茱萸聽得糊裡糊塗，他想流氓會請警察的客嗎？保護費嗎？酒一瓶瓶地開，菜一道道上，一群治安人員無盡的長夜，都泡在酒菜裡面。蔡班長被灌了不少酒，拿人的手軟，白吃一大餐，做個好聽眾。張茱萸這個小憲兵也沾光有得吃，好酒好菜確實夠快活了，平常憲兵隊的伙食淡得出鳥來，今晚給他補到了。

張茱萸出了一次冬防巡邏，才理會得知出這種勤務還有這般好處。也首度看懂警察藉執行勤務揩商家油，同時也感到做特種行業的生意人，出於現實情況需要，非得各方都得應付巴結好，讓治安人員白吃一餐應是得到照護驅散流氓的代價，或者原先流氓在酒家也難說不是白吃，很可能都算是保護費。

出了一趟冬防巡邏，讓張茱萸得以見識到社會的另一面，通常他們連上排定出這類勤務還都是那幾個較體面的憲兵像景俗等搭配著老士官出勤。張茱萸不是好憲兵，又不機靈，但連長還是讓他輪序偶而出一、兩次這種勤務。不出巡查的日子，自然仍得按排班站衛兵。

站衛兵怕站夜間十二時以後的衛兵，尤其在寒夜的冬天，一向是大家避之不及的班次，半夜裡從被褥裡叫起來站哨，真不是滋味。人人都不願在寒夜自睡眠的半途站一輪衛兵，以至個個都跟值日憲兵說好說歹套交情盡量不要讓自己的名字排上半夜的班次。

可是張茱萸卻有不同的想頭，他這人和別人不一樣，他倒寧願站夜間衛兵，而不願站白天。因為站夜間衛兵不必恭身挺立地站在崗位上，又不須全神注意官長或閒人進出，不必忙著敬禮與警戒。因為他的一顆心思全在為退伍後的大專聯考而專注，夜間衛兵閒散，沒人監看，站哨時，可以偷偷地背英文單字。他一表示願站夜班，值日憲兵求之不得，還客氣，好不容易竟有人自願去填夜班衛兵，當然盡可能把夜班都排上他。

張茱萸晚上輪衛兵，白天除了出巡邏，星期假日的戲院彈壓，他也被圈選派出星期假日出勤市區彈壓。市區彈壓是全連性勤務，逢星期假日或國定假日連裡大半的憲兵都得派出去到戲院等公共場所彈壓。

每逢星期假日，各處電影院的早場或一些表演歌舞的戲院都按政府規定作為勞軍義演。因此一到星期日，各地營房的軍人一卡車一卡車地送出營門去到各地區電影院選看勞軍電影。這時全市各處娛樂場所都得由憲兵隊派出憲兵去駐場威力警戒，以防空群出來的軍人發生衝突、糾紛或鬧事。

張茱萸出戲院彈壓，又是排著跟王積柱班長成一對，連長認為他倆身型登對。

王班長與張茱萸負責彈壓的戲院是離憲兵隊不遠的新世界電影院，該戲院當日放映的是大熱門片香港出品的清裝武打片「黃天霸拜山」。通常武打片甚受軍人觀眾青睞，何況又是一流武打明星大匯演，以致戲院滿座，座無虛席。

電影一開映，觀眾坐滿在放映廳內，戲院的走道和門廳空無一人。王班長跟張茱萸值過勤，於是這回好意地指導：

「戲院彈壓就是這樣守在電影院內外，士兵進戲院看電影，一直等到散場，通常都不會有事。你要看戲也可以進去站在後面或坐在空著的後座跟著看電影。若是不想看，電影放映時間，在門廳內外休息休息也不妨事。」

張茱萸應有，表示知道。

張通常看電影只看西片，不看國語片。待王班長推開布幕進入黑烏烏的放映廳去看戲後，剩下他一個人就開始四處走動觀看，欣賞櫥窗裡的電影海報和展列在牆上的明星照片。東踱西看沒多久就覺得困倦，由於連續幾天站夜班衛兵，班次都是十二到兩或二到四的衛兵，睡眠不足，一個人無事之下很快就睏倦起來。

他於是踱到樓上放映廳後面的休息長廊，此刻那兒不但沒觀眾進出，連戲院女服務生也見不著，沒人干擾，單獨一人正好坐上沙發休息。四顧無人，放下警戒，坐著更睏，抵不住瞌睡連連，不一會竟然睏著了。

朦朧中，張覺著有人踢他皮鞋腳底板，睜眼一看，竟然是班長瞪著眼站在面前。他趕緊起立。

「你幹什麼？」班長喝斥他。

「不要命了！媽那個屄，服勤竟躺在沙發上睏著。你膽大包天，手槍沒被人摸去，算你走運，要不連老子也被你拖進軍人監獄。」

「我…我晚上站晚班衛兵睡眠不足…，」

他囁嚅申辯。

「站衛兵睡眠不足，白天服勤就打瞌睡，你扯什麼？」

班長怒目瞪視，恨不得摑他一耳光。

「馬上就要散場，下去警戒！回去隊上，看連長如何處理你。」

在連上，張茱萸一連兩天忐忑不安地等待處罰，不曉得連長會如何處置他。然而一等多天，半天未見動靜，連長並沒處罰他，也未沒把他關禁閉，不知是何緣故？服勤打瞌睡不會不處罰。不久前拘留房的木柵欄後面才關著一個新兵，那是剛來報到的馮光富，站衛兵打瞌睡被古排長逮到，第二天立刻送入拘留室關禁閉，憲兵隊拘留室是外監，自己人違紀是跟外面違紀的人犯關在一起。

張茱萸看馮光富在木欄柵裡面窩窩囊囊一臉晦氣地跟犯人窩在一起，馮深自慚愧，愁雲

暗淡，低著頭黑著臉跌坐木欄邊上，難堪得彷彿整個人都烏掉了，披著骯髒的軍大衣悶不吭聲，面前一碗飯爬滿了蒼蠅。他一口飯都吃不下，送進去的飯菜都讓同牢的人分食了。

張心想他被關進去後應不至於像馮那樣難過，也不會因之生趣全無，食不下嚥。主要理由他認為是他不以為當憲兵有何榮譽可言，當兵是社會篩下的渣滓，硬要區分出憲兵等級不同，有點像往麻臉上貼金，在爛瓜裡面挑好壞，不覺有何意思。因此被關禁閉或者是像這樣子坐監對馮光富是發自內心地認作莫大恥辱，他不以為自己會心生出那樣重大的羞愧屈辱。難挨和受苦是當然的，想自己被丟進牢裡後，逃不了會和馮光富一樣晦暗發霉。但他應不至於如他那般羞愧莫名，他即使在公眾場合出彈壓勤務被逮到打瞌睡，如同王班長說的手槍大有可能被摸掉，這樣的憲兵完全不該發生的重大錯誤及失職，他卻依然不覺得有何好後悔。他是鐵了心了，他已是黃幽園的信徒，不以為軍中政戰教育，甚至憲兵的榮譽那一套有何意義？他受黃幽園影響不認同軍隊灌輸給兵士的榮譽觀念。身在軍營他只求無過，求好與他應是無緣，他也不覺得部隊裡面這套有何了不得，他是黃幽園一伙的。

他確實受黃幽園影響，可是他生性懼怯膽小，又沒能力與勇氣，沒辦法像黃那樣打自內心底不甩軍隊裡面這套。黃幽園的偶像是電影第三集中營裡的史蒂夫麥昆，那種完全無視權威，對任何事情都是大屌不甩的態度。他只能欣賞，沒有可能學得來，唯有可提的大約是相信在意志及生氣上應不至淪落到馮光富那般悔悟消沈。

他想自己心理上或有可能較堅強，送進去關禁閉後應不至於如馮那樣被壓垮，但是自己沒掉落到那地步的狀況，此刻無論怎樣想都是空泛不實的。他知道自己，會擔憂和畏懼的心情絕不輸馮光富或任何人。他不夠堅強，忍耐與抵受度可能尚不若旁人，憂慮不知何時會被送進去，牢房不舒服的環境是他是最擔憂的點，成日侷困在那樣骯髒難耐的小方格裡面就讓他怯懼屈服。他開始憂慮不知什時候被送進去。

牢房裡面冷颼颼又溲臭不可當，小小的柵欄蹲上四個人尿溲薰人，光看著就讓他受不了，更何況不分日夜蹲在裡面。四席榻榻米地方侷促不堪，擠上四五個囚犯，睡覺都磕頭碰腦，最好不要睡到屎尿洞那頭。

冬天都這樣，想到了暑熱夏天更是十里薰風，光想就體會得出濕熱臭薰得嚴重不堪。當然冬天也不好過，馮光富緊縮在骯髒的軍大衣裡面直抖，牢裡兩面都是通風木柵，風直往內灌，沒有遮擋，加之背後那一道牆的牆角下是開口流漏屎尿的出口，外面的冷風噓噓不息地往裡灌。犯人什麼也不准帶進去，除了一人發一件陳年軍大衣，輪番使用經年，已餿臭不堪，之外再無其他。白天牢裡面的人都冷霜霜地直抖，可想見夜裡更會是冷顫到天明，況且成天蹲坐在一小塊彈丸之地動彈不得，筋骨無法舒活，這才是讓人最難受之處。

可是他又想，終歸要進去，進去之後也不會受不住，訓練中心都熬過來，憲兵隊的監牢不過難待一些，不會苦過訓練中心，他沒有理由撐不住的。

張茱萸自認情節遠較馮光富嚴重，卻半天沒關進去，他不解？開始懷疑王班長是如何提報他？還是根本沒向連長舉報？

憲兵隊旁的小牢房這邊才放出馮光富來，不待輪空，馬上又補關另一個憲兵進去，憲兵隊監房裡不僅是關從外頭捉進來違紀的士兵沒空置過，關自己人也同樣不得閒。

這回接替關進去的仍舊不是張茱萸，關的是原來在廚房的汪保川，他犯了風化事件。汪保川本來廚房待得好好的，怪只怪他天天晚上溜出去到茶室泡茶女，正好營部一位軍官也是泡茶室的常客兩人碰過幾次頭後，營部軍官轉回來通知汪保川的連長，於是連長終結他的好運，不讓他繼續在伙房逍遙自在，把他從廚房改調到第一班章班長班上當班兵，重新恢復早晚點名，輪衛兵的日子。

這小子雖然好日子沒了，調回到正規憲兵班，開始受監管，可是他積習難改，仍不時溜出去會相好的。他的班長章亢龍心眼小，最見不得充員兵泡茶室把茶馬，一看汪保川竟較他班長還有搞頭，侵入他的地盤，還備受當紅茶女當作情人般地殷勤哈護，妒意橫生。那紅茶女原是章班長一心想把的，不想姐兒愛俏，只對年輕的汪保川鍾情，班長妒恨攻心，從此盯上他這班兵。一晚舖上又見不著汪保川他人，那還得了，立刻特意守在大門口，不睡覺也要逮著這小子。待王寶川溜回來，一把逮住。當著值勤衛兵張茱萸面前訓得汪保川好看，足足罵了一個多鐘頭不休，還愈罵愈氣，妒憤倍增。

「媽的皮！混帳東西，幾點鐘了？還曉得回來？」盡是山東腔的國罵。

「媽那個巴子，你小子專背著人去找麗紅，什麼東西！」

章班長把麗紅，麗紅對班長冷冷淡淡，看著姓汪的小子吃得開，又嫉又恨，愈罵愈氣不過，兩耳光甩過去，汪保川臉上立刻呈現紅白一片，他試著擰過頭躲開，章班長更是急怒攻心，又甩過去一耳光，班長本來壓著的嗓子，不讓人聽見怎麼回事，現在也顧不得了，直著嗓子吼開了：

「你還躲，媽那個屄，無恥的東西！你錢多，泡女人泡得快活！」

汪被打得低著頭，一聲不吭。班長盛怒之下，搧耳光還不夠熄火，最後一不做二不休，一把拎住他耳朵，拖拉著去敲連長室的門，汪被拎得半彎腰啊啊直叫痛。半夜睡得正濃的連長，突地被外面吵鬧兼捶門聲驚醒，以為發生什麼大事，連忙起身著衣趕出來。

章班長見連長開門出來，一手拖住汪保川，一面告狀：

「報告連長，汪保川深夜潛離隊部，去找女人，現在被我逮到，連長要如何處罰？」

「啊呀！好大膽子，目無軍紀，竟然私自潛出會女人，立刻管起來。」

連長一聽報告，不問青紅皂白，不由分說地下令把汪關進拘留室。

所以拘留室出來一個憲兵，立刻又補進一個。可能由於這個緣故，不便讓拘留所裡同時一連關上兩個連上憲兵，要不憲兵隊的拘留所竟變成自己人的禁閉室了，所以補進去個汪保川，就放出馮光富。大概也因此之故，連長怕營部官長見連部出家醜，也許因此之故才未把張茱萸關進去。

但是張茱萸並未躲掉麻煩，戲院打瞌睡事發三天之後，還是被叫進連長室。

13 十二到兩

關了門在連長室裡面，凌連長並非一開始就痛斥他執勤疏漏，失職犯紀。反而是面對面地站在他面前苦口婆心地指陳他這個不爭氣小兵的一樁樁錯失，辜負連長對他的期待：

「張茱萸，我看你是同鄉，模樣與個子長得體面，要栽培你，不想人長得高高大大，卻辜負自己的儀表。你一來連上，連長就一直期望你有所表現，給你機會出勤務，但是你就是不爭氣，一再讓我失望。雖然大家都說你不行，可是連長我還是一再提攜你，你偏偏就不爭氣，就會讓我丟失顏面。」

「帶你出勤務的王班長說你去到外邊迷迷糊糊的，狀況一點也弄不清。去到戲院彈壓竟然還會坐在沙發上打瞌睡，算你走運，手槍沒讓人摸走。要不，我這個連長也不用幹了，你看你，當什麼憲兵？怎麼得了哦！張茱萸，你配不配得上你這身憲兵制服！」

「當一個頂天立地的憲兵，全連憲兵哪有人像你這樣子的？在打狗時候，在大統領移靈的靈堂站禮兵，多麼重要的場合。朱排長說你不行，是我堅持把你搭配曾輝雄站最重要的靈堂大門下的第一哨。你看看，就連一趟禮兵也站不下來；全連多少人，就只你會出狀況，就你一個人撐不住，竟然半途要讓別人頂替，朱排長只得把你換下，讓葉副班長站上去頂替，搞得堂皇的禮堂前一對禮兵竟然不一般高。你看你，出了多少簍子。」

「你制服穿不挺，人又窩窩囊囊，班長們都說你擺不出去，哪有憲兵的威風和架勢？你看你，這樣一個扶不起的阿斗，虧得我這樣存心栽培你，你辜負連長一片心，自己一點也不曉得為連長爭氣。」

連長說到這裡，瞪著一聲不吭的聽訓人，大個子仍然同樣一副表情，不曉得他懂不懂得慚疚。

「算了，你下去，從今以後，你也別再打算出外勤。」

「謝謝連長。」張茱萸立正敬禮後，轉身離開連長室。

不管連長話講得多麼語重心長，張茱萸這個懵懵懂懂的兵臉上並未表示出一點後悔或惋惜。張茱萸外表不僅沒做出悔惜之意，心底裡也確無一絲難過失意，他可不覺得從此失去風光出頭的機會值得惋悔。而且他根本不以為出外勤有何了不起，事實上，他根本不以為當憲兵是如連長所說的有何了不得的事。他完全不能認同別人的觀感，認為當憲兵有何榮譽可言，相反的，他甚至以為這些老少憲兵在自我臉上貼金，當什麼兵豈不都是當兵，不都一樣。他暗忖每種大頭兵大概都在編派自己的榮譽神話，空軍一定說他們直上青雲最了不起，最光榮；海軍一定自誇乘風破浪四海為家最光榮；海軍陸戰隊、陸軍也一定都有他們自己的說詞。黃幽園說得很明白，當兵是他們這些被大學之門篩選下來之後的處罰，而所有像他們連上這類具自卑情結的可憐貨色最善於自我安慰了，意識卑下者最善於往臉上貼金箔。

凌連長口口聲聲栽培他，給他出外勤的機會，但那是什麼機會？一個連長又算得上什麼說得出去的職位，哪算什麼幫他？他根本看不上軍隊裡面這點芝麻般的不同，心底裡也不領情，連長雖對他特別，但連長本身也只有這點身份，比一個小兵實在也高明不到哪去，這種際遇他不會當回事。他陷在這裡是不得已，是國家徵兵制度使然。他們隊上這些憲兵無論老兵或充員，平日竟然把處身低下全無作為的境遇講得像出於自由取向選擇得來的光榮得意的身份一般，他們真是容易被環境同化或洗腦後認同。

雖然這樣想，然而他還是對連長抱憾，他沒黃幽園那麼乾脆，認為軍隊裡一切都是狗屁，他還是艷羨體面的會執行勤務的，也不能說不感激連長給他機會，他自己不爭氣，他是對不住連長。

但這只是此刻一時的感愧，將來挨過也就完了，他的前程在軍隊之外。他清楚自己只不過像大家一樣跟著數饅頭，一心等待兩年服役期一滿，到了那時刻人生再重新開始吧！大學沒考上，書沒讀好，是因著恥辱才被抓來當兵，存著心來受難贖罪，完全一心抱著熬完這一段時日，生活再重新凝聚開始。

從連長室聽訓出來，張茱萸頗感意外，因為不但未派人押他去拘留室關他禁閉，甚至連禁足或取消休假之類的處罰也沒有。看來彈壓時打瞌睡這件事，大概就此不了了之。他心內不免暗自推想很可能老K因為覺著自己識人不明，所以才因此未把處罰加在他身上，同時也可能連長悔惡作了錯判，不願聲張授人口實因之放他一馬。

屆近歲末，年關漸近，市面日趨活絡，宵小活動也多，他們憲兵隊也開始加強巡查，每天晚上原來只一組的巡邏，現在成了固定的兩組，南北兩區分開巡邏。由於當日出巡查外勤人員就不站衛兵，而出外勤的就是那幾人，不輪衛兵；剩下的輪衛兵更番輪著站崗，班次就排得緊湊。原先一天半才輪到一次站衛兵，現在每人每天至少輪一班。

由於張茱萸先前向值日憲兵表示他願站夜間班次，輪值表排出來，竟把他站哨時段全都排在人人避之不及的十二到兩的班次。

寒夜十二時到兩點的衛兵人人躲避，是由於剛上舖一個多鐘頭，還未睡安穩就被叫起來接班，一晚硬生生地劃成兩半。二到四的衛兵時段，由於先睡一段時間，反而較十二至兩好。而且十二到兩到了兩時下衛兵上床，半夜回到舖上冷冰冰地好半天都不易睡著，所以人人都跟值日憲兵爭，不要被排這個時段。

張茱萸一看他的班次都是這個時段，覺得實在欺負人，他雖願意排晚班，可不是指這個時段，至少也應從十二時至六時三個時段平均分配。

他跑去跟丁孝燦說怎能把每天晚上十二到兩全排的是他，丁孝燦推說，不是他的意思，是王安雄要排他這個時段，他應去問大蝌王。

大蝌王正被人圍著一堆大頭兵爭吵班次不公平，爭吵要求調整。張茱萸一加入責問，他立刻板著臉先發制人地指責他：

「你自己要排晚上班，依你願排了，憑什麼還來要求？」

「我願意排晚上，也不是要全部排十二到兩，應該平均排時段，不應全排垃圾段。」

王故意曲解他，他只有辯解。

「什麼垃圾段，都給你排在晚上，不要再嚕嗦！」大蝌王不把他當回事，反而變臉兇他：

「大家都像你這樣挑時段，我們值日憲兵怎麼排名單？」

「可是天天十二到兩怎麼行吶？至少你也該給我調整一些班次。」

「什麼該不該，排了就排了，不能讓人挑時間。」

他不夠厲害，大蝌王吃定他，不理他爭辯。兇聲惡氣地堅持排定全部十二到兩不予更動任一班次。

張茱萸爭不過，只有照排班去站衛兵。一個禮拜下來，天天夜間十二到兩，讓他不見天日，站到臉色發青。

大蝌吃定他，他沒辦法。但萬沒想到連長抽查出勤簿時，發覺站十二到兩全排同一個人，驚訝地問值日憲兵。

「你們怎麼排的衛兵，每天夜間十二到兩都是張茱萸。」

「報告連長。」王安雄回答。

「是張茱萸自己要求排夜間衛兵的。」

「什麼自己要求？你怎能這樣排衛兵？天天十二到兩，也不看別人睡眠夠不夠，排得這麼不公平，你這個值日憲兵到底要不要幹下去。」

連長指著他鼻子開罵。

「馬上調整過來！下次我再看到你們再這樣營私胡排，就調下去站衛兵！」

「報告連長，我馬上調整。」

丁孝燦機伶，趕緊拿起勤務排程簿重新安排調整。

連長痛罵兩個值日憲兵假公濟私，徇私枉法，嚇得丁孝燦和大蝌王立即將衛兵輪班名單整個重新排列，每人站哨時段都按公平比例依序分配。名單擬就後，隨即呈報連長認可。

張茱萸原來全包的十二到兩晚間，重新分配後，白天晚上各佔一半。雖然睡眠狀態可較正常，可又讓他惋惜不已，原先寄望夜間上衛兵偷看書或背英文單字的打算，可得大打折扣。

而且輪到站白天的大門衛兵，上哨前兩個小時，還得坐在輪值的值日憲兵對面做預備班。預備班是守備在門廳內以防突發狀況的警備兵力。坐在輪值的值日憲兵對面的另一辦公桌，平日難得有情況或事情要配合，通常只坐在值日憲兵對面看他接電話、收發文件、應付上門的各色人等、以及對付報案的突發狀況，萬一有情況發生，值日憲兵就得轉報樓上營部辦公室交付給辦勤務或業務的軍官。

所以加上預備班，一班前門衛兵下來，得用上四個小時。雖然預備班的兩個小時，也等於坐著休息，張茱萸卻不想荒廢時間，心想坐預備班閒著也是閒著，何不拿出功課來複習？他打算利用名正言順坐辦公桌的時間來加強英文閱讀能力，所以上哨時特地帶上本英文的讀者文摘來讀，坐在位子上自顧自地低著頭查生字。

營務官沒事喜歡踱步來門廳站在值日憲兵桌內自窗口朝外觀望街景，每見張茱萸這副德行，故意跟他說笑：

「我們餐餐吃豆芽菜，你竟還吃不夠，做預備班還要在桌上大啃特啃。」

營務官是心地寬容的老士官，見他一個人潛心讀書，並不以為厭。其他人可不這樣看他，直認張茱萸這小子扎人眼、惹人厭。老士官個個冷眼覷他，但他就是鈍，仍不知自己犯了兵家大忌。上勤務竟然公然攤開書在桌上悶頭用功，何況還看英文書，隊上除了三個預官誰看得懂蟹形文，這傢伙坐在桌前就是一副愛獻寶的德行，他以為自己老幾？瞧不起人，得意得很哩！

憲兵隊就雞蛋殼那麼丁點大的兩層狹隘建築，人人走過來晃過去，磕頭觸腦，一上前廳就見著這麼個礙人眼的討厭傢伙在讀英文，滿屋子的人只有這姓張的清高，會讀蝌蚪文，存心把不讀書的老士官比下去，全隊裡除他之外還有哪個在看書在用功磕書的。

第二班班長張民最瞧他不順眼，晚點名時特意站出來打報告給新上任的值星排長，說有人上預備班，不顧本身職責，竟公然拿書本放在桌上看。值星排長姜宗憲是新報到的預備軍官，狡黠的張民一石二鳥，存心出難題，看你這個大學畢業的預官排長如何處理？

姜排長果然生嫩，對於這樣地當眾傾軋，一時之間，尚不曉得該如何處理。但站在後面的連長一聽可氣壞了，他最怕讓營長看到連裡的兵出狀況。沒好氣地搶著追問張民：

「是哪一個？」

「報告連長，是張茱萸。」

張民回答。

「好，又是他，張茱萸！」連長氣憤地呼喝張茱萸出列：

「你連番犯錯，禁足一個月。」

禁足一個月在營內，是非常嚴重的處罰，一個月閑在營裡不能外出，有得難過的。

散了晚點名，黃幽園打抱不平似地跟他嘀咕：

「上預備班桌上放本漫畫書看的多的是、也有人沉迷在武俠小說裡，別人都可以，獨你看英文課本就不行。」

「就是，我也是看別人看小說，才以為上預備班可以看書。」

張茱萸一臉沮喪地辯白。

「他們就是看不得充員用功上進，你敢在老士官面前看英文書，那死定了。這不是踩住他們的痛腳，他們就怕我們露出一副有前途的模樣，你有前途，要退伍、進大學、要留學。那他們怎麼辦？他們不整到你死才怪。」

「禁足一個月整不死我，每晚排我十二到兩的衛兵才要命。」

張茱萸對王大蝌天天排他十二到兩耿耿於懷。

同樣藉職位挑明了欺負人，但是對同是充員的王大蝌他能覺著不平，而同樣的情形來自同宗的班長他卻視之當然。老士官畢竟不是同一國的，受他們欺侮污蔑除了認為是來自上級

的壓迫，更由於年齡及社會階層之不同，可以不當回事地跳脫略過。若有不平，總覺得忍過這一兩年，就會海闊天空，跟軍中這些人以後就斷絕了。所以張茱萸被張民點名整治，他無有怨懟，甚至無感地承受過去。而被同是數饅頭挨日子的大頭兵欺負，則心中卻生有不服氣的抑梗。

張茱萸和陳會睡覺的上鋪是靠近左邊牆壁的鋪位，下面下鋪靠牆的鋪位正好就是三位班長的鋪位，三個班長佔據的鋪位特別寬，他們下面三個佔用的鋪位寬幅，正好是上鋪陳會等六個兵員的鋪位。

第二班班長張民平素老板著臉，擺出一臉莊重像是很自持身份的嘴臉。張茱萸平時見上級官長就有些靦腆，加之張班長對他又特別擺出不屑的臉孔，使得張茱萸不得不露出懼畏的神情。張民當眾告發他禁足後，就更使他在張班長面前不自在。張班長確也視他有如魚中刺、肉中骨，言談中有意無意就要戮他這小子一下。有次張在床鋪上整理物件時，張民就在下鋪，故意跟他的班長章亢龍說他閒話，硬就是要給他難過：

「你班上張茱萸這兵一點用處都沒有，白長那麼大個子，是個扶都扶不起的貨色。你看上次在先大統領靈堂前站禮兵，竟然昏倒。走路擋風，成天昏頭轉向，老K竟然還再三重用他，眼睛簡直長到屁眼上去了。」

鋪上被講閒話的那人一臉又赤又白，尷尬得待在上面半天進退不得，待著不動不是，下去也不是。

此後他若沒事待在舖位上一見著張民回到下舖，就如芒刺在背，格外難自處。從此張茱萸不得不更加檢點，盡可能不待在寢室裡，上下舖之間也加倍小心，避免在張民眼目下上下床鋪，能不在他眼下踩通舖支柱上的墊足上舖，他就不踏上那根支柱攀上舖。晚間上了舖他也盡可能不與鄰兵嬉笑交談，保持安靜，裝著像不在舖位上似的。

苦的是體格豐碩的張民可是三位班長中最常待在寢室的一個，除了第三班班長程明老和在飯廳看電視或與人抬槓。張民與章亢龍兩個成天都坐在舖沿邊上瑣瑣碎碎地東摸西搭，章亢龍無論白天黑夜老拎著他那個手提收音機在聽，無論歌唱節目、廣播劇、地方戲或相聲，全不放過。

張民則是一有機會就開溜回家看家眷小孩，他的家在雞籠，連隊調上來他可是得其所哉，最為愜意。當個士兵除了兩週一次的休假，成天都是待在連上。可是張班長由於自家住得近，不時開溜，開溜他總是算準正午過後那一段閒散時刻。照平常慣例，午睡這一段時間連上不會突然集合，也難得發生突發狀況。所以部隊進駐雞籠後，一有機會張班長就蹓了。其他時刻他當然不得不留在隊上，留在營房內，這人可是哪兒都不去，只窩在舖位旁邊跟章亢龍或別的士官擺龍門陣。這可苦了張茱萸，為了避開他們，張是能不回寢室就儘可能不進寢室。

張茱萸舖旁的鄰兵陳會專一會巴結他倆下舖的班長，平日沒事經常傍坐在他班長章亢龍床沿邊上聽班長們扯淡，迎合班長們的話頭，儘逢迎班長，可這章亢龍就愛胡亂開訓，有個哈巴狗的小兵在旁，正合聆聽他不時胡七八扯地開訓。

章班長十足的老粗，跟人扯淡，話題有限，除了訓人，從沒什麼好話可多扯。雖說成日拎著的小收音機傻聽不停，但從未自其中引出任何話題或片段，談起天來像似全無內容，所有聽過的拉雜材料事物都入耳即止，從此打住，從不能吸收轉述。

章班長所得意而且唯一說得上首尾的事就是坐春茶室泡查某。一講泡茶妞可是口沫橫飛娓娓道來其中過節，一旁的陳會和汪保川兩人一邊一個乖孫樣地洗耳恭聽，章亢龍除自憐自誇自己泡妞泡得多跩，更要連帶附贈斥責充員兵們不來勢：

「你們這些雜八丘八差老子遠得很哩，根本不行。」

待過禁閉室出來的汪保川守在班長旁好似根本未有不久前的那段事故；那個妒火中燒的班長一手死拎住花茶室泡妞溜回來的二等兵耳朵，完全不理時候早晚，擂開連長的臥室門，硬把泡罷麗紅的小兵半夜送進拘留所裡去。此刻那段過節在這兩人間已煙消雲散，竟好像從未發生過似的。

汪保川和秦檜兩個坐在舖旁像個乖順小廝專心一意聆聽章班長的「我以前」那時節他是如何泡花茶室。

章班長口沫橫飛旁若無人地自顧自地誇海口：

「我們老班長豈是你們這些雜毛兵比得上的，知道我多厲害嗎？」

兩個雜毛兵露出一臉驚佩地敬候班長分解。

「說出來你們才曉得，班長我當年是怎麼弄地。」他瞪住汪：

「你那算什麼泡妞？老子我一早竄進茶室就得泡足十四個小時，一刻也沒出來，從大清早十時一開門就進去泡在裡頭，一直泡到關門打烊。怎麼樣？聽過沒有？」

他們當然沒聽過這種能耐，班長神勇，竟能自一開門直泡到打烊。

章班長一講起過去浪漫史那番得意，活脫在敘述平生最偉大的豐功偉績。

「那個阿花嘴巴小小地，雞巴小小地，削，好爽快喲！嘎嘎嘎！」

濃重的山東老腔唱作得聲色俱佳，好似正在茶室裡弄那種事。

張民班長雖成日守在通鋪沿跟章亢龍廝和在一塊，但從不以為章班長的話有何意思。張民成天臭著張臉，永遠是那副看任何人都不上眼的跩臉色。縱使對著成天膩在一起的程明章亢龍，他也老拿出一副不屑兼不以為然的神情，還不時削他們兩個一下。當然看別的老士官更是不在眼下。

尤其是連上的怪咖趙芷相這號人物在他眼裡更是不入流的雜碎。全連公認趙芷相是老兵裡頭頂怪異的，成天自言自語，像是老在跟自己對話似的。別人不理他，他更不理旁人。但是姓趙的獨獨愛常晃來章亢龍這一角落，總有話跟章班長說長道短甚或不時還會吐露出點新鮮物事要來報知章亢龍，章雖也一樣不把姓趙的當回事，可還肯木著臉唯唯唔唔嗯哈兩聲，讓這遊魂得以暢所欲言。

另一班長程明雖不比張民那副人家討帳鬼臉色，但更不屑與之搭腔，趙芷相若蹓來他們

通舖床頭，程明一定走開。張民雖不因之踱到他處去，但可從不見他答腔，他雖看不起連裡面大部份的老少士兵，然而對他自己班上幾個他精挑細選出來的兵員倒特別中意，景佾不用說，這人特別英俊帥氣，是個美男子，長得像電影明星，也一心準備去當明星。曾輝雄與王安雄也高大體面。他自得地以為這幾個是他的兵，跟他班上這幾人講話，嘴臉都不板了，線條都放鬆了，讓一旁觀察的張茱萸不由暗自狐疑這樣是否算是男色傾向。

14 軍樂園

老士官平日閒聊除了批評充員兵不行，就是開槓重提當年勇，老話一再重提，常年下來，一開口都知道是怎麼回事，弄得老芋仔們彼此間要抬老槓都沒趣。小兵裡面除了陳會汪保川兩個巴仙會去巴班長外，可沒人要貼近去聞問。

文書兵許士祺平日跟辦事務的老士官同處一室辦事，最清楚他們那套說詞。他沒事愛跟黃幽園學老兵的舌，他說老芋仔成天說來道去就是那套。因此營房裡只要這三個一人湊上，那頭一開講，這頭就有許士祺在背後現學舌那股鄉腔土調給黃張兩個聽：

「又來了，你看老傢伙又來他那個『我以前怎樣，怎樣了。』。」

張茱萸認為班長裡頭章亢龍是老大，平常只有他床畔會圍上一些人聽他講古。

「呸！他講古，他除了鹹濕，還有什麼？滿腦袋就只剩女人那洞洞。」

黃不同意。

「對，他哪講得出什麼名堂？只不過現在整個連隊兵員都處在營部下面當差，老K緊張，不讓士兵拱豬，老芋們沒處消磨，只有圍在他窩窩旁邊瞎開槓。」

許也不認同。

「章班長雖粗俗無文，可是三個班長當中，反而是他的講話還有點意思。無論批評人，還是說起嫖女人的經驗來特別傳神。」

張不知怎的，竟然頌揚起章班長的老粗勁來了。

「吃錯藥了？你！」許噱他：「你班長，兩天沒削你，你就開始讚揚他了。」

「不是這樣，他講的話，粗歸粗，聽來，很具特色。」

張趕忙辯解。

「是哦！」許故意噘起嘴學章亢龍的猥褻勁給他們聽。

「章亢龍最傳神的是悉悉索索地學茶室女：『雞巴小小底…，削…爽快喲…。』。」

「哈！小許根本跟章亢龍一個式嘛，難道跟他共用過？」黃幽園大笑著逗弄許士祺。

「呸！我哪敢！我還敢上茶室，到時又叫他拎著耳朵半夜叫醒連長給管禁閉。」許搖手說不敢：「也學不來他，只有他們老山東才謅得出那股山東痲辣勁來。」

他們在寢室這頭悄悄笑話班長，不想那頭章亢龍張民⋯⋯一伙班長也圍在通鋪邊海扁他們充員兵。

章亢龍果如張茱萸欣賞他的一般，他批小兵，批起來也就像他描述他想妓女一個式，譏描得最傳神：

「這幾個新兵哪配做憲兵？像是從陰溝裡撩出來的小雞子，濕漉漉，怕捏捏底，拎出來一逕抖著，放在隊上有個屌用？」

他譏嘲的對象馮光富正在寢室那頭拿了把掃把値勤掃地，從那頭一路往寢室這頭掃過來。

「像那個小個子，」張民斜眼睨著馮跟章班長幾個人大聲說：「他和張茱萸這樣的兵能幹什麼，像我們家鄉話說的，只配拴在茅房裡嚇狗，哪兒都派不上用場，留在憲兵隊裡，根本派不出去。」

張民一論及哪個兵差勁，一定拎出張茱萸。

兩個班長一個勁說這些兵多差勁，秦檜汪保川和另兩個老芋聽者藐藐，沒人應和。秦和張茱萸是一路的，不好打落水狗，汪是不理別人家的事，章班長也只是自顧自地發牢騷，沒理會對方講什麼？

「我們三個班長都是混帳，你們這些糞桶兵哪曉得我們的厲害。」章說著說著又來訓眼前這兩個兵：「我們幾個班長可不簡單，從前押解人犯，追捕逃兵，鎮壓鬧事的兵群你們哪一樣做得來？」

章亢龍講話向無內容，話一扯多，又開始荒天胡地地跑馬式吹噓。別看他平時似乎只曉得春茶室，但一聊開，他一樣也特多「我以前」的歷史，只是思路跳躍前後不搭，沒有人搞得懂他到底要講什麼？

馮光富不曉得班長們正在議論他，不知好歹地一路專心掃地掃到章班長面前來。一心想表現，低著頭特別用心在班長舖位周圍一再仔細地來回掃過，但他合不該多事地問一句：

「報告班長，這樣可以嗎？」

哪會可以？不問還好，一問，章班長勁來了，馬上起身來，到處指指點點：

「這裡怎麼行？再掃！再從那頭掃過來。」

不但掃過的處處得重掃，而且通舖床腳底下要他趴進去一點一滴全要掃到，裡面所有的陳年污垢都扒出來，任何一處角落卡卡班長都指點到，非清除乾淨不可。一個勁押住這個飛蛾撲燈的可憐人，逼他一個人前後左右整個寢室大掃除。

秦檜和汪保川同樣是兵，卻好整以暇沒事人樣地看著馮光富被拎來拎去，怎麼掃來掃去也掃不完。

隔著那頭，黃幽園等人看著，黃隔著距離跟張茱萸指指點點：

「馮光富這小子不知好歹，飛蛾撲火，竟然敢跑到章亢龍面前掃地，他要你沒完沒了，不讓你跪倒趴下鑽進床舖底下去舔乾淨才怪？還想去巴結老班長，這種人不走近沒事，走過去貼他，正好上門讓他踢玻璃，不整死你才怪。老傢伙成天吃飽了沒事幹，好不容易一個不知死活的送上門，他會不拿來消遣個夠？不尋你開心，整得你半死，怎叫做班長哩？」

張茱萸聽了在旁暗自慶幸，原本看了馮一個人在掃地，還頗想跟過去拿把掃把幫他掃。黃幽園的分析可是點破他的心理，他確實是頗想討好章班長，畢竟是他的直屬班長。幸好黃幽園拖住他講話，才沒蠢動，要不此刻沒完沒了的可是他了。

隆冬的雨港雞籠，陰雨綿綿，無形之間，全連集合出操的日課因之荒廢了。憲兵隊部地面狹小，唯一可供人員活動的飯廳只那麼點大，又礙著營部人員經常在內看電視，臭蓋消閒，輔導長和幹事不方便沒事集合全營士兵上課。

士官兵員在憲兵隊裡面，每天除了站一班多衛兵，再無他事。隊部又就地處在城中街市上，邊門常開。連排長礙著上面有營部長官不好強出頭出來監視吆喝士兵，可方便隊上士兵，沒事就往外頭小蹓躂一番。

憲兵隊的邊門對門就是市政府的小禮堂，張茱萸發覺小禮堂難得有人使用，經常空置無一人。自此，他常一個人乘間隙溜過去，就著空著的禮堂桌椅看書和複習功課，每天常可落得獨自一人自在一兩個小時，得其所哉。

過了元旦，新的一年伊始，張茱萸的禁足處罰期滿，終又輪到他可以休假出營門，關在營內一個月，人全霉了，他急忙趕著回大城市家中一睹親人，順便好好地祭一祭五臟廟，補齊一個月缺失的油水。

銷假回營之前，他計劃這回可一定要去解放生理壓抑，澎湃又無以壓制的欲望逼迫他不顧一切地要找地方發洩。那回在打狗和眼鏡等同袍集體尋春讓他開了葷，當時事後雖悔恨厭惡，可是等到欲念復起時，反而更加勾起他思春探春之渴想。離開打狗就不知往何方去解放，雖說大城市的公共風化區是他早就知道所在地點，中學時曾與同學結伴去到那附近吃攤子，那處可是全國最知名的吃食攤子集結地，同時也是最著名風化區所在。少年欲望煎熬下，他曾不止一次搭公車長途跋涉去領略綠燈戶集結的風光。然而儘管身心煎熬，內中沸騰，畏怯自持的他卻始終最多只在門外徘徊，未能克服生疏和擔憂染病之恐懼，始終初度玉門無門。

入伍離開大城市，記憶裡那處風化區此刻來說太遼遠，他又不熟悉所在地點，已不復記得當初是如何轉車兼跋涉找到的。毋須捨近求遠，他大可就近在雞籠解決。雞籠地方小而熟諳，他已清楚兩處給像他這種人的性欲解放處所。在雞籠這麼長的一陣子時間，他始終惦記著出巡邏時經過的駐足點軍中樂園。他渴望進去領略內中的旖旎風光，燈下昏黃，煙霧嬝繞的彈子房，進進出出穿著單薄又肆無忌憚地打情罵俏的女人，他一定得進去再沾春潮。

他想得厲害，此刻到了非做不可的時候，性病也壓抑不了他的衝動與渴望，精蟲必須排泄地燥熱鼓湧下，他不顧一切要去恩愛，要去擁抱溫暖柔軟白嫩的肉體。

乘休假，他偷著一個人跑去那個地方。到了軍樂園，他不在乎是否會有隊上人出現，只叨念如何著手進行，他知道是怎麼回事，手續和程序到處都大同小異。他一進去就看上一個面貌姣好的嬌小女人，事情只要越過心理障礙，就簡單明瞭。他沒猶豫，跟著女子進入房間後，才發覺她不能講話，是個啞巴山地少女。但她是整個屋內最嬌美的，性慾纏身下，一切都無所謂。兩個人默默成其好事，啞女人好，不反對接吻，或四處遊移撫摸。極力迎合他。但是一陣插送之後，張茱萸發覺她的下體竟像小老鼠般地蠕動起來，他的陽具被她的夾住了，有如兩片莫名的肉片夾緊他的，或是被一圈肉穴圈住，他嚇得要死，擔心被張口的老鼠吞食掉，趕緊拔出來。她落空了，表情似乎有些悵惘或惋惜。

張離開後，一再揣測，不曉得那啞女下面何以會如此，滿心狐疑。當時確把他驚嚇到了。事後回想，他想那會不會就是人們或雜誌上說的女人的性高潮。如果是的話，他似乎就不該抽出來。他做錯了，應該讓她滿足的。但是他疑惑不已，那個啞吧妓女每天生張熟魏地接客無數，怎會與客人交合時來高潮？而且怎會這麼容易就來高潮？

他想著又不無得意，她或許是對他傾心，才會這麼快就來高潮。

15 上等兵

發餉時，黃幽園發覺他的餉袋上薪給職稱已更改，標明是上等兵，餉袋內也多了幾十塊錢。

「升官了。」

張茱萸看了一眼，對他說。

「當憲兵的日子不多了，再領一次餉就得退伍了。」黃不無欣慰的回答。

張茱萸好奇的問他：

「上等兵要等到退伍前一個月才升嗎？」

黃幽園也不曉得士兵升遷的程序。

「那麼一等兵呢？你是直接由二等兵升上來，難道沒有一等兵這個過程？」

「誰曉得，也許為了省事，或者還是為了吃空額？」

張心想，現在軍隊這編制應該不可能還有在大陸時期軍隊吃空額情勢，何況老K那麼謹慎怕事，他哪敢？

黃與張兩人私下言談毫無忌諱，評論長官、譏刺老士官無所不談。但是張茱萸關於個人自己的事則相當矜持保留，他獨自上軍樂園這事，沒吐一點口風。黃幽園可以跟他哥們，什

麼風流底子都可以抖出來，他卻沒辦法，拘謹的個性，無從把自己私密之事抖出來。連上人人公開宣揚的事，於他則為自己的隱密，得整個掩蓋住。張茱萸不能區別在這方面是和連上的人不同，意識上的不同。別人認為是得意，值得誇口公開吹噓的事。他則有所保留，覺不出有何值得誇耀或得意。不僅於此，對於自己這一類他認作私底下的事情，意下覺得羞恥無比，直覺得齷齪，不能啟口。

張飽具羞恥感又內向，所以他與黃幽園兩人間談話都是黃講他聽。黃習慣對他侃大山，他雖欽仰黃，卻也有保留，黃每每誇耀地講了許多事情給他聽，他總是將信將疑，不會整個接收。黃對有所熟悉的事情頗善於發揮，似真似假地大發議論，他是聽眾，不論兩人混得多熟，張仍無法放開自己。張若有什麼念頭也只在腦海內打轉，沒有能力表達出來。他掙不破自我設限，永遠纏繞於自己內在念頭裡面，與外面有層間隔無法交融。黃有絕佳的觀察與判斷能力，張則全然付之闕如。黃引導他並在生活處境上幫助他，但他仍寧偈處在自我的藩籬裡面，只有羨慕地觀看黃的豁達與瀟灑大度。

私下去過軍樂園，事後張茱萸仍不時回味軍樂園的那個啞巴妓女，這是未曾有過的事情。那樣的接觸帶給他並非空虛或失落，反而能在回想裡升起快慰以及自信，相當強度地自我肯定，一度甚至讓他有種虛妄的無比自信，還有諸多憧憬。他念及那位山地少女的溫馴與動情，他訝異自己竟然一再回味追想其間的過節，甚至有些思念那妓女。他並非處於極度渴想滿溢狀態，所以他奇怪自己何以還會想及那類卑賤墮落的場所，不似通常過水無痕，一點也無遺想。

對女人的渴慕，是他們當兵的最最切身關注的事。隊上的充員有女朋友的最神氣。不過，景佾是全連最威風的人，他無論走到那裡都有女垂青，女孩子對他倒貼已不是傳說。目前就有個華航的空姐，每次從外地回航就帶著一些國外的名牌事物和衣物從大城市趕過來會他，全隊上上下下個個驚羨不已。

景佾自恃英俊，漂亮女人對他投懷送抱，被他吃得死脫，毫不客氣吃定他女朋友，吃女人的，花女人的。他女朋友還不止華航空姐這一位，他誇口說這華航女友，若帶來東西不合他意，他會甩她耳光。黃幽園聽到後跟張說景佾這人最差勁，這種事拿來吹噓，只能說他虛浮、貪婪又惡劣。

當然連上充員有女朋友的除景佾之外，也有人有女朋友，甚至有一個尚有老婆在家裡，那個就是王安雄，家裡早早幫他娶的。當然有女友的只是屈指可數的兩三個人，其他大部分都是一無搞頭的士兵，走投無路之下只有上上風化區。老兵更只有以妓女戶為唯一解放憩息處所，甚至更有像趙芷相那樣以自力解救為常態。性的發洩固然常令人如箭在弦上般，不得不發。但是進一步對異性伴侶的渴求更是經久難泯的想望與需要，連上士官們除了張民一個外，人人打光棍單身。個個既無積蓄，又沒親人，家園路斷，前景倍堪淒涼。因之若能在妓院內尋得慰藉，那就是老兵們唯有找得到一點溫柔的所在。

張茱萸同樣也是被性衝動逼得不得已，才不得不上路去嫖妓女，然而性的發洩並不能全然含蓄或代替這方面的需要。張由自己而度及老士官之中會有人那麼神注甚至眷戀妓女，確信男人無論在怎樣的情況下，都在等待與尋找異性的安慰或溫暖。

張在臆想中逐漸確信啞女陰戶那層蠕動是性高潮後，興趣更增，私下計劃再度用理解後的角度來體驗及享受那種銷魂滋味。他盤點荷包，二等兵月俸去掉回家的車資和平日必須花費，最多只夠他一度春風，可是這次回家額外得了些零用錢。

一回家門，他母親就說他看起來較前瘦了，問他是否軍中伙食不好，因此在離家前塞了些零用錢給當兵的兒子，跟他講平素得注意身體，該要吃的就不能省。

補充營養，張是提都不會提的，他準備拿這筆額外的錢當嫖資。準備下一次休假時，就去品嘗。其實做那事花不上幾分鐘，加上路上來回的時間，一個鐘頭綽綽有餘。但是他剛從禁足恢復自由之身，可不希望萬一有什麼緊急集合之類，點名時少了他，那樣連長鐵定不會放過他。這個期間，他還是得放規矩些，所以他耐心地等候自己休假。

另外，他可不願意頻密地立即回到那種地方，除了手頭匱乏是主要原因之外，他可不願像山猴徐宗明、王寶川汪保川或一些老士官那樣沉迷甚至戀上風塵女。他心裡上嚴重排斥，很不值自己逼得非如此做，這對他是不得已的權宜之計。他直認這是一種偶而或暫時的現象，他會找到合適的正規讀書女孩，他的性可不要長久尋求這種途徑來解放。

可是去妓院卻能給他帶回一些自信心，甚至安慰，想不到的事情，那裡帶給他的並非全然是掏空後的懊喪。從那裡面出來，他竟能感到自己也不錯，不光像張民或連長說的那麼沒用的一個兵，只合拴在茅房嚇狗那般低劣無能。他在軍營裡格格不入，什麼都做不好，顢頇又無能對抗壓迫他的同僚。上面看他什麼都不行，但他始終處於鄉愿式地遁想，認為自己寧願處此，兵隊不是他的地方，他全心全意地在等待退伍，和大家一樣等待饅頭數完的那一天，可能較別人還要期盼些。一切再從頭來，他已知悔了，考不上大學，讓父母失望，讓家人的期待落空，非得好好讀書不可，進大學才是他唯一的出路。

繫念著啞女的床上風光，他可能年輕英俊，雖不能跟景佾比，但跟一般人比可能還不錯，要不然啞女不會對他動情，他以為讓妓女產生性高潮並不是容易的事，要不營裡那些傢伙老早就把這種事拿在嘴上誇口了。

他一週來沒看一行字，跟著大伙成天豁出豁進，偷偷摸摸地讀書有點煩人，他不明白為什麼不能振作點？老想去跟妓女苟合。當兵是什麼也不能做，成日裡只在等著聽命令辦事，集合就集合，擦槍就擦槍，上政治課就上政治課。營內的娛樂就是電視機，可老被程明那幾個老兵霸住，不過即使再無事他也不想湊過去看一眼，即使是他最著迷的籃球賽轉播他和黃幽園一樣都不願跟大伙擠著看。

黃幽園對他好，他想用零用錢回請黃一次，老讓黃請客，吃了無數次，人情欠太多了。不過首要之務，他還是得先去找啞女，把心火澆熄再說。

雖然張茱萸想得厲害，急著要把心火澆熄，然而心裡頭卻是極端躊躇與猶豫。他抵不住生理衝動的迫害，渴想去尋妓，可玫瑰雖美卻多刺，去嫖妓就害怕得性病。欲望比什麼都迫害著他，道德的矜持卻阻止住他前去，事實上也不是道德，是恐懼染上梅毒、淋病與疱疹的後果使他猶豫。這可是兩難；他無能抵禦性欲驅迫，而染病的恐懼卻使他不敢冒然再去，一次上妓女戶僥倖沒碰上，再次難保依然幸運。

可是他管不了這許多，性的渴望壓倒禁忌與恐慌，他一定要再試試一趟性的果實。於是等到休假日，張茱萸又興沖沖地再去到軍樂園找啞吧妓女，可是啞女不在，他在裡面前前後後等不到，最後逼不得已只得厚著臉皮去問櫥窗內的賣票管理員，管理員告訴他：

「啞巴回山上去了。」

「還會回來吧？」

「誰曉得？來來去去的，誰曉得回不回來？」

管理員一副不干我事的口吻。

他吞吞吐吐地打聽啞巴時，一旁有個妓女看他少年英俊，很有興味地特地繞過來偎在他身旁，摸著他的手說：

「真哥錐！」

那妓女聽了他跟管理員對話，知道他是在找啞巴，故意拉攏地說：

「開偶好了！她不在，就開偶啦。」

旁邊打撞球的老嫖客看著她對他熱絡異常，故意澆她冷水，跟張茱萸拆底：

「她在外面時什麼都好，進去就不好，褲子還未脫就直催你卡緊卡緊，」

另外一個也開玩笑：

「跟她進去幹，兩三下就給你清潔溜溜，她可厲害得很！到時催你快射，慢了，還罵人。」

張茱萸一臉尷尬，不曉得他們是說笑，還是說真的。

半推半就，張還是跟那個催人快射的妓女進去。

那軍妓頗有興味地問他名字，張茱萸考慮之下，臨時胡亂編了一個名字給她。

「我叫紅蓮。」

她告訴他。

「真名嗎？」

「在這裡面叫紅蓮，就登在外面花名榜上的名！出來做這種事沒人用真名。」

女人拿了面盆出去打完事後的洗下體水，房門關上後，他一個人無聊地在侷促的小房間內仍未能放鬆心情，感到心跳起伏擴張。躺下等待時傾聽兩壁傳過來的講話聲或淫聲浪語歷歷如在耳旁，三角板隔間幾無隔音效果。

紅蓮打了面盆水進來後，他駕輕就熟跟著她自個兒寬衣解帶。他感到在妓女面前袒裼裸裎遠較在營房浴室裡與同性一道裸露淋浴自在，妓女即使袒裼相見，也無所謂陌生或羞赧，不構成尷尬。男人則不然，尤其是身處一群人之中，他從小就放不開，對赤身露體很不自在。小學時即如此，和同伴去河邊游水，或上體育課要換裝，他一直是躲著人換褲子。當了兵，群體生活，無從藏匿個人隱密，可是他還是無法在別人前面從容展示下體，那個地方對他還是羞恥之最，每逢非在人前展露，他都倍感難堪可怕，私處是他羞慚之總源。他拘謹而放不開，訓練中心時期，一連人擁入浴室要在五分鐘時間內沐浴完畢，大伙光赤赤地搶蓮蓬洗澡，是他最感痛苦的經驗。

即使現在在憲兵隊裡，他都是找無人或人少的時刻去淋浴，而且永遠選角落地帶，避免讓旁人看到他的私物，他老懷疑別的兵拿私處大小或包皮作文章，他不但無法苟同，甚至光聽都感難堪。他一點也不感興趣別人長得怎樣？而自己的到底是小或不小他也避忌著不想弄清楚。

他羞怯於人前展露，可單獨跟妓女處於一間房裡，卻毫無羞恥，甚至覺著當然且自在，感覺上他可以在女人面前從容裸露，並非只限於妓女，性別意識貫徹在生物本能裡面。妓女好像不曾注意客人的陽物長得怎樣，或包皮問題。她們可能見多了，見怪不怪，他不曉得事後她們之間會比較不同男人的大小異同，可是何以男人永遠在想像不同女人的不同陰部？

完事後妓女會用毛巾肥皂在面盆裡幫他洗陽具，他一點不為難，跟女人無論多陌生都可以立即親近熟絡，同性則是競爭和敵對對象，中心常處戒懼中。

這回完事後，他倒不匆忙，兩人私下相處，紅蓮並不如在外面時那麼顛覆三八，反倒像個體貼的大姐，說他很乖，也沒有像外面那兩人所說般的急躁，一辦完事就催促走人，反而出乎意料地好整以暇地拉著他躺在床上繼續講話。他也沒有立即感到那種射完精的空虛，恨不得即刻拔腿就走的厭煩。

他甚至饒有興趣向紅蓮探聽她的生涯細節，問她做軍妓去過哪些地方？聽說外島最好撈錢，她去過未？

她果然去過外島，為了幫家裡還債，她一咬牙自願上船去了兩個月。她說那不是人能做的工作，人被催殘的不是人，一身都是病回來，為了錢而拼命。房間外阿兵哥排著長龍輪流等著發洩，一個出去又一個進來，幾個人之後，人都麻木了。到後來，她們躺在床上，一面張腿忍受，一面設法想自己的心事來忘棄身體上的蹂躪，對眼前輪流上來的男人幾乎視而不見，好像趴在身上的人根本不存在似的。

他又好奇地問她，她有家嗎？這樣四處做妓女賺錢難道只為還債？她說她們這裡人人都有一堆苦水，她父親死後欠下一大筆賭債，她賺錢為了還債，也為了養家，她有一兒一女跟她母親住在鄉下。

她告訴他，她待過成衣廠，做過女傭，也有男人。在這裡瘋瘋癲癲，只為了不想家累沈重，日子難過，故意裝酵打發。

她說她們這種人，都是心照不宣地對男人有所隱瞞，永遠不會讓客人知道她們真正感覺。嫖客從她們臉上表情及誇張地啊哦之聲得到滿足，她們這樣做為的是能因此得到實惠。

張茱萸提出他的疑問，她們背後會談論或批評嫖客嗎？她回答：

「為何不會？你們是我們的工作，也就是我們的生活所繫，我們背後當然會對進來的客人品頭論足。我們談論的題目，當然討論他們做愛的姿勢，客人的怪異要求或凌虐行徑，我們也像你們一樣，會談及特定客人他們走路和講話的模樣。畢竟我們成日做的和接觸的都是你們，不講你們，我們談什麼？你們是我們衣食父母，也是我們愛戀、思念、苦痛及快樂之源流。」

張茱萸迄此總共才不過接觸過兩三次妓女，可是兩次妓女人雖不同卻不約而同地說他乖或不乖，也都認為他可愛歌錐或是英俊，他來嫖妓卻沒想到竟然從她們身上帶來這類的信心。這兩個妓女都還年輕，他看到很多老了的妓女都是默默地等待客人上前，可能提供更實惠的服務。雖然有的上了年紀的私娼為了生活會更肆無忌憚地拉客，應不可能跟他談這些話了。老了就對自己沒信心，只怕嫖客嫌她，根本不會去顧及嫖客的容貌，絕不會像紅蓮這樣子表露出喜好帥哥男人，紅蓮顯然在工作中仍要滿足自己。

16 落盔事件

汪保川被連長從伙房除名，回復站衛兵，很多人講他這下好日子結束，日子難過了吧！旁人雖這樣當面嘲弄笑話他，但他可沒顯出任何惋惜的神色。伙房裡做伙夫不算正規憲兵，雖說吃得好，沒人盯著管，是最實惠的地方，可是軍隊裡什麼都是階級，不管炊事兵在伙房多實惠，人們一提起來他們就是排在最後。加之，每天邋邋遢遢蹲在廚房裡，在講究儀容的憲兵隊裡，氣焰上免不了低下一階。話雖如此，連上士官兵雖口口聲聲憲兵是領袖鐵衛隊，而且職司糾察、風紀，見官大三級的軍中警察。但是這種自我膨漲畫餅式的榮譽當不得飯吃，當兵就是當兵，奉獻給國家這二三年哪個不自認是埋沒青春在營盤裡頭坐兵監。

處於此窮困、無聊和層層拘束的環境下，無人不以為是場生命裡頭的磨難。

事實上，每個兵縱清楚服兵役進伙房最實惠，絕大多數的人還是不屑為之。階級與地位感使然。服兵役雖然受罪，然而由於有個活比照，充員的苦難有時盡，無法不以為自己還是好命人，對比老士官那一方的命運播弄苦難可是永世不得翻身，不得不深慶未曾墮入老兵們的悲慘與無出路，他們才是被打入國家最下層，貧窮、卑下與絕望就是他們的一切。充員自入營第一天就開始引頸企盼退役那一天，營中唯有指望只祈分發到較輕鬆的地盤，因此伙房縱是較賤的位置，可沒有人不認為待在伙房是營中最暢快的所在，全連裡唯一被拔出樂園的汪保川，看來只有他這小子才會不以為意。

所以汪保川回復站衛兵，他倒沒有不樂之處，等到後來上面提拔他為固定出巡邏之一員，生性浮誇好炫耀的他可跩啦！他每天用心地把制服燙得筆挺，走在人面前趾高氣昂，開口閉口我們出巡邏的，完全地忘了前不久他還蹲在伙房。

他個性毛躁又愛惹事，出外巡邏沒多久果然讓他惹出事端來。

出事那天，可是雞籠憲兵隊難得的激盪之一夜。當天晚上本來平靜的門廳，忽然人聲鼎沸起來。憲兵爭傳「憲兵被打了！」的消息。人人一窩蜂擁入前廳，爭詢原委。

原來是汪保川被小流氓打了。

「反了？小流氓竟敢打憲兵。」

個個義憤填膺。反了，真正反了，老百姓竟然還敢打憲兵，套句連長的口頭禪：「那還得了！」。

古排長一馬當先，緊急調齊勤務兵員，立即調派所有車輛司機一定要把兇手捉拿回營。

人人七嘴八舌發表意見，都認為憲兵的威風豈能為地方小流氓沾蔑。

「所有犯事在場的一個都不能走漏，全都捉回來。」

古排長宣告。

「這還得了，竟然連憲兵也敢惹。」

連長也從房裡站出來跺腳譴責。

憲兵空群出動之後，黃幽園張茱萸等才從值日憲兵丁孝燦口中打探得到實情；原來是汪保川和蔡中士出巡邏時，汪保川跑去干涉路上群聚的少年幫派，以致發生衝突。爭吵間，汪保川的憲兵盔被推落。混亂中對方四散奔逃，他們來不及追逐，而且人數懸殊，所以急忙回來奔告增援。

古排長一得報告趕忙召集支援人馬，首先由葉副班長等緊急駕駛巡邏車去逮人，古排長隨即又安排全連警戒，所有車輛都載滿自動請纓勤務人員趕去支援。

「汪保川這小子囂張得很，就是會出事。」

有人指出禍源。

「不管他怎樣，怎能推倒憲兵盔，一定要抓回來好好教訓，要不我們憲兵怎還能在雞籠混了。」

丁孝燦義正辭嚴地聲明。

只要惹上憲兵的威儀，沒人會去追究緣由，全連隊敵愾同仇，一心要揪出那個膽敢碰觸憲兵威風的禍首。

「是些本地的太保吧？」

張茱萸詢問。

「太保是學生出來混的，小流氓是街頭混混，可不是中學生。」

丁孝燦糾正他。

出去抓人的巡邏車群連夜在雞籠市區呼嘯穿梭，敲門入戶，順藤摸瓜，一個揪一個的逮

回憲兵隊來。鬧到最後，還不到黎明時刻，小小的拘留守已被逐一擄捕回來的疑犯擠塞得滿滿的，塞得裡面的人犯幾乎竟動彈不得。

陸續捕回來的逃犯，一一被送往樓上調查官室連夜審訊，兩個營部調查官輪番威嚇喝斥，一送上去先賞兩巴掌，回話稍不俐落，立即更多巴掌搧下，再加上拳擂腳踢。

辦公室內劈劈啪啪不停拳打腳踢下，一個個陸續鬆口，吐露在逃諸人犯資料及躲藏地點，外面機動人員得訊立即隨線展開拘捕脫漏人犯。

稍有硬挺不鬆口的，立刻傳令往下送，由憲兵領出下跪在操場當中，讓眾小兵輪番群毆，拳打腳踢，再加卡賓槍托往人犯身上沒頭沒腦地猛撞狠擂，這批小流氓非常配合，人人帶種，打得再猛再狠都吞聲硬挺住不出聲不求饒。

小兵們打得快活，每一個人犯更都發揮流氓本色，拼死忍住承抵風驟雨急般地痛捶狂揍，打得再兇，都配合著不發一聲慘號。因之憲兵全不虞聲傳操場圍牆之外，個個愈打愈有恃無恐，人人使狠勁，盡情表現自己的兇殘橫暴。調查官要叮囑別在臉上留痕，小兵打紅了眼，顧不了許多，結果犯人個個臉上留上印記。重刑拷問下，未幾所有人犯盡皆搜捕歸來，犯事小流氓如數捕獲全都逮回憲兵隊。

一夜憲兵隊裡燈火通明，連裡自動取消晚點，不熄燈，不就寢，全營興奮莫名上上下下穿梭聚聊，人人自動自發地通宵不眠，興奮得如逢大喜。校場連夜拷打人犯，小兵們熱切等待營部調查官陸續送下來一個接一個小流氓給他們輪番痛捶海扁，小兵們樂不可支。

第二天，張茱萸等人起來後，只見連上人人面有得色，進進出出像整個憲兵隊洋溢出節慶般的振奮氣氛。他和黃幽園得知不少充員憲兵都藉機不上舖，整夜輪流痛毆犯人。

張旁舖的陳會也是一夜未曾上舖，一早見著，發覺他手背指關節貼著撒隆巴斯，他向張解釋：

「昨天晚上打犯人，打了一夜，把手背都打傷了。」

還抱怨：

「打得太用力，現在中指都痛得伸不直。」

充員裡面似乎除了他和黃幽園以及跟他們通風報訊的許士祺，人人都乘機上前往犯人身上撈幾下生活。個個都忍不住地要誇口，打得多狠、多痛快，原來打人竟然是如此這般愉快的樂事。

「揍不能反抗的人，算什麼狠？稱什麼英雄？」

黃幽園朝他兩個嘀咕。

文書兵許士祺一早被調查官調上樓去抄錄口供，他跟兩人說，犯人被整了一夜，個個遍體鱗傷。他看其中一個年紀最小的犯人已被打得搖搖晃晃站也站不住，故意跟調查官說：

「這犯人要小便。」

乘機帶那少年去廁所小解。那個小流氓，尿了半天，才流出來一些尿液，流出來的都帶著滯血，顯然已打成內傷，那小子還不知好歹，一待尿畢立刻急著要趕返樓上辦公室。許士祺提醒他：

「不曉得多待一會嗎？趕回去挨更多揍，待在廁所沒人會打你。」

聽了許士祺的描述，張茱萸趕緊表示：

「這樣子幹，不怕打死人。」

「他們管不到那麼遠，你們聽到沒有，老士官還提議把這些流氓五花大綁押在憲兵吉普上街去遊街示眾。」

「什麼？什麼時代？還能隨便綁人遊街示眾。」

「他們什麼都不懂，」黃幽園表示他的看法：

「王寶川是惹禍的根，上面放手讓這些充員蠻幹，萬一弄出事，搞不好老K要丟官。」

第二天，整個憲兵隊鬧烘烘，調查官繼續從拘留所輪流提調犯人上二樓營部辦公室偵訊調查，偵訊過程，仍是一邊查詢，一邊不時賞以耳光、拳頭。

白天是營部官員調查，正規作業時間。充員們雖操拳擄袖躍躍欲試，還輪不上大伙上陣。一入夜，天黑之後，可才是憲兵隊員等待一天的凌虐犯人時間。

連裡面急著逞威風打犯人的，全都是年輕好鬥的充員士兵，老士官們只在口舌上使狠，年齡一大，不比年輕人，早沒了打人的勁頭。

吃完晚飯，充員兵個個興沖沖，迫不及待地等待上面指示的時刻：

「天黑才好動手。」

原本在黑暗營房溝渠中瑟縮爬行的小老鼠們，此刻嗅出血的滋味，個個突地變形成了嗜血的兇殘兀鷹。時辰一到，馬上三五人自動圍成一圈，輪番將那十來個人犯叫出來當拳腳靶子。

黑暗裡的操場上，肅殺的氛圍充塞整個空間，憲兵們三四人隔著相當距離圈成聚落，等待犯人從拘留所帶出來。流氓們由於前一夜已被圈起來拳腳交加折磨一晚，再被帶出來，個個畏懼地拖拉著遲疑的腳步，恐慌益甚，不知眼前更會遭到怎樣兇殘的凌虐。走近這堆兇神惡煞前面，膝蓋抖顫發軟不待聽到暴戾地厲聲呵斥：「跪落！」已自行跪下。一跪下，馬上一槍托又一槍托沈重地朝身上猛擊，或者沒頭沒腦地手足齊飛，隔了一夜，大家變本加厲，有了前一夜的經驗，更曉得如何著手，才打得犯人傷痛而不損及自己手腳。

聽著此起彼落地槍托或攏拳擊打在肉身的沉悶聲音，受刑人的欷歔呻吟以及偶而忍不住地斷續哀號，激盪在夜的空氣裡，站後門衛兵張茱萸聽著備覺淒厲。

輪番攻擊下，挨打者每挨一下，悶哼一聲。有人犯喉嚨發出的哼聲太大，直接一巴掌摑去臉上「啪」地一聲提醒他，「不准出聲！」。

兩個小時衛兵站下來，張茱萸沒止沒息地聽著人身挨重擊的撲撲聲響、人犯抵受不住地悶哼與哀號，以及打人打紅了眼睛憲兵兇暴地喝斥。站在後門外，聽聲音就使他忍不下去。不明白何以要如此無止息地虐打下去，同僚們到底有多少仇恨與殘暴非得如此不眠不休地發洩？人犯可以承受到什麼時候？怎能一直承受捶打？難道不會打死人嗎？憲兵的榮譽與威風非得這樣欺凌小民來維護或發揚嗎？

下了哨，張茱萸卸裝後，忍不住走過去看究竟。黑影幢幢的操場上，只聽得見拳腳重重捶打在肉身上的蓬蓬聲響，以及犯人挨揍的悶哼。黑暗裡共分成三圈小圈圈人馬，每圈各約有四五個兵圈住一個跪著的人犯，你一拳我一槍托不停地朝跪著的犯人拳打腳踢。張茱萸走近其中一圈，只見顏學銘雙拳齊飛，使全力沒命地交互狂擂打在低頭跪著的人犯背上，犯人在連番狂擊下，被打擊的力道撞擊得不住地往前滑行。

圍住的幾個人見張茱萸出現，個個面呈得色，要他動手：

「張茱萸你來吧！」

顏學銘也休手招呼：

「張茱萸拿點厲害出來！」

只見犯人一聲不吭頭更加垂下。張搖手，不肯下手。

「什麼？」

沒想到竟然有憲兵不出手打人，一圈人人吃驚失望。

「孬種，」有人說他。

「什麼？你不敢揍犯人！你還是憲兵？」

張低垂頭沒出聲地轉身回寢室去。那圈人忙不迭地繼續施虐，來不及辱罵他，他得以鼠竄遁逃。

17 善後

次晨，張茱萸上飯廳早餐時，敏感地覺得周圍老少憲兵都以異樣的眼光瞟他，他昨夜畏縮的行徑已使得全連人人不齒。他在飯桌上伸手拿饅頭盛稀飯，耳旁傳來旁桌人故意譏嘲著。

對桌的王大蝌最看他不起，一邊吃飯，一邊還特意擺出一臉不值的臉色直盯向他。吃完飯還故意諛諂著去至班長桌向張民嚼舌根。

大蝌目中完全無張茱萸，故意放大聲浪向張班長告狀：

「張茱萸昨晚丟光我們憲兵連的臉，竟然連跪在地上犯人讓他打，都不敢打。」

「憲兵隊怎能收留這樣的沒用貨色。」

張民端著碗，一面搖頭，一面刻薄地嘲弄：

「什麼？哪個沒用的貨色？」

程明沒聽清楚，隨口問張班長：

「張茱萸，沒蘿用的貨色就是他。」

大蚪攛掇著搶答，嘴角朝張茱萸一嘟，不屑的表情使得臉上都泛青光。

「哦！怎麼又是他，那麼大個個子，一點膽子也沒，他胸腔裡頭那點小膽子搞不好比老鼠還小。」

「哼！個子大有什麼用，只配拴在茅坑裡嚇狗。」

張民又拿出他鄉裡土話來污衊他瞧不起的那個兵：

「連捉回來的流氓都揍不了手，當個什麼兵？」

「是啊！冒犯我們憲兵的後果，不揍他們個好看，怎麼行？」

程明又再度強調他們那套憲兵哲學。

隔桌你來我往完全無視於張茱萸本人似地冷嘲熱諷，使他坐在長餐桌邊如坐針氈，進退不能，食不知味，坐不是，走也不是，只有悶聲不響低著頭扒飯入口。正當難堪之極，忽然值預備班的衛兵進來向連值星官報告，請示大門外圍來一圈人嘰呱鼓噪，請示處理。值星排長姜宗憲立即放下飯碗，趕赴大門口去了解。

飯廳大伙聽到消息，不曉得發生何事？也忙跟著收拾餐具，生怕漏了大事似地趕著去門廳看熱鬧。

飯廳裡的人一下都擁上大門去看發生什麼事？這一打岔，倒解除了張茱萸的窘境。原來憲兵隊門口圍了一群被押流氓們的親屬，他們成群圍聚在大門衛兵面前訴苦求情，衛兵被那些人圍住，不理衛兵喝斥驅逐，反而一再乞求哀告，怎麼喝斥也打發不走。麻煩間，姜排長趕出來，苦主們見到憲兵隊出來一位長官，轉而團團圍住姜排長，個個焦急地開始哀乞懇求，一個淚流滿臉地老祖母憂懼難當，竟然當眾朝排長跪下哀求。

眾人七嘴八舌地乞求姜排長也無從應付，他只有向眾人坦告，他不能作主，要向隊上請示。

排長於是轉回門廳準備向連長報告，憲兵隊外圍著一圈苦主，門廳裡面也相對地擁擠著一圈憲兵朝外看熱鬧的士兵。雖然不妥，值星排長竟不曉得喝斥士兵離開門廳，只顧忙著找連長。幸好古排長及時來到門廳，不待姜排長開口，立即暴躁地厲聲怒叱士兵：

「你們幹什麼？沒見過老百姓嗎？都滾到裡面去！」

排長一喝斥，門廳裡面的迅作鳥獸散。

「什麼名堂！一堆死老百姓丟人現眼！成何體統？」

古排長回過頭來，又頤指氣使地給值星排長吃排頭：

「慌慌張張地找什麼連長，不會先安撫外面人群，哪能外面人來請個寃？你就有求必應！」

隊長與連長也自飯廳趕過來。隊長一看外面狀況，皺起眉頭表示老百姓圍住憲兵隊成何體統，有礙觀瞻。立即命令營部軍官出去引開人群，指示不得圍堵在憲兵隊門前。

兩個排長緊跟營參謀官出來告誡苦主們不得圍住憲兵隊大門。

「憲兵隊是軍事治安機關，」古排長一開口就囂張地警告人犯的親屬。「你們堵住大門，我們還要辦公不辦？」

家屬雖多是平素不近憲兵單位的尋常老百姓人家，但為著一干子弟被捉進去，兩天來探不到消息，也不准接近憲兵隊，懼極子弟受凌虐，逼不得已才互相聚集結伙上門求情開釋。他們請願的意思不讓上達，當然不會輕易為官長威脅嚇退。這群人相互倚依不僅躊躇著趕不走，反而又彼此壯膽圍住官長們訴說他們的憂懼與擔心，一個接一個不住地向三位官長苦苦哀求，請求長官不要再毒打犯人。犯人都是人家的子輩，是他們血肉至親，一時犯錯，務祈官長們體諒他們撫養長大至今的辛苦，懇請官長高抬貴手，諒解犯案人年幼無知，給予他們子姪輩一次機會。

一窩苦主邊訴邊求，個個憂懼動容，女性親屬更是淚眼汪汪，泣聲不絕。一眾母親姐妹以及祖母人人哽咽哀告懇求勿再凌虐他們的子弟孫兒。

三個官長連忙否認，說哪來凌虐情事，矢口否認憲兵打人犯，表示人犯目前只是扣押在憲兵隊裡問案調查，問清案情才會偵辦。

「現在是什麼時代，哪會有刑訊情事？」參謀官向請願人解釋：「我們都是科學問案，你們這些人不要胡亂猜疑。」

官長雖然不承認打人犯，可是親屬們依然懇求不斷，無論怎麼跟他們說明沒有打人，都不肯接受。

官長出頭驅散人群不了，反而陷入自辯清白的亂捲線團中；這邊憲兵官講他的，請願人繼續求他們的。而且愈乞求就愈將心中的惶恐表露出來，原先只有一個老祖母哀慟地跪地不走，哭求不應之下，陸續一個接一個地聲淚俱下地當街跪求，甚至有對老嫗老翁竟然向參謀官連番叩頭哭告請勿再責打其孫子。

古排長看情形愈來愈不像樣，趕緊呼喝跪下哀求的人起來：

「你們這些人不要動不動就下跪，這裡是國家軍事機構大門口，你們這個樣子成個何體統？」

那些人得不到允諾，硬不起來，情形愈益棘手。鬧了半天，對街兩邊圍聚看熱鬧的人愈來愈多。圍觀的人先不明所以，逐漸弄清原委，竟有人出頭表示聲援尚且人群之中更有人冒出聲音說憲兵打犯人：

「憲兵隊有打犯人，我有看到。」

人群鼓噪，古排長眼看不是辦法，當著街上群眾無論軟硬方式都不宜，而且群眾愈聚愈多，繼續拖延下去會更難收拾，到時弄不好要惹出事來的。他拉過參謀官避開人群報告商量：

「報告參謀官，我看先讓他們推出代表進憲兵隊裡面去陳情商討，不能讓他們繼續在門口鬧下去。」

參謀官稱是，於是參謀官回身當眾宣告：

「你們推派三個代表出來，進去隊裡面向我們長官陳情，其他的人立即離開憲兵隊大門，你們該知道圍堵在軍事治安機關門前是違法的。」

代表也不是容易推出來，你去，我不去，一時間，難以定奪。古排長不願多拖延，立即指出在推不定的人馬當中追加成八個人，其餘的人要求立刻離開，不得繼續圍聚在憲兵隊大門口。八人代表隨姜排長進去憲兵隊。逐走的人退至對街人群之中，或進入旁側的市政府大廳內去休息等候代表進憲兵隊陳情結果。

一行人進入憲兵隊門廳，參謀官即刻進入隊長室稟告處理情形。隊長指示與調查官安排好人犯與家屬見面，明確地告知未有刑求。並且明示調查清楚後，立即轉彙軍事檢查官處理，軍檢官會酌情是否按軍法起訴。任何人再來憲兵隊求情，均不再受理，並警告家屬聚眾軍事治安機構大門喧鬧求情係違法干擾憲警執勤，憲民隊可依軍事保安法規逕行驅散。

調查官向家屬表示，一切調查都依軍法行事，絕無虐打刑求。對於家屬代表請求面會人犯一事，組長徐調查官表示：

「按照軍事調查法，調查期間不允親屬接見，但本隊奉隊長指示，為配合安撫家屬起見，特別允許帶出相關人犯來辦公室與家屬代表接見。」

隨後犯人命值勤憲兵陸續帶出來接見對質，家人淚眼汪汪終於望見身陷囹圄裡受虐的兒孫一個接一個出來見上一面，眾多憲兵緊逼監視下，不讓親人多言，至親看得痛心，只得焦急地詢問情形，銬上手銬的人犯一臉驚惶地見著親人，個個忙說很好。虐打都在身軀上，外觀傷痕乍看雖不十分明顯，然顏面上還都青紫紅腫，縱憲兵官長無從遮掩，然而顏面上卻都青紫紅腫，然而每個人犯全都堅決表示沒有任何人虐打他，家人心中存疑，然而在憲兵軍官虎視眈眈監視下也無從進一步查詢；話尚未說完，人馬上又被帶走，輪下一個再上來。

接見完畢，送走請纓代表。應付過後，營長召喚連長，不悅地表示兵士在操場內虐打犯人，竟然讓風聲外露，處置極為不當，今後不得再有此等情事。凌連長被刮得唯唯諾諾，出來後立即召集兩個排長，要他們嚴加管束士兵。

連隊充員兵集合聽了古排長訓誡之後，黃幽園回頭又向張茱萸譏評自以為是的同僚。

「他們打人打得過癮，現在可好了。什麼冒犯憲兵的後果，就該痛懲，法令是他家訂的，那憲兵與流氓有何區別，豈不同是一樣作風。」

又說張茱萸：

「你不動手打人，人人公審，罵你孬種，現在呢？看他們孬不孬？」

張吞聲沒講話，已不像適才那般羞愧了。黃提醒他

「不跟著做一丘之貉，就得避著點。」

「他們一夜輪著打人，我忍不住好奇，才跑近去看。」

張解釋。

「這些傢伙到底以為憲兵有多了不起？」

「他們在訓練中心起就被灌輸洗腦了，軍隊那些什麼主義、領袖、國家、責任、榮譽

的名目唬住他們，頭腦就像共產黨那邊一樣被徹底清洗過，所以他們才那麼重軍人的榮譽感。」

張自以為是的加以解答。

「哼！哪有什麼榮譽感？還不是逮著機會揍人個爽快，這些傢伙只會夥著打人，哪知道什麼是對錯、公義。」

小流氓家屬代表見著被拘的子弟，雖說沒被打，但是臉上卻個個傷痕斑斑，人人將信將疑，而且從憲兵隊裡得不著任何答案，請回後，事情可未完了，家屬把他們那區的議員找來疏通。下午憲兵隊就有議員受託上門來拜訪隊長，而且不止一個議員，接踵而來的議員竟然由隔鄰的市長陪同過來關切。憲兵隊應付這些人可不像應付家屬那麼容易應付，不能用唬的。再拖著下去，還不知會惹出什麼樣大有來頭的來追究。這下憲兵隊才慌了手腳，鬧上去，憲兵隊是否處理過當？沒有問題則已，若上面追究起來，麻煩就大了。

於是，隊長一送走市長議員出大門，立即叫出連長趕快善後，命令把所有人犯全數釋放，事情就此不了了之。

18 採買

春節來臨前，黃幽園退伍在即，許士祺特地拉張茱萸兩人合起來做東，合作請黃一趟。平時他兩個經常為黃邀出去小吃，黃破費成慣例。如今到了他退伍了，許張兩人要回報一趟。找了個空檔，三人一道去城隍廟口尋間小餐室打算擺點酒菜慶賀黃幽園退伍。

找定館子，一進去，許就擺明說他和張羅漢請觀音，不讓黃出份子。兩人合計後就身上的錢餉點了一桌葷素小菜。黃不表客套，但表示慶祝退伍，總要來點好酒，他說老早就允諾他們喝金島高粱，趁退伍前讓他償願，於是他開了兩瓶金島高粱，三個人好喝個痛快，酒是黃順路在雜貨店買的。

菜餚一上桌，相互敬酒一巡，許張一試都咋舌喊厲害。黃豪氣干雲，高粱一入口，話匣子打開，趁機挑他們拼酒：

「老大好不容易挨到了今天，輪到他退伍了，醉他媽個臥倒街頭也是該的。來，今天我們三個定要把這兩瓶高粱幹掉。」

「酒太烈了，我們三人喝兩瓶怎麼喝得完。不要伍尚未退，倒先進了禁閉室。」

「好不容易到了今天，輪到老大退伍，別煞風景，」許士祺說張茱萸：

「不醉那成敬意，關禁閉又怎樣？哪有當兵不進禁閉室的？」

「好！小許夠意思，」老黃一仰脖子，硬是乾下一杯。

「老伙計，拼了，乾了再說。」

張茱萸跟小許兩個打鴨子上架也跟著乾，高粱嗆辣得厲害有若燒刀子般，兩人硬著頭皮勉強吞下，酒汁順喉流下，有如澆裹著汽油在喉嚨食道裡燃燒。

老黃豁出去了，一瓶高粱幾巡下來就見底，馬上又開一瓶，一再侑酒。另外兩人一個酒量有限，張茱萸乾了一杯後不得不聲明晚上還要起來站衛兵，喝多了到時他起不來。

「別老奸了，一杯乾得這麼暢快，很能喝嘛！喝醉過未？」小許問他。

他說以前讀中學時吃拜拜有醉著回家過。

「你以前，」許士祺噱張講話：「你也成了老芋仔，一開口就我以前，老大，該不該罰一杯。」

許不勝酒力，卻挑撥老大繼續灌張茱萸。

「張茱萸晚上要站衛兵，饒了他算了，」黃一向護張，不打算讓他倒下：

「別勉強，不好叫他為了請我一場酒，起不來接衛兵，到時被老K送進禁閉室。小許你幹文書的，沒人盯著，明天起不來，還可躲到倉庫裡偷睡，還是你我倆來盡興吧！」

小許勉強又哈一口，調轉話頭，跟他們透露：

「上回我不是告訴你們，調查官問案時，我刻意罩住一個十四歲的小混混去廁所，讓他避難一陣？」

「對呀！那些混混放回去後，難道還有下文？」

「下文可大哩！那小鬼叫阿茂，回去家裡以後，竟然口吐鮮血，昏厥倒地，家人趕緊送醫院。雖經醫院醫治情況一直未見好轉。阿茂家裡人口眾多，家裡面還有七個大小不等的兄弟姊妹，全家打工維生，是雞籠市登記有案的貧戶，鄰人咸攛掇他家人控告憲兵隊，要求賠償醫院費用。」

「憲兵隊這群蠻橫老粗放手讓充員兵亂來胡整，現在可曉得有麻煩上門了。」

「麻煩可能在後頭，這個小混混傷勢嚴重，現在還昏迷在床上，不曉得救不救治得活。」

「這批人找上議員，已沒隊上原先以為那麼好應付，萬一這少年有個三長兩短，定會把事情鬧大，議員只要找上記者發佈條新聞，到那時可有老K受的，搞不好老K和營長就會是上面第一個開刀的。」

黃幽園酒喝得雖多，批判起憲兵來，他可清醒得很。

兩瓶酒幹完，三個人就得趕緊回營。第二天一早六時不到值星班長哨聲響起就得起床早點名，而站夜班衛兵的更是得早睡。結帳前，兩人舉杯祝賀老大前途光明，乾掉杯底最後餘瀝，老大也祝他兩人早日脫離苦海。老大最後叮嚀張茱萸：

「老弟，老哥留給你句話，不對盤的人，不要浪費口舌，一句話都不用跟這類人周旋。賴心耗吧！終會耗到你老哥今天的這一天。等你考上大學了，老哥要和你在你大學球場好好鬥場牛。」

「一定，我們就此講定。」張茱萸紅著臉許諾。

請過酒後，黃幽園也就退伍了，接著陰曆年旋即來臨，好不容易盼到一年一度的三天年假輪休，所有士官兵都把全付心意寄望這一年唯有的一度長假，充員兵長長兩年數饅頭的日子的最大的期望就是在年假時能夠趕回家去住上兩天兩夜，他們老早就在算計如何安排回家跟家人團聚遊玩，希望能好好地離開軍營輕鬆一下。

全營輪班休假展開元旦當天，從休假前開始兩三週起，兩個值日憲兵就被全連兵員不停地催促，要他們儘快把一月份勤務輪值排出來，每個人都希望盡量利用假期，不要排到中途趕回來值勤，斷了長假好夢。

輪值表一列出來，全營的充員兵頓時興奮兼焦躁起來，開始不休地爭吵怪責及討論，每個人都就著自己分配輪休假期與人商量調班或者交換，討價還價，試圖勾畫出對自己最方便與寬裕的年假。

全營鬧哄哄興沖沖之下，只有陳會與張茱萸兩個人一見輪值表當場傻眼，因為可惡的值日憲兵竟然在年假關口把他兩人排為採買。

採買就是上菜市場為全營採買菜蔬副食，這本是人人爭搶的美差，平時是當兵的一等一肥缺，不服勤務，又不受排班長的監管，可隨時自行離營辦事，而且更令人流口水的是會受到菜販的款待，由於部隊團體兵員眾多，採買數量大，市場裡的菜販無不爭著巴結兵隊出來的採買兵員，為爭取生意菜販都會給好處給採買，引誘軍方採買跟他購買，充員兵在軍營待久了人人都得知這是生意人的慣例。每天早餐燒餅油條豆漿的招待成了採買的當然福利，也是公開的祕密，這還是起碼的福利，精明厲害的兵員更會乘機弄回扣。

平常日子，當然是打破頭的好差。可是一到了年假期間，可沒任何一個兵願意留下來做採買。年假輪休排他兩個採買就得留在隊上，留在營中採買離營返鄉回家休假自然沒份，一週採買完畢，輪休也銷假了。這可要他倆的命，別人休年假，他們非得留營辦採買，排班的可真毒辣。別人排採買吃香喝辣還有拿，平常他們可從來沒份，從不會排到他兩人，不想到了一年最珍貴的年假關口，絕無人願幹採買卻排上他倆，人人都要休假回家的時刻，竟然硬派他兩做採買，活生生地剝奪他倆的假期，完全欺負人嘛。

王大蝌丁孝燦硬是看準他倆老實好欺負，擺不平別人，卻故意丟在這兩個膿包頭上，故意整他倆冤枉，張茱萸與陳會為之氣結，氣憤難平之下，只有向丁王抗議：好不容易才有三天假，卻把他倆留下採買，為什麼任何人不排，卻偏偏排他倆。

王大蝌一聽，反而板著臉怪罪他們：

「你們爭著要排採買，現在排給你們，還要什麼好吵？」

「你平時不排我們，怎能放年假排我們。」

張茱萸爭辯。

「那我沒辦法，每個人都像你們要挑時間，我們值日憲兵怎麼做？你不服氣，再去跟連長報告好了？」

王大蝌算準吃定他兩個，橫起眼一副「我就排你採買，你能怎樣？」的狠惡嘴臉。

兩人嘴笨說不來狠話，厲害一點的話根本說不出口也不會說，爭又爭不過他，也無處申冤，一肚子氣憋在胸腔內，火得七竅生煙。兩個無羅用的人只有互相嘀咕，說：平常這等好事從不排他倆，輪來輪去，就輪不到他倆，他們平素不是不爭，但不夠厲害，爭也沒人甩，可是到了放年假卻硬排他們，欺人太甚。

兩個傢伙意快快，年假不得回家，只得認了，準備好好辦好採買，設法給留在營中過節的老士官和上勤務士兵吃得好些。

軍隊裡頭過新年也和民間一樣，除夕之前憲兵隊上上下下一定要來個全營大掃除，謹循習俗，進行所謂除舊佈新將一年堆積下來的陳垢與腐敗的舊事物清掃乾淨，重新佈置打扮一新耳目來迎接新年。

全連除夕大掃除，古排長按照淩連長與于輔導長的指示，召集全連士兵將三個班按比例分配，各班各自負責一部份區域之整理與清潔打掃。章亢龍班長的第一班負責廚房與餐廳的清潔與打掃，陳會與張茱萸兩個即將擔任採買，隨著章班長旁邊聽從吩咐如何將餐廳部按照指示整理清掃。

推積在餐廳的雜物，像食油，副食品，及長久置放不用的物資都得重新排列整齊歸位。一些伙房胡亂堆置在餐廳牆邊的用品也都得擺回廚房去，不得佔用餐廳空間。零碎的雜八物品章班長都要他倆扔出去。

角落邊上有個不顯眼的包袱，章班長罵咧咧道：

「什麼鬼爛包袱。」

順勢一腳掃開。

「報告班長，是趙上士晚上睡覺的鋪蓋捲呀！」

陳會趕緊提醒班長。

「趙芷相那個破包，扔出去。」

班長一臉不屑地嗤之以鼻，完全不理是否是趙芷相晚上睡覺的鋪蓋捲，要他倆拿出去扔掉。張茱萸心想趙芷相平時有事沒事儘找章班長擺龍門，這下可好班長連他睡覺的傢伙甩都不甩，一擋著路就要扔掉。任何事可別犯在這些人手上，真是黃幽園跟他說的，這種人沒感情可講，隨時給你六親不認。旁邊另外擺著的兩塊木板，陳會拿起來打算移到角落將之放整齊。

「都扔出去！」班長見著也要他們一道清掉，命令陳會：「餐廳哪由得他們烏七八糟胡放一起。」

陳會遵令準備扔到外面去，廚房一個人衝出，大聲喝道：

「這是垃圾擋板，你們扔什麼扔？下雨掩水，廚房沒這兩塊板子怎來擋水？」

兩塊木板是伙夫李志民的，他在一旁眼看他們班長兵三個怎樣整的，一看動到他傢伙了，趕緊過來嗆喝著搶救他那兩塊板子回去。

「你們什麼都扔，到時麵粉泡水，大家吃什麼？」

伙伕指著他倆怪罪。

不讓放在餐廳，李志民只好拿回廚房裡頭去放。事情做得吃力不討好，顏學銘還警告他們兩倆：

章班長帶著陳張兩個班兵清理餐廳，章亢龍大喇喇地指使兩人扔這丟那，廚房不跟班長爭，帳都記在張陳兩個兵身上，事情做得吃力不討好。他倆是採買，顏學銘背後警告他們倆：

「你們敢得罪伙房，到時你們採買怎麼做？會有你們受的。」

他們這下才曉得，做採買可得要攏絡好伙房。

趙芷相送完公事回隊，發覺舖蓋及他的零碎包袱竟都被大掃除除給扔了，人家告訴他是陳會與張茱萸幹的，他氣急敗壞地找到他兩個吵，火得要跟他們拼命。

「不是我要扔的，我們不肯扔，但是章班長命令我們去丟的。」

陳會被趙芷相吵鬧得沒法應付，只得聲明是章班長要扔的，不干他們兩個兵的事。

「什麼不干你們的事，扔可是你扔的。」

「我們幫著說是你睡覺的傢伙，班長還是要扔掉。」

「他要扔，你就扔。你們兩個狗仗人勢，欺人太甚！」

還好東西還在垃圾桶裡，趙芷相又從垃圾桶撿回放回原處。

「再把我扔掉，我就吊死在這兒。」

趙芷相聲嘶力竭地宣告。

趙芷相平素邋邋遢遢，一天到晚嘟嘟囔囔，自言自語發囈語，無論老少憲兵都不把他當回事，得意些的班長甚至卑視他，所以即使他憤恨地詛咒發狠話，旁邊聽著的人卻當陣風掠過耳際，沒人當回事。

但是伙房裡的伙頭軍可掌握陳張採買成果的命脈，不打點好，他們隨隨便便就可整得你好看，讓幹採買的難看下不了台容易得很；不把你買回來的菜好好燒，不聽你調配的菜色，胡整亂配，多撒把鹽，少加些作料，就讓採買花半天心血的成績泡湯，狠一點，更甚至讓你精心配置的菜式出大紕漏。

東西入不了口，菜燒糊了，到時，可有當採買夠難受的；老士官們第一個會給難堪就是採買，群起批判冷嘲熱諷，攻訐得採買坐立難安。尤其到了這個過年時刻，充員都走光了，只留下這批無家可歸的老兵，一肚子不順暢，不罵得兩個採買好看才怪。

陳會他兩個雖沒幹過採買，但是平時也見慣了這場面，擺在桌上的菜餚一吃不對味，不要說官長要訓人，老傢伙更是從不留餘地，罵起採買像咒龜孫子似的。這批人，自己不上菜場，只好污衊人，動不動疑心採買汙了多少好處，虧了大伙的副食費。

他兩個雖被整得年假回不了家，可是既做了採買就實心塌地地一心想好好表現來討好官長及班長們。可是一合計事情還未開頭就先得罪伙房，警覺到不妙，於是連忙趁顏學銘尚未離營回去前拉著他請教，套問小顏這個經常當採買的應如何跟廚房打交道。

「這還不簡單，採買回來買條萬壽煙孝敬伙伕班長不就結了。」

小顏不當回事地跟他倆指點。

「這樣就行了？」

「那我們兩個得先湊錢去買條萬壽。」

張茱萸提醒陳會。

「你大個別那麼不開竅，好不好？幹採買還自己墊錢，菜錢裡頭隨便擠一擠不都擠出來了！」

小顏噱他不開竅，又提醒他倆：

「現在又是過年期間，一半以上的人都不在營裡，一餐開出來，等於一個人吃兩份副食，怎麼打點都行。」

「哦！」陳會似乎懂了，但他還有點憂心：

「李志民怪我們丟他板子，對我兩個不合意，要不對他也表示。」

「管他那麼多，安撫好伙房班長，下面的都得聽他的。」

小顏再傳授他們：

「你們買菜回廚房，勤快點，進去蹲著跟著幫忙洗菜怎的，不要大爺樣的，買好菜回來拍拍手沒你的事，到時可不要叫他們整得你們好看。」

第二天四點不到，兩人就被衛兵叫起，摸黑提了大菜籃和扁擔趕著上陣去採買。其實扁擔是用不著的，因為市場的菜販會幫採買用三輪人力車把購買的菜蔬副食直拉來憲兵隊的廚房，只不過兩人初次上陣人生地不熟帶在身邊以備萬一。

來到菜市場，兩人楞頭楞腦，首先想到的是風聞已久的採買特權─免費早餐；準備好好地接受招待喝豆漿啃燒餅油條的享受。

但是拎了菜籃來來回回繞了老半天可沒任何人上來招惹他們，既無像顏學銘描述的，菜販一見阿兵哥採買立刻爭著圍上來拉生意，不但如此，甚至見著他倆個阿兵哥提著菜籃從部隊來的採買竟然連伸手打招呼都沒半個。原來到了過年情況不一樣，過年這時候攤攤戶戶生意好得忙不過來，菜市場裡天沒亮已經是人擠人，市場裡水泄不通，個個小販全忙得不可開交，各個攤子的菜蔬肉品全都不夠賣，哪還需要爭取兵營採買來賣大宗了？更別提巴結採買，他倆要向哪個去要燒餅油條？

混不到白吃的早餐，只有加緊看貨買年菜。年節期間，人人趕早，菜市場份外擁擠熱鬧，人多菜色也多。兩人意見不同，口味分歧，你的葷菜要魚，我偏要豬肉，你要大白菜，我偏想讓大家嚐鮮硬要平常從未吃過的春菇木耳。樣樣都有得爭，爭爭執執好不容易才買齊了回營。

廚房周班長原先板著臉對他兩個愛理不睬，任何問題請教，都是白眼相向，害得他們不敢多問。現在採買回來，第一件事就是趕緊呈上一條煙。拿到孝敬，班長臉上立刻笑逐顏開，看來兩個木頭木腦的採買還算懂事。

秦檜還算機靈，即刻乘機請教，明天是為年夜飯採買，加菜金領下來後，希望班長指導他們該如何去採買？好讓大伙這一年的年夜飯吃得滿意。

「沒問題。」周班長拍胸脯擔保：

「你們兩個盡量放膽去買，買回來不論什麼雞鴨魚肉，我們伙房都能燒出像模像樣的大魚大肉，一定讓大伙這個年夜飯吃得格外滿意。」

周班長說隨採買如何買都行，其他的炊事兵倒有意見，提醒他們：

「紅露酒得加多一倍，年夜飯總得酒醉飯飽。」

他們倆個唯唯諾諾應允，可是回頭一商量，覺得不妥。酒加倍固然好，但肉和菜少了也不成，到時桌上擺的菜少了，可不成其年夜飯。

陳會說：伙房的都是酒鬼，他們只想趁過年好好灌飽黃湯。

19 餐廳自盡事件

過年期間，營裡人員多半回去過年，飯廳也取消往常飯前儀式，不起立，不等隊長上桌才喊開動，大家輕鬆。營部長官除了一兩個留營輪值的，都趕年假離營。連裡也一樣，除了值星的古排長外也都不在。人雖少了大半，兩個採買卻各用機心，想好好表現一番討好老士官們。他倆一心別出心裁地要買些和平時不一樣的菜式，一心想讓廚房燒出不一樣的好菜端上桌來博取大伙讚賞。不想結果適得其反，不但沒人賞識，中午一開飯就聽到抱怨，老士官們一來，吃也還沒吃，看一眼就有人嚷開：

「什麼菜嘛！哪個採買？」

「大個跟陳會。」

一聽是這兩個，更不得了，這兩個還幹得出好事？一試不滿意，馬上抱怨開來，一有人嘟囔，大伙跟著罵。一犬吠形，眾犬吠聲，人人都說菜不好吃，跟著有人開罵了：

「這樣的兵還讓他來幹採買？」

上面沒長官壓著，下面人更毫無忌憚，一有機會正好借題發揮，一個接一個放言攻訐菜不好。周克昌尤其誇張，一碗飯沒吃完使勁把筷子朝飯桌一放，震得飯碗及菜盤都跳了起來，使性謾罵採買：

「什麼菜嘛！根本是草料，把我們當成畜生不成，儘拿草料填塞我們。買的什麼菜！」

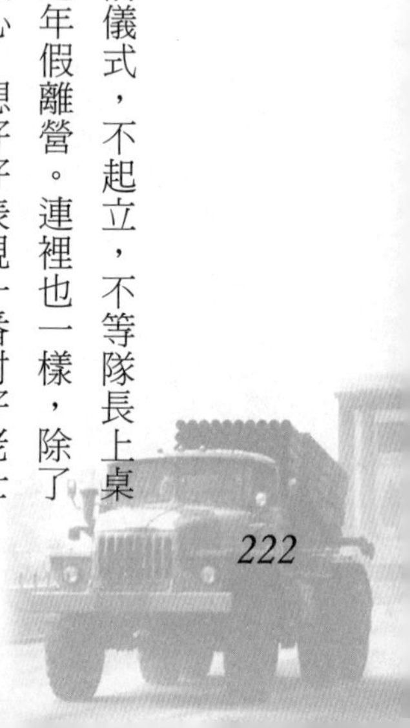

「什麼時候了？過年竟然派這兩個呆頭鵝做採買，什麼人不好派，偏找來兩個驢貨。」

「哼！充員曉得回家過年，難道我們留在營內的就不用過年嗎？」

聽到這話，才道出問題癥結，充員人人有家，個個歸心似箭，回家過年的過年去了，一家團圓的團圓去了；落在一營矜寡孤獨老兵眼裡不是滋味，一肚子鬱悶無處發，眼前兩個採買活該當靶子，他倆侍候在一邊照顧上菜，當做代罪羔羊被冷言熱語削得半死。

「他們兩個採買也沒回去，菜也算買得用心。」

帶班張茱萸出聯合巡邏的蔡中士看他倆被削慘了，幫著講句公道話。

怪罪採買並不真是菜買得不好，也不是罵他們不盡心，這兩個肉頭，沒人疑心他倆會搞鬼。老兵心情，好不容易過個年，無家可歸，留在營內倍增煩躁與感嘆。

另外菜可能也不對味，所以老兵們愈罵愈氣他兩個。他們從菜市場採買回來之後，哪兒也沒去，一頭蹲在廚房照顧和幫忙，全心全意盡力要做好採買，一心想要準備出一桌好菜來為留下來的官兵服務。然而廚房管你怎樣想？燒菜只照他們慣常的方式，急急忙忙把菜燒出交差。你想變花樣，門都沒有。何況兩個傢伙首次進伙房，屁都不懂，裡面哪個管你買來什麼好料，誰睬他們有何想頭，反正端上桌的菜做壞了，惹人嫌不好吃，是你們採買要弄花樣，廚房可懶得變著搞。一餐飯吃下來，兩個可憐蟲挨足白眼和譏嘲諷罵，臭頭得好看。

收拾好飯廳，他們所有的用心都付諸流水，雖無從辯白，兩人也不好說什麼，然而兩人一片用心，落得這樣子的結局，加上別人都年假回家，他倆硬被派上留營採買怎不會不感到委曲；心想大半人員都休假走了，三餐都少開一半的桌次，可是所有的副食費卻照單全額領下來，更還加上年節加菜金。買菜的金額是最豐厚的，他倆別無他念，只想結結實實用在購買食物上，沒有半點意思想學聽聞得到的傳言，去向菜販討回扣的意思。可是菜燒好擺出來的成效卻遠遠不如那些夠厲害的採買，既博得人們叫好，暗中還弄到好處。人機不機伶會不會辦事差別真是太大了。

張茱萸知道自己不行，別說不想歪哥弄紅包，菜販也根本就不會甩他們。別人採買會挑便宜又好看的，他們卻要找好的貴的平常不常吃的。這樣上市場採買確實遠遠不如別人，他們不精，菜販反倒過來吃他們。張茱萸心中不得不清楚，這個世界若不曉得如何吃住人家，那人家可會把你吃個夠。

營裡的官長無論有家無家的都離營出去過年，凌連長年前回家兩天，除夕日趕著銷假回來接替連輔導長負責坐鎮顧家，值星排長當然是無處可去的古排長，以次各個頭目尋親戚訪故舊能挨個年兒邊的都走了。留下來的只有冷冷清清地待在隊上度除夕，採買按照指示酒是買來不少，為讓無處可去老士官不得已和留下來守營的營部軍官以及趕回來排班值勤的衛兵喝個盡興，吃罷年夜飯連長識趣地早早回宿舍。

不待看完午夜電視螢幕上精彩熱鬧的守歲節目，張陳兩個採買就得自圍坐在螢幕前的一圈板凳中拔樁離開，他們也得和連長一樣，早早上床，準備第二天凌晨趕早上菜場，為元旦起早準備豐富年菜。

夜裡四時不到，兩人被衛兵叫起，摸黑上餐廳拿採買用具。年夜守歲暢飲過後的餐廳感覺上有點怪異，裡面桌椅零亂，不似平常，兩人心想除夕夜留下來幹酒的不知什麼時候離開，收拾都沒人收拾，丟下一攤零落不管，難道半夜人人都喝醉了？

「你把燈打開！」

黑暗中，先進入屋內的陳會催促張茱萸開燈。

「幹什麼？」大個嫌他拖拉：

「拿菜籃出來好出發啊！要我進去裡頭開燈幹嘛？」

「開了再說！」他語氣急促地再催張茱萸：

「怪怪的，好像有個人晃晃蕩蕩在面前。」

「胡扯什麼？」

大個不耐煩，衝進去摸索到開關，打開燈，赫然現出一個人垂吊在屋簷下的半空中。慘白日光燈照耀下，兩人一前一後驚悸地瞪住吊在屋柱下的人。

「啊！是趙芷相！」

陳會失驚地喊道。

麻繩圈掛在屋樑上，下端吊住趙芷相下巴頦，頭顱已變色，死魚般的眼睛睜大，張開的嘴，舌頭伸垂涎出。

「要不先把他放下來！」

陳會問。

「不行！別亂動，快去報告排長。」

張茱萸催陳會去報告。

古排長上衣都來不及穿就衝了過來，他一邊拉上軍服扣衣釦，一邊令陳會快去找連長過來。

「要放下來急救嗎？」

張茱萸請示。

「快！」

兩人趕緊拉過長桌，大個站上去抱起趙芷相，兩人合作把頭顱從繩圈抽出。

人一平放上桌，濃重的屎臭味自胯下浸出，褲襠濕透，前後都失禁，屎尿皆流漏出來了。放橫後，鼻孔也漸滲出血水。排長沒理會這些，擺置好，立即趴在趙芷相胸腔上聽心跳。

「怎麼回事？有氣嗎？」

慌慌張張趕來的連長忙著問排長。

「聽不見呼吸，手足都冷掉。」

排長回答，又轉問連長：

「趕緊通知海軍總醫院，立刻送進去，看還救得回不？」

「快！快！通知醫院沒有？」

連長如夢迴乍醒般回頭對陳會和兩個跟進來正卸裝的下班衛兵大喊大叫。兩三人連忙奔回門廳撥電話。

「快呀！」連長慌張的直催：「怎麼連通知醫院都不曉得？」

事情來得突然，凌連長失去方寸，抑制不住內心的恐慌，連連哀聲嘆氣：

「怎麼辦嘍？趙芷相怎麼會想不開？好好底要上吊，怎麼得了哦！」

一團混亂中，張茱萸覺得自己遠較連長鎮定，沒那麼焦躁慌亂。當然他沒職責在身的壓力，所以可以有條不紊地隨著排長處理該進行的手續。然還是有些驚異於自己的從容，臨到這個詭異時刻，反而頭腦格外清明，不像平時人家說他渾渾噩噩的。

他彷彿可以冷眼看待眼前一切，全無怕懼，也不慌張惶悚，不由訝異自己原來也可以如此冷漠無感。這可是他首度親手接觸死去的人類身體，或者是垂死的的同事。原先同梯次的陳志聰雖也死在軍中，但送去醫院後，他就沒見過陳志聰及之後死去的模樣，他和大伙一樣不再有那人的印象，對陳志聰來往的過節與遭遇很容易忘卻，雖然此刻回想起來音容仍歷歷入目。

陸續進來的人看一眼即離開，連長、排長也都離開餐廳，沒人願在現場或死人旁多所停留，張茱萸則自願留守。他和陳會是最早發現有人在餐廳上吊，兩人被認定該留在現場，等候調查。可是此刻只有他站在屍體旁邊，他不願坐下。望著趙芷相，糞臭撲鼻，他全無所感，感官觸都僵住了，只感到冰涼，他認為眼前趙芷相軀殼內的魂魄應早已離去，已是一具屍體。發現的那一刻他就認為人已死了，別人也曉得，但總得等軍醫官來認證。他並非冷漠，低沉的情緒壓迫他，他應有哀慟感，自覺不同於他人，或許他較旁人更無動於衷。並不是對趙芷相個人作為有所牴觸或不值，他在連上的處境並不較趙為優越，該說是猶不如，然後他能感受於趙的感受，可能較排長連長和陸續進來的任何人，都沈重及感傷。他覺得到他能感觸到那層區隔，就像他們在場虐打小流氓一樣，他和黃幽園等感得到被凌虐的人屈從與痛楚，他的那些同僚則不然。他確切感受得到趙芷相投環時的孤單與絕望，孤單站在屍身旁邊尤能深深體會融入生與死的間隔。

張想著趙芷相從垃圾桶內拾回舖蓋捲及包袱聲嘶力竭地跟他和陳會宣告：

「再把我扔掉，我就吊死在這兒。」

趙那時應早已萌生自裁的決心，他和陳會可算是適時加上一腳，壓死駱駝的最後一根草。他應於心有憾，在這種情況下害死趙芷相，但並沒怎麼覺得有愧，有沒有那段過節並不構成決斷關鍵。但他有點慶幸除了他和陳會兩個當事人外，別人都不曉得這段過節，他和陳若不再提，彼此應永埋心底。

下一個進來的是營部留守的調查官，調查官被通知來追查，雖然內部出事，可同樣也是憲兵隊的職責。如果確定趙芷相自殺死亡，整個案件就得從調查官的偵調紀錄開始。調查官把最初發現的陳會和張茱萸叫到一旁質詢始末，做筆錄。他們被一路追問，天已大亮，還不放他們去採買，今天難道不開伙，還是隨便將就對付就算。

趙芷相走的那段時間應很短暫，除夕守歲哈酒看電視的人，最後一個離開餐廳是什麼時候？至少也得是兩點左右，四時不到他和陳會就來到餐廳，趙芷相就在這不到兩個鐘頭內自我了結。現場掉在地上的條椅大約就是他用來站上去投環用的。他應是把兩條條椅放上餐桌上用來穿過屋柱橫樑掛上麻繩，然後套上頸項就站於其上蹬垮條椅。條椅登時從桌上翻落掉於地的同時，他的頸項也即被麻繩圈緊纏住，軀體隨即落空晃盪懸吊於繩圈之下，旋即窒息而亡，大概都是關著燈進行這些手續。

屋樑甚高，趙芷相即使在餐桌上板凳堆疊上一條板登都構不著他扔掛上屋樑的的繩圈環，應該是疊上三張條凳才辦到的，現場觀察可知是極難辦到的投環過程，可見趙芷相去意之堅。骨排和張茱萸得費盡手腳為才能自吊在屋樑上繩圈移屍體下來，兩人挪了兩張沈重餐桌堆疊起來，上面再疊上板凳，張和排長兩人爬上板凳上一左一右使勁力氣才勉強從掛在屋樑屍體從繩圈環上移下來。

投環的時間看來以乎是鬧酒的人一走之後，趙芷相就熄燈開始在黑暗中進行上吊自殺，要不在投環的緊湊過程裡，不會顯得這麼當然。他蓄意在黑暗中進行，為的是不讓外邊巡行的衛兵及偶或夜間走過小操場的人看見。

做筆錄詢問當中，海軍醫院的救護車來到，軍醫或救護士拿出醫護儀器對趙芷相的軀體檢驗一番，隨即向大家表示業已死亡，救護士把屍體移走，送去軍醫院或殯儀館。趙芷相就這樣離開最後棲息所在，可能得要經軍醫師發出死亡證書，確定死亡。死生遙闊，可也只有一步之遙，只要決心跨步而去，也就跨過去了。

屍體移走後，營區內繼續討論不休，有人重提趙芷相當年曾是司令部的劊子手，處理過不少人，因之被冤死的鬼魂纏住，一生不得平靜，自殺對他可是不得已之解脫。更有人不帶敬虔地噓他在廁所打手槍、學女人叫床的糗事，嫌他髒得很，不洗澡。談論中也不無感傷嘆息的調調：

「他人才走，不用這樣講，難說不就是我們最後的下場。」

「去你媽的！是你的下場。」周克昌大不以為然地駁斥：「別拿我們圈進去，我們沒哪個會走這條路。」

老士官平時侃大山老忍不住地要對人話說從前，常自誇死人的事見多了，當年槍林彈雨是怎樣過來地，活埋人又是怎麼回事？平時死一兩個人怎算得了什麼？可是真有事故現身，沒人願把比喻拉向自身身上。

老實說，承平日久，地區憲兵又向來在全島各個市區駐防執勤，未臨外島戰地，從未身臨接戰地區，死人的事一向罕遇，老兵的經歷也是傳聞多於身受。

國共內戰流離千里死傷枕藉是在大陸撤退時期，營裡士官長級兩位元老容或有隨國軍大舉撤退，他們可能是碩果僅存得見戰陣的人。此外，其他的老士官如趙芷相章亢龍等這輩人等很多都是當年隨軍臨撤就地抓來補空額的少年兵而外，絕大部份老兵都是來到富島後陸續招募徵集而來。雖過了一二十年個個都成了老兵，這批人少有人真正見識過戰陣，那種死人如麻的場面都是耳聞，絕非親身見識或經歷。

老兵述說當年肅清匪諜時代，司令部是殺人如麻的地方，趙芷相身膺劊子手多少人被他深夜拖出去絞殺，傳言如此，現今入伍的充員可不曉得究竟是真是假。在政治充滿禁忌和避諱的時代漩渦下人們都是遺忘的天才，敏感的事項逐一付諸光陰的流水。趙芷相的傳聞是在打狗時程少光述說給張茱萸的，可是在憲兵隊這種環境裡傳來傳去的古早事情或吹或誇總難免，聽來的人與事只有將信將疑。現在趙芷相死了，老士官當中有人重新提及，想必有其確實性。

趙芷相一走，隊上毫不等待留連，立即要人將他的遺物清理掉，還好不是再度扔回垃圾桶，是李志民自動拿到操場邊燒燬掉。張茱萸不由想到那個被章亢龍稱作「趙芷相那個破包」的包袱和舖蓋捲，除夕大掃除時，被章班長一腳踢開，一副不屑地要張陳兩個拿去扔掉。現在很快地三數日後，竟然仍得從原處滅跡。

伙房的李志民算得上是隊中唯一跟趙芷相接觸較多的兵士，李志民平常搬米拿油不時穿梭餐廳廚房，與趙芷相算是來往稍頻繁。之外，章班長也算得上趙芷相走得近乎的同僚，興致來時趙會去章班長睡舖處搭訕。可是大掃除時，章班長卻把他唯有的一點所有物一腳掃開，叫人拿去扔，絲毫不以有何交情在。連上的人看他平日老自個兒嘟嘟嚷嚷，認為有問題，都避著他，他雖算是有固定職務的士官，負責文書傳達，但是卻最沒搞頭，連上沒得一人把他當回事。

李志民燒了他的被服，還特地買來兩三根香插在餐廳朝南處點上支著，點時還拱手一拜，嘴裡念叨些禱詞。這是趙芷相臨終後唯有得到的祭禱，無論是現場或早晚點名，再也無人作任何表示或悼念。

張茱萸卻一再思及趙芷相自殺棄絕而去的過程與帶給他個人的衝擊，他不由己地認同其人的處境與感傷，人逝去了，他不像旁人那般把趙看待成昏庸與被淘汰的老兵。由於自己的處境，他不由不有些認同趙芷相，暗忖彼此頗為近似，可算這個軍營裡一類的邊緣人，有著不能適應的難受。但他不覺趙芷相會像他這樣認為軍隊生涯粗糙不好過，趙芷相是少年入伍，這種生活就是他一生唯有的選擇及命運。

旁人說：他們沒哪個會走這條路。張茱萸倒暗自警惕，害怕如不是一年後就退伍離開軍隊，若也一直都得這樣一路撐下去，趙芷相難說不會是他的寫照。雖然他內心裡面又絕不如此認同，他以為他是不同，他不全然是趙芷相的處境，他只是反應遲鈍，不會保護自己，不曉得軍中也是吃人的地方，他不夠精，所以才會被王大蝌張民等人吃得不吐骨頭，柿子總是撿軟的捏。

他們不同在於心態或者說對將來的冀望與前景期待上，雖也不那麼明確，但至少他一心求上進，認同讀書求學會帶來與眼前周遭一種不一樣的身份與自我認定。他是以掙扎來逃脫眼前認定的命運，軍中生涯他界定成他生命中的括弧部份，此刻的苦難只會是他一生過程裡的一個句點。這樣的認定並沒有鄙視趙或其他同儕，身處其中，他不敢作此想，但心底裡卻也無法把自己比作與同僚相同的心態與心性，他不認同自己和趙或其他人是完全可證同的類屬。一時在腦海打轉中說不明白的地方是有其不一樣之處。內心迴避現狀式地力爭上游，也算是他認定之區隔，但他已清楚，那不會是優越，他各方面都不如人，自我欺瞞是無立足點的。更且不足以支撐他離棄別人，最多只能說成這種自我隔離式的區間，可表明他是自重的。當然更確切使他知道自己面對現實適應無能的耽溺或沉陷，一種遁入類乎超越現實的遁隱。

張茱萸心底隱藏此類模糊朦朧地暗自區分，暗自隱約認為他和他們是處於不同社會的人：這裡面是有種階級意識，一種類乎逃遁或自我欺瞞的耽溺。雖長久以來起居生活同置一處，然而他心底裡從不認同當兵這一段期間是他生命可認同的部份，至少也是以一種括弧的狀態處置目前的處境。出身與前景的期待使他自忖和別人，主要是與老士官間生出不同的觀感，對他在於當兵的這一段時間，只是一段他得忍耐著成為過去的過程。他將他一切希望寄託在將來，眼前無法不看待成一個過渡。

趙芷相則沒有將來，一切的一切就是眼前，年齡的差異，機運不同，也造成心境的迴異。趙看不到將來，無從翻身，不會有錢，他們不同之處在於趙不能往前寄託，或可以混到退役，然而更沒保障，很可能連這種每天等著吃飯的時刻都沒有了。張則有家庭的奧援可恃，他考不上大學，已經大失敗過，但他認定還有重新反轉的機運在前面。

20 抬棺示威抗議

年初二晚餐過後大伙仍留在廳上，雖過年期間門禁開放，容官兵隨意外出，但只有那麼點薪餉，出去一花就光，只有留在營裡。餐廳是隊上的活動中心，留在營內的樂子唯有圍坐餐室內看電視，春節期間電視團慶特別節目尤讓人抵不住誘惑，雖除夕夜餐廳樑上吊死人，仍讓老士官和部份銷假歸營的士兵依慣例圍住電視消磨春節時光。

螢光幕上繽紛熱鬧的歌舞歡快耍寶鬥哏帶來歡笑，彼此取樂及喧笑漸掩沒士官兵心頭陰影。然終歸是出事所在的場所，閒聊鬥嘴的話語都含蓄得多，不敢如常般放肆。由於是自殺現場彼此間言談刻意避免論及趙芷相。

然而營部才來不久的預官溫少尉，年輕飛揚，自大城市銷假回來未見著出事的狀況，不但不避忌，反而刻意一再向第三班長程明追詢，一點也不收斂。清楚情況後，還故意要人詳述吊死人當時的情況與死人之模樣。

營部軍官裡面他是唯一的預官，別的軍官都稱他小溫。小溫身在營部上面沒人嚕嘛，梳著包頭，經常著便服，成天無所事事地在餐廳霸住電視機與程明嘻哈喧鬧廝混。衣著較別人講究，經常一襲格子絨夾克半開襟地套在健碩的身架，混坐在一堆老兵裡面，特別顯得英挺帥氣，有如鶴立雞群。程明學少年，也是一襲便衣，花襯衫皮夾克，在小溫旁邊有如老燒包，他兩人成了憲隊裡的一對騷包花貨。

小溫一副少年得勢模樣，全營官兵的都沒他抖。而連部同是預官的姜排長成了對比。姜排長在連長輔導長之下，職責不一樣，性情作風也不同，唯謹唯慎，成了個小媳婦受氣包。階級比姜排長低的古排附也仗勢凌人，由於職務、帶兵及待在兵隊經驗處處佔他上風，反形成如同上級一般，不時給姜排長難堪。

小溫興致勃勃地向程明探聽趙芷相自殺事件，程明只得邊看電視邊追訴除夕夜事件發生的情形給小溫聽：

「整晚趙芷相都坐在一旁垂著頭喝悶酒，喝完酒，大家上鋪睡覺，誰也沒想到他老兄竟然就地找個麻索上吊？」

「這老兄倒乾脆了當，活著沒意思，不如到陰間尋快活去。」

溫少尉儇薄輕佻地奚落一句。兩人在電視機前一搭一唱穿插批判評論趙芷相，旁若無人。

別的老士官們圍住電視機看特別節目，心存顧忌，甚少接腔。但銷假回營的小兵們則群聚在後方議論紛紛，隊裡發生這麼大的事，每個人都有意見。由於過年期間晚自習取消，一伙士兵正好聚在一處盡情發表議論或感想。

突然去了一個，老士官們不免物傷其類，傷情惜境，過節的心情也低落。充員跟老士官感受不一樣，許士祺在後面跟人嘀咕說：一旦發生這種事情就顯出來老傢伙膽小怕死的一面。

張茱萸用他身歷其境對事件的領悟道出：

「倒不見得是怕死，而是感同身受趙芷相走上自殺的過程。」

許士祺想了一下，點頭同意，他也認為：

「趙芷相死之前一定想很多，覺得再也活不下去，那樣的感覺才是最悲痛可怕。」

顏學銘剛進來，聽他們討論自殺事件，故意嚇唬大家：

「你兩個別嚇人了，坐在這裡儘談這個幹什麼？不怕被鬼魂纏上。」

接了一句，他立刻迫不及待地對丁孝燦那一伙人講他的奇遇：

「我在大城市為趕著回來，特地坐計程車，結果竟然碰上你們想也想不到的一個人。猜？我坐的是誰的計程車？」

「誰？」

「有什麼好賣關子？」許士祺嫌他吞吞吐吐，不直接說出來。

顏學銘於是像宣布經國大事般地對著大伙宣告：

「哈！你們想不到吧？是豬排，我坐的竟是朱排長開的小黃呀！」

「什麼？朱排？他在開計程車？還竟然讓你撞上。」

「對呀！一上車還沒發覺，坐下才看清楚是他。」

「哇！豬排退役竟然去開計程車！」

「他是寄行的，每天輪晚班。」

「哼！在連上多跩，威風得不可一世，閻羅王一個，退役以後還不是沒得混，淪落去開計程車。」

「有計程車開就不錯了。」

「連上一條龍，退伍一條蟲。」

七嘴八舌中，一顆平常不亮的燈泡忽然自動亮開，不久又熄滅。接著，頂上的日光燈也立時忽閃忽熄一下地就此熄滅，一室燈光最後都熄了。

「停電！」

有人喊出聲。

有人跑出去查看，發覺隊上別處及外頭街市上並未熄燈，只有他們餐廳的燈熄了。

「鬧鬼！」

大家心頭都掠過陰影。

鬧哄哄中，有人回頭再去開開關，燈光竟又復明。

「忽然熄燈，太怪了！」

「自動熄的，」有人強調：「沒人去關它。」

大家都聚在一起，議論不休。

「電線短路吧？」

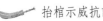

「以前都沒有過，怎會今天突然短路？」

狐疑不已，有人直陳心中揣疑：

「趙芷相回來了！」

「他的魂魄找回來了！」

一陣寒意掠過大家心頭：

「已經廿世紀了，還相信這種事。」

似真似假，大家有諸多疑問，心中都免不了嘀咕，膽子大些的或不信鬼魂這一套的仗著人多繼續留在餐廳，溫少尉第一個坐回電視機前，但是章亢龍一聲不吭率先離開回寢室，跟著陸續走了一票人，電停得太蹊蹺，也過份詭異。

一直沒意見的林景山，這時反而思緒重重地對張茱萸表示：

「趙芷相自殺，人走了不會無聲無息就此消失。憲兵隊不能沒事人似地將他抹除掉，把他的屍體及遺物立即移走清除掉，沒有任何表示，他不會甘心，人走了，但是魂魄還是會回來的。」

不論是否老士官自殺帶來的悸動，抑鬧鬼或魂魄遊蕩歸來的疑忌，猶尚未平服。第二天一早憲兵隊卻整個地為應付更加讓人震驚的事情壓倒。

早上六時許，甫接大門衛兵的林景山，上哨沒多久就聽到遠處不時傳來怪異的銅鑼聲，一聲又一聲自大街左端盡頭傳過來。大清早，日頭未出，天色猶曚曚怎會有人當街敲鑼，詭異之極。他不由走出哨位站立街頭舉目張望，遠眺前方，朦朧中看得出大街那頭有堆人像似在移動中。相互簇擁著悉悉索索地逐漸浮現，緩慢地往憲兵隊這邊方向移來。

林景山看得好生奇怪，一大清早這些人就起早聚在一起要幹什麼？起先還看不清，心頭嘀咕究竟係什麼樣的人群？一早就莫名其妙地又敲又聚地出現街頭，難道趕著要去北港等地朝廟上香？狐疑不已，心想或許又難道是哪間廟壇在準備法事拜拜？還是新春期間城隍出來巡街走境？可哪有這麼趕早出廟巡遊的？

他實在不明白究竟是怎麼回事？盯著盯著稍微看清楚，看出好似最前面的人簇擁抬著一方白布罩著的長方箱，慢慢浮現後，更發覺那堆人人人頭上綁著白布帶，而抬舉著的長方箱則頗像一具棺材似的。

走在最前面的人舉著一根長青竹桿上面垂紮著白布幡，敲鑼的傍在旁邊，一聲一響，咚琅咚鏘地兩步一敲地朝憲兵隊方向接近過來，情勢很詭異。

這批人在幹什麼？他不覺心生警惕，端槍走出崗亭，挺立站在憲兵隊大門前。

前頭四個人抬著的果真是具棺材，他緊緊盯住。鑼聲引道下，還有人沿途灑冥紙。果然那堆人是指著憲兵隊接近，簇擁著棺材橫過馬路。

愈來愈接近，林景山仔細朝那堆人監視，竟然看出內中間雜著前陣子關在拘留所的小流氓，警覺情況不對，他不能不先發制人。立即舉槍挺身而出，隻身一夫當關地屹立在憲兵隊大門前，大聲喝止：

「站住！不准前進！」

一面舉槍瞄準。人群抵步，鑼聲卻益發狂敲，群起鼎沸鼓噪。

「憲兵隊打死人！抬棺來抵命！」領頭的大聲號叫。

「攬來討公道！」隨後的七嘴八舌應和。

預備班的馮光富趕緊衝出門廳支援，子彈上膛，舉槍並列加入抵禦來犯的檯棺人眾。但是林景山卻果斷地揮手要他趕快進去報告值星排長。

抬棺示威群眾仗著人多，推嗓鼓噪叫囂，開始以棺木前導牴撞逼前，步步推進，要抬棺硬行闖入大門。林景山一兵難當眾亂民。只得再度大聲威嚇喝止：

「別動！再進逼立即開槍！」

一面不得不逐步後退至門廳前。情況嚴重，幸而古排長得報立即就近召喚三數憲兵趕忙攜槍衝出支援。趕出來支援的憲兵舉槍指向抬棺群眾，咔搭一聲子彈上膛與抬棺示威人群牴觸相持，雙方面對面呈僵持狀。

憲兵隊裡面哨聲大作，緊急召集全員憲兵全副武裝操場緊急集合。營長對連長下令：

「全員警戒，必要時列出鎮暴隊形驅散圍聚暴民。為防範事態擴大，暫時先派兵把憲兵隊四周圍戒護防衛起來！」

連長得令，立即下令兩位排長分護前後門，帶領全員攜械出動警備。

營長續命令連排長：

「連隊全體兵員先出列圈護憲兵隊建築，絕對不許民眾接近侵入。先與他們帶頭者交涉，再視情況如何對付。」

古排長隨即命令全連士兵在操場緊急集合，下令三班班長帶領班兵出動守護隊部：第一二班分由兩側大門挺槍集結，與民眾牴觸相捋戍守防衛憲兵隊正面建築，第三班程明班長帶隊以鎮暴隊形重踏步由側門與第一二班連結圈護整個憲兵隊建築物，同時防止亂民接近側門。

連隊所有全付武裝的憲兵槍上刺刀，迅速列隊出動將憲兵隊團團圍住，齊齊逼向示威群眾。躁動群眾雖然聚集三四十人，但面對如此軍容壯盛嚴陣以待的場面，不敢再試圖死纏爛打以棺木與防護憲兵角力硬行往前擠撞，只能繼續號嚣呼冤。

「人死償命！」

「憲兵不能平白打死十四歲少年！」

亂烘烘中，有人大聲嚷喊出主意：

「不讓阿茂棺木進入憲兵隊，攬就在街上擺靈堂祭祀阿茂！」

一呼既起，幹聲連連，群噪應諾。

「架起阿茂棺木來祭拜！」

「擺棺來拜！」

群起鼓噪聲下，頭綁白布條熙熙攘攘抬棺壯漢群，循噪放下棺木。背後鑼聲狂敲，帶頭之數人旋在棺柩前點起香案，擁住戴孝的家屬男女伏地嚎啕大號，焚香匍匐拜祭。

一聲暴戾地「跪落！」，三四十人此起彼落踉蹌跌撞下群跪伏拜，盤據大門前與舉槍憲兵對峙。

武裝憲兵列隊後面門階上，營長站行列當中大聲對眾宣示警告：

「嚴重警告各位，聚眾抬棺要脅國家軍事治安機構違反國家總動員時期戒嚴法，應負重大刑責。本憲兵隊隊長現在限令你們三分鐘內撤離隊部大門，否則立即依法逮捕所有滋事人眾。」

營長喊話未畢，三四十人無分男女全數蜂擁而起怒吼咆哮，嘶喊指罵。

「幹你娘！」

「幹！人不能白死。」

「憑白打死人，就沒恁盾的事了嗎？」

「憲兵隊違法凌虐百姓！」

「憲兵非法逮捕人民！」

「幹！血債血還！」

「鄧破您老母雞歪！」

群情激昂咆哮之下，有人鼓噪：

「打呀！衝呀！」

群情激憤，喊打喊衝。

「舉槍！」

憲兵隊全體兵員舉槍。

「上膛！」

古排長一聲令下，卡嚓聲響，此起彼落，子彈上膛。

「鎮暴隊形列陣！」

連隊兵員凝聚成鎮暴隊形，肅殺地正對群眾準備往前直接衝撞。

「給你們最後警告！」營長再度發令警誡群眾：

「群眾即刻撤離，否則強制驅散！」

憲兵成鎮暴隊形一致持槍正面進逼群眾，群眾躊躇猶豫，面現畏懼，背後陸續有人退走，但前面檯棺的仍堅持對峙不退。

「準備驅散！」營長隨即命令排長

「準備！」排長發號。

劈啪！一聲全體憲兵齊起頓足，聲勢嚇人。

正當憲兵待衝前驅散之際，外圍街上突地警笛聲大作，增援的警車接獲通報一路號嚣著趕到現場。警車之後，同時也緊隨駛一輛黑轎車，原來當地選區市議員也同一時間趕到，市議員就是前些時曾為憲兵隊擄人事件來憲兵隊說項的那位鄭議員。

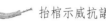

營長伸手制止部隊行動。

「停！」排長命令部隊歸原。

鄭議員一下車，面對軍隊槍械與隊形威脅的群眾立即群起轉向圍上鄭議員陳情。死者阿茂的父母由眾家兄弟簇擁著向市議員號哭泣述：

「阿茂被憲兵隊不明不白的虐打致死，他死不瞑目，兄弟們抬棺來討個公道，憲兵隊不能平白無故打死人。」

「憲兵隊不但恃強不肯協商，又不認錯，竟然還宣布要將我們全數逮捕。」

矮胖的鄭議員一面安撫家屬，一面招呼前來的警察局嚴局長及蔣巡官等人。

嚴局長對鄭議員解釋：「群眾這樣抬著棺木非法聚眾治安機關門前，違反戒嚴法令，若認為憲兵單位有錯，為何不去法院按鈴申告。」

有人聽見警察局長的話暴喝回話：「法院是你們公家開的，官官相護，哪有我們申冤的餘地。」

旁邊群眾鼓噪。

幹練的蔣巡官觀看情勢，覺得不妥，上前來過來拉開鄭議員跟他局長先在一旁三人協商。局長表示：

「無論什麼情況，喪家聚眾抬棺向治安機關要脅總是違法抗爭的犯罪行為，治安單位基於職責不得不予以驅散及處分。」

議員不表同意，反而側身半向著群眾加大聲碼公開地對局長申訴：

「受害人先受到不法逮捕，再受不公開的虐待以致喪生，喪家家屬及親友聚眾抬棺示威雖不妥，但其情可憫，憲兵隊不應不與諮商，即逕行驅散人眾，甚至宣布逮捕。」

「好啦！好啦！」一旁的蔣巡官趕緊輕拍鄭議員胳膊安撫式地勸他別當眾大聲嚷嚷：

「鄭議員，我們局長只是先跟你商量對策。情勢已演變到這地步，先解決當前問題要緊。有話跟我們局長討論，再跟群眾宣布如何？」

局長也勸說鄭議員得跟憲兵隊協商解決。鄭議員聽後隨即老練地表示他代表受害人家屬要求警方與他進去與憲兵隊三方諮商，聽取憲兵隊的意見後，再酌商家屬的陳請，看看是否能予以合理的處置及補償。

嚴局長當即同意，於是議員向示威群眾宣布他代表抗議家屬親友進去與憲兵隊參酌商議，家屬等咸表同意。鄭議員即與嚴局長等通過人群穿逾憲兵防線直接進入憲兵隊與隊長展開商議討論。

鄭議員等進入憲兵隊大門後，外面的抬棺群眾自發地靜坐鵠候等待三方商議消息，示威的群眾甚至配合前來維持治安的交警，自動讓出半壁道路，讓整個上午被堵塞的道路得以沿邊流通，圍觀的群眾也逐漸被警察疏導勸離兩邊，圈出拒馬線不讓接近憲兵隊現場。

時間一刻一時地過去，中午時分已過，仍未見到鄭議員等人出來宣布討論結果，擁住棺木的街頭混混幫眾，漸生不耐。而自一早起，兩邊人馬皆粒米滴水未進，有人認為憲兵隊故意要拖垮示威人眾，耳語之下逐漸又復開始起鬨，謾罵叫囂。

聽到外面再度大聲喧嘩抗議，鄭議員慌忙自憲兵隊門口現身出來安撫外面示威群眾。局長和議員直趨人眾宣布交涉結果。鄭議員向聚攏的人眾說明交涉過程及爭取成果；他說明，憲兵隊起先堅持民眾違法聚眾抬棺意圖闖入憲兵隊，他們若屈從民眾要求，就等於屈服於非法要脅，不肯讓步。經他反覆陳述，被拘禁的未成年犯因虐待延醫致死，憲兵隊難逃法律責任，賠償醫藥及喪葬費完全不為過。

憲兵隊長先還不認錯，僵持不接受他提出的條件，不肯擔負責任轉呈報告上級申請賠償。議員不得已一再曉以利害，警告事態繼續只會牽延擴大，到時再要回頭解決可能釀成公眾事故，那時只有對憲兵隊更加不利，不如趁目前事件未完全萌發之際達成和解，對雙方都是互利的解決辦法。他和嚴局長一再折衝，再三陳明辨白分析，憲兵隊方面方始肯循眾要求，承認錯誤。最終才逼得憲兵隊長向上級團部報告。

鄭議員說明完談判成果，警察局長立即表示既達成民眾的要求，民眾就得立即解散。示威群眾意見分歧，不願為僅得些基本賠償就此善了。況且賠償結果還得等待隊部呈報上去，情況如何難曉？很可能被打馬虎眼應付掉了。更有人不滿議員進去交涉半天依舊如此粥粥無能，得不著確切結果。

群情依舊喧囂撲騰，嚴局長眼看依然不能解決，頓時發飆對眾宣示警告：如果不接受調停結果，再繼續阻街聚眾鬧事，警察單位就得依法配合憲兵展開驅散行動。不要敬酒不吃吃罰酒，他宣布若再不聽令解散，治安單位就得按戒嚴法進行驅散並且進行逮捕違法聚眾人眾法辦。

鄭議員趕忙站出來再度緩衝雙方，他高舉出示與憲兵隊隊長簽字的同意書。表示他個人擔保一定會和嚴局長從頭至尾監督憲兵隊長允諾及同意條件，請求受害親友群眾解散回去，等候團部向憲兵司令部的報告，以及司令部開出賠償辦法及條件。

最後示威群眾終於在局長和議員兩人黑白臉的威脅利誘下勸退，讓棺木抬離現場。

第二部

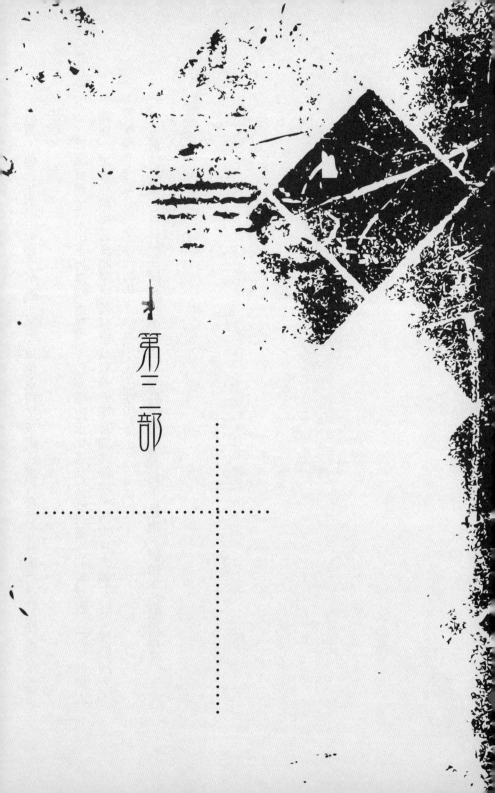

21調防大墩市

街頭混混少年受虐致死事件的調停和解，營部事後協商當場被逼同意檢報團部。營部隨後作成文書呈報上司，公文循序由團部一路上呈到司令部，再由司令部有關單位商議後作成決議定奪。

最後公文依例簽呈到司令室等候司令核閱認可，司令閱卷知悉後極為震怒，當場電令團長著即進行處置與整頓。團長受司令部申斥後，立即電令第一營劉營長到團部簡報。簡報中，團長詳詢事件過程及原委，問明弄清後，立即直接下令懲戒失職人員。首將引發事端單位雞籠憲兵隊營本部調離雞籠，憲兵隊配屬連隊也立即調離原駐地。劉營長領導無方，申斥後，即令解除隊長職務，由團部簡派他員接任。連長凌諮雲處分降級調職軍中憲兵隊，著令團部上尉參謀段孝仁即刻前往接任連長職位。其他雞籠兵隊相關人員視情節輕重分別處以降級或記過處分。

命令下達，不但連長調職，同時連隊也得移防，著令雞籠憲兵隊的第一營第二連，即刻進行調離事故發生駐在地。凌連長的連隊原本已屆三個月駐紮期，此刻司令部懲處命令下達，特令提早半月進行調動，自隸屬的憲兵二〇一團越團調動至二〇三團，核發調動移防區自北部雞籠憲兵隊移調往富島中部的大墩市。前去接替駐守當地國軍訓練司令部及相關憲兵衛戍勤務。現今團部命令第二連即刻進行調離雞籠，則來不及參酌安排進行原先預定的連鎖調防，於是提前調往被安排大墩市訓練司令部，與原駐紮的單位連隊第二〇三團第三營第七連越團對調駐地移防。

獲團部緊急處置令後，連部立即動員全連士兵展開調防作業，連上軍官職責攸關個個人心惶惶，不知會否演變成因此獲罪或行政責任，籠罩在低沉氣壓下展開移防布署。幸好，團部下達的處分命令處分了營部大部分官長，無論有否參與事件者皆受波及。但是惹是生非的下屬單位第二連除了受到團部處分的是凌連長降級調職外，其他人員皆未受到上面處分，全都未予追究，不但未有懲處，違論軍法審訊。甚至連送監禁閉記過申誡一項都未沾及。想來一來是連部官兵官小職卑，上面處罰到連長為止，下屬則注意之不及；二來是團部認定事件處置不當是在於營部處理民眾抬棺事件部份。憲兵隊處理人犯部份，團部認定是出於營部之節制及指示，因此處置只及於隊部調查部份，憲兵執勤則未予追究。懲戒及處罰處置結果得悉後，全連官兵始鬆下一口氣，全連上下一致寄望調防新移防單位。

移駐往國軍訓練司令部的憲兵連，主要任務當係負責儲訓司令部的衛兵及安全警戒勤務，同時擔負中部山區觀光勝地明湖風景地區之前大統領臨時駐蹕時的特別警衛駐守的安全任務。

大統領韋正大雖已逝世，韋光明總理經全國軍民一致擁戴得以賡續大統領未竟之遺志，繼任最高領袖。韋光明在島內一向為大統領倚重，在大統領給島後期更昇以首輔，成為島內實際領導人，國人私下一向稱「太子」的韋總理，自為大統領拔擢出仕以來，輔佐大統領已歷四十來年，候至大統領逝世終得踐位時高齡也瀕七十了。

韋總理領袖全國軍民以來仍然謙沖為懷，以先領袖未竟之志業為重，不願踐登大統領大位，堅持虛懸大統領，自己仍居總理。事實上長久以來，大統領這個名稱就是虛懸的崇高領袖，職責執掌上太子韋總理一直就是全黨國策執行領導者。

因此各地行館與領袖安全特別勤務安全單位，為尊崇前大統領仍照大統領生前規格與行範，國防部未敢遽予更動，無論駐衛戍守單位與駐紮基地，仍維持陳例不變。

為趕著部署移防，新上任連長段孝仁匆促接受任命，對連上兵員及業務唯有借重于重陽輔導長，兩人連夜排定搬遷事項及各項轉移勤務的人員名單。段連長深知前任凌連長任事極端謹慎，尚且因之出事去職，因此對於移防人事任命格外慎重，一再地與輔導長再三討論，務祈不能因用人不當再度犯錯。

大墩市的國軍訓練司令部的憲兵連除司令部連部外，另尚有三處分駐所。此三處分駐所，于輔導長建議仍排定由三個班的班長章亢龍張民程明等三人各自帶領一班兵員駐守三處分遣班。于輔導長向新連長表示此三位班長經驗老到，前此在打狗憲兵港口憲兵隊分遣班皆未出過紕漏。

分遣班之外，最要緊的就是看守所所長。國軍訓練司令部憲兵連負責司令部的軍人看守所，這是責任最鉅大而且最容易出事惹麻煩的職務。連長與輔導長再三商討後，遴選曾為大統領生前掌旗的王班長負責，任看守所所長。

勤務任命一發表，三班班長各個面有得色，惟獨王班長大失所望，牢騷滿腹下，他一再向連長表示不願任職，連長連忙找于重陽商量。輔導長卻堅持此重要職位非王班長莫屬，認為全連唯他穩健持重，看守所是全連將接下戰訓司令部勤務最要緊的關鍵所在，全連非王班長無以就此任。

各級幹部名單發表後，隨即開始部署各單位人事調配。環湖三處駐所，湖光山色風景好還不算，主要是勤務單純，平時除了站衛兵，只有等到領章上山時才有特勤任務，除此可說別無他事，所以人都冀望上山上分遣班。

分遣班遠在天邊山窩裡，沒有連部長官監管，顏學銘說等於去養老，以致所有士兵都冀望能分到分遣班。但各個分遣班長都各有腹案分向連長輔導長表示希望挑赴駐地的人選。選赴分遣班的，人人得意，沒分到山上的個個暗自神傷。

各班班長向連長要求的人選，等於各班班長挑選的親信。所以陳會汪保川被章亢龍指定第一班分駐所。王大蚵跟張民班長去第二班分駐所，張民另一愛將曾輝雄即將退伍，未便挑選上山；景佾則被于重陽向段連長推薦留在連部，輔導長向連長說景佾一表人才，連上無事則已，有事可當重任。

章亢龍的第一分遣班是最大的分遣班，分派去的除了幾員老士官外，分調過去的都是原屬第一班的班兵。張茱萸原以為他和陳會都分派上山，因為許士祺最初幫段連長謄寫名單見到第一分遣班列有他的名字，特地告訴他好消息，說他在第一班上山名單，讓他暗喜不已。

可是後來名單發布，他還是留在連部的一批。

原來又是張茱萸的老對頭第二班的班長張民慫恿章亢龍把他刪掉，過程還是他親耳聽著的。

那天輔導長圈選好調防名單，張民趕著查看調防人員名單，看過後回到鋪位前，見到章班長還正全神貫注在聽手提小收音機的脫口相聲，張班長陰惻惻地向章班長進讒似地調侃：

「于輔派張茱萸這個兵跟你上山，你怎吭都不吭一聲就收了？」

章亢龍尚不知其意，把耳朵自收音機旁移開，望向張民。鋪上面張茱萸和陳會正在打點收拾自己物件時，張民眼中完全無他兩人地仔細向章班長譏評分析：

「這個兵什麼都做不好，成天矇混，只想拿本書躲在一旁搞自己的。你上山班上只得五、六個班兵，留著這樣一個廢物，到時候好讓他誤你的事？」

章亢龍一聽，哪還了得？

「怎麼？還把他派給我？」

「老于大概看這個廢物是你的兵，才編到你班上？」

「媽的？連長怎能這樣派法？」

「不關新連長事，是于重陽排的人選，你要換，也得去找輔導長去換個人上山去。」

章亢龍立即關上收音機跑去找輔導長把張茱萸除名。

過程張茱萸在鋪上都聽到，他不清楚張民知道他在鋪上否？隔了層鋪頂，張民這樣子講他，也不立起身來往上層瞧一眼，根本沒打算避人，完全不把這窩囊兵放在眼裡。

反而張茱萸自己倒羞慚得抬不起頭來，不好意思得直僵凍在鋪上動彈不得，從頭到尾張茱萸屏住呼吸息不敢出一點聲響，還試著配合做出不在鋪上面的模樣。

分遣班去不成，眼睜睜地看著已到手的鴨子飛了，剩下的只有連部和看守所了。事已至此，張茱萸唯有冀望留在連部了。他和大家一樣總以為在連部雖受到的監管嚴但可比分到看守所輕鬆，且事情容易得多。成天跟犯人打交道他有戒心，他沒那麼狠，整日板著臉監守囚人，不說責任，光做獄卒他都做不來。那次隊上集體揍打小混混他都下不了手，更別說不時叫囂管理和處罰犯人，如非必要他寧可多站幾班衛兵也不要做獄卒。

憲兵第二〇一團第一營第二連自段孝仁上尉在雞籠憲兵隊隊部從前連長凌咨雲手上接任連長職位後，隨即在輔導長于重陽輔佐下率領全連連隊開始移防到大墩市的陸軍儲訓司令部接長司令部防護及衛兵任務，前後不過三日時間。三日之內完成向營部辦理交接完結，然後照樣如同當初凌連長率隊從南部遷來雞籠一樣，一列車隊由剛接手上任的段連長領軍一無留連地駛離雞籠市移兵南下。

離去陰鬱潮濕的海港，讓人憶及搬遷來時的情景，依稀記得全連人馬在陰雨綿綿下進駐雞籠憲兵隊。離去時，也仿若來時，整個市區依舊籠罩於霏霏細雨之下。段連長的吉普車在雨中開道領軍，率領六輛大小軍車一字排開緩緩駛上高砂橋，其中三輛卡車載滿所有兵員與輜重器械浩浩蕩蕩地登上縱貫公路奔赴目的地大墩市的國軍儲訓司令部。

沿公路一路南下，入駐中部。車行過了北部，進入中部地區。坐在卡車兩邊條凳上的兵員都不由自主地感覺出富島中部氣候迥異北部港灣地區。這回搬遷，他們連隊可是在道地中部艷陽高照的天氣耀照下駛入大墩市，一行車隊人員感受著風和日麗的天候魚貫駛入國軍訓練司令部森嚴的圍牆裡面。

國軍陸軍訓練司令部在中部是個佔地甚大的軍區，偌大的營區裡面由司令部與中部地區駐軍軍部背對背分割佔據。粗估全部面積約逾兩甲，位居西南角落訓練司令部雖是一級軍事單位，由於是不駐軍的軍事管理的領導基地，也非集結軍隊檢閱操練的中心，司令部佔用的面積相較位於其背部軍部相形下佔地面積小得多，約略僅佔全部基地面積的六分之一，其餘四周遍植亞熱帶喬木的廣大操場與園地都屬中部地區軍區司令部的幅地。

憲兵連駐在營房分配在儲訓司令部主建築物之後的二道長條建築物前面一棟，那棟建築共有十一間隔間，最靠後面角落的兩間偏間就是憲兵連連部及營舍。

這棟紅磚營房，庭院森森，古意儼然，頗具歷史的樣貌，應是日據時代仿德的磚造建築。外觀巍峨，像似圖片上見到歐洲大學似的教室建築，一長列平屋建築離地高架，森嚴的一道走廊穿越整棟建築前廊。

最靠邊邊大隔間是憲兵連的通倉大宿舍，另一間則分成辦公室，餐廳及官長寢室。

離開該長列建築物正對面不遠處有較小的長列架空建築，是公用廁所，平常時間除憲兵連及一般司令部人員使用外，早晨六時起半個鐘頭是看守所的放風場所。斯時廁所及看守所出入口沿途週圍憲兵荷槍實彈警戒。整隊依序帶出帶出人犯成批進入廁所放風。不少重囚腳鐐手鍊叮叮噹噹地，蹣跚小碎步沿階梯攀援登上廁所。此時段是囚犯大小解、沖澡並洗衣的時段。

隔著廁所，一段距離之外，軍人看守所的側向面對著憲兵連部所據的長條建築。

22 軍人看守所

戰訓司令部的憲兵連入駐新營地，是被處罰調防從原憲兵第二〇一團第一營，改隸二〇三團第三營，原來連隊編號第二連也變換成第七連。所以到達一件大事就是改番號，所以到達後的第一件大事就是改番號，所有的文書紀錄得改換，忙得文書兵許士祺人仰馬翻。全連官兵則忙著將新發下的番號標識縫上所有制服，取代舊番號。

人事上除領導連隊的連長外則無所異動，帶兵官的排長裡面仍是古春淮當大任。連裡除了古春淮以准尉軍階代理排長外，第七連無獨有偶，另外有一個人也曾穿過一身陸軍軍禮服，肩膊上同樣也掛上准尉領章。不過此人並非軍官，而是以低階士官掛高階出現在大統領校閱的大校場上，在萬眾雲集的大庭廣眾間，正正式式掛上准尉領章手掌大統領統帥軍旗在大統領注目下領先在場所有三軍高視闊步走過校閱台。那個人就是被段連長派任看守所所長的王積柱班長。王班長雖僅是個士官，但是每年的國慶大閱兵，他可是身著訂做的全呢軍官服，公然肩掛准尉肩章讓全國軍民眾目睽睽注視下高舉三軍統帥旗在大庭廣眾下獨自引領閱兵官昂首前進。

王班長身材高大，腿長骨架比例好，站在人前特別顯得修長，因此早在當士兵時就被遴選為掌旗兵；後為當時主持校閱的長官看中，選他掌持三軍總司令旗。從此每逢年度的國慶大閱兵都榮膺掌旗官。當前韋大統領以全國三軍統帥身份主持國慶大閱兵，立在閱兵車巡校三軍，他都得以獨掌大旗，高視闊步地獨自走在大統領座車前面，引領統帥車繞場巡閱全國數以萬計的全國三軍精銳。第七連兵士一來連上就耳熟能詳地聽說王班長如何儀容配備修齊，軍服筆挺威風凜凜地在如刀切放光的四方豆腐般的各軍種隊伍隊型前一人執掌三軍統帥旗，引領一隊隊一列列筆整如山般整齊排列的隊伍橫過國慶大校場。

手掌全國獨一無二的統帥旗掌旗官是上尉銜，而若輪不到掌統帥旗，掌持緊隨其後的三軍軍旗的掌旗官也都得以軍官掌握。所以每年國慶閱兵大典，王積柱就依例被國防部調至大城市出任閱兵掌旗官。若不是掛上尉肩章掌持統帥旗，就是掛准尉肩章掌軍種旗。

連隊裡有軍士為統帥掌旗是團隊的殊榮，當初凌連長在職時每向新報到的兵丁訓話，總要誇示連上有一位在國慶閱兵掌三軍統帥旗的掌旗官。先大統領過世後，代行執事的新代大統領韋光明於是年國慶前宣布不再舉行大閱兵，因此于輔導長就認為王班長不再需要備置候用，不需特地專門保留不用，以等待國慶閱兵時掌旗的任務。新連長找于輔導長研擬各個移防值勤領班人選時，輔導長腹稿裡打的第一號人選就是王積柱班長。

第二連接掌國軍訓練司令部的憲兵連不比在雞籠憲兵隊時期，連上兵員一下子就得四處分派出置四處分遣單位，三處特勤分駐班加上訓練司令部的軍人看守所，因而連上四分之三的兵員都被分配出去。三個班長接掌分遣班還好，每班各分去五六個兵，用兵最多是軍人看守所，佔去全連總兵員數的三分之一。而所長職位尤為緊要，若非用對適當的人選不但掌握不了所務，更且會出紕漏狀況不斷，據前此的紀錄，逃犯和凌虐人犯的問題一直未曾斷過。

王積柱班長雖不情不願地被派任戰訓司令部的軍人看守所所長，但是來到司令部接掌看守所以來，由於他的務實作風與戰戰兢兢的領導，一再要求轄下士兵謹慎認真，人犯管理與押送均按照規矩一板一眼絲毫不苟地執行，管理運行甚為順當。

他們連上除了派出去接三個分遣班的三位班長，論資歷洪士官長最資深，可是洪士官長是兵王，是太上士官，不好動他，剩下的就是連裡面的招牌王積柱是最合適的人選，不只因為他個子彪炳，更重要的是平日為人謹慎守分際，是故連長和輔導長不顧他的推卻，非要派他掌理軍人看守所。王積柱班長不負長官所託，任所長以來中規中矩，連上兩個頭子起先對這個職位人選一再討論合計，算來是走對了棋。段連長跟輔導長固然深慶得人，但是下面的老士官們可沒好話講，老士官私下閒話都是暗諷于重陽陰，說他對王積柱是兔死狗烹，大統領一死，頂峰一宣布不再大閱兵，王積柱的悠閒好日子也告終，于重陽馬上派他一個全儲訓司令部最辛苦，責任最重的活給他去承受。

戰訓司令部看守所除王積柱班長任所長主管，蔡閣森中士任副所長，其他所有看守士兵都是充員士兵擔當。由於一年以上的優秀老兵多半為明湖三處分遣班班長挑走，王班長手下儘是挑剩、不起眼的士兵；他的兵幾乎都是與馮光富一般梯次較後的入伍未滿一年的新兵。移防戰訓部接掌看守所，王班長手下幹部原先只有蔡閣森副所長一人，不久，自願留營的徐宗明從憲兵士官學校結訓，以下士身份回來報到，段連長特別派他到看守所以副班長身份襄贊王班長，與蔡副所長為王所長之基本幹部。

看守所監房只是一棟磚造平房，僻處司令部辦公室外圍邊緣，整個監獄外圈環繞一圈窄小的空地，四周圍以三公尺高的圍牆，未有任何加強監禁的設施，所有監禁防衛工作唯有依恃四周衛兵廿四小時監視查禁。犯人吃飯睡覺放封時時處處都得全神貫注緊步盯哨嚴防，慎防意外發生。平時犯人間爭吵鬥毆，固得嚴加防範，最為慎重的當是防範越獄。

整個軍人監守建築極為窄小，看守人與囚犯間起居近在咫尺。監禁囚犯的長方形獄房長度只得廿平方公尺，可是監禁的人犯卻早已逾越二百人，極度狹窄簡陋，極不人道，羈絆擁擠得難以想像。牢房人滿為患，壘疊壅塞得人犯幾無從伸展四肢。白天一牢房蹲滿囚犯，平矮的建築內只得兩處狹隘的小窗洞，囚室之內人多酷熱，汗尿味淤積不散。入夜更是難以伸足，囚人幾乎不可能伸直平躺，全都要求朝一個方向側臥。

軍人監獄關的都是來自各地軍中的犯案或頑劣份子，三山五嶽的人物，多半粗矮健壯，身上刺青。人人被剃得一頭光溜溜的光頭，發給囚人的囚服只夠勉強遮體，已不知經由多少人犯一再輪番穿褫的支離破爛的陳舊黑色囚衣，那襲囚衣是他們在蹲牢房唯有的身外物。

監所內看守事務瑣碎繁雜，而監所轄地狹窄，容量有限，蹲在裡面的人犯壅塞得不成比例，但新的犯人尚不停地送進來，每有新犯押解到獄看守所都忍不住向解送來的軍中憲兵喊叫抱怨：「還送人犯進來，牢房裡已蹲都蹲不下，擠到沒有空隙了，你們不能再送犯人進來了。」

然而看守所裡的人喊歸喊，軍法署及各單位是充耳不聞，依舊三天兩頭送人進來。司令部主管機構的人按規定過來檢視監房時，王所長向主管長官長說明，表示狹窄的獄室空間早已超額，裡面人犯擁擠得難以描述，牢房裡面是沙丁魚。說蹲牢房在此地不適用，全體犯人無法一道蹲下，至多蹲一半，另一半非得站立，方始擠得下，滿牢房的人犯幾乎是硬塞進此窄小的空間。王班長同時也指給官長看明白，犯人夜間睡覺時不能伸直躺下，一大間牢房內擠得無人可平躺睡過覺。入睡時人體得朝一個方向側躺，一個緊貼一個黏貼著，壅塞已到了不堪入目的地步。

話雖如此，軍人尤其是軍囚，什麼環境，什麼不便都得忍耐下去，關在裡面的人對此情形沒得抱怨，囚犯裡沒人會以為軍方處置犯人的生活條件過於苛刻，裡面的人習之為常，並不以為是虐待，很難聽到有人會因之怨艾。這種情形軍人監房情形上級軍官早看得明白也十分瞭解裡面的擁壅爆滿，然而多年下來一向如此，只要不發生大事故，上級就不正視，更遑論有所改善。

這樣的環境，這樣的待遇才看出王班長的厲害，縱然擠塞成這個德行，自他帶領第七連班兵入駐接手看守所以來，呈現出來的面目，無論內外均整潔不紊，更難得的是監所守內部無論負責監禁的士兵及被監的人犯都允稱和諧。他帶領手下不虐待犯人，動手管教雖難免，卻不曾過份打罵犯人。裡面吃得好，犯人裡面各色能人特別多，廚藝高人、康樂隊送進來監禁的藝工表演人才、理療按摩師傅、各類工藝高手應有盡有，全都簡拔出來各盡其用。吃得好之外，每天定時在小獄庭院裡看囚犯藝人表演、玩團體遊戲。看守所的士兵竟跟連部兵說，現在裡面的犯人竟稱是在天堂過日子。張棻萸聽了驚訝地跟許士祺說：「寧非怪事。」。

看守所每天六時起床放風最是緊要的大事，放風時所有軍囚依序從獄房出來排隊成列打數清點，看守所全體憲兵荷槍實彈一路從獄房院庭出看守所大門出來到司令部的草坪再一直到長條形的公共廁所，三步一哨地沿著路線警戒戍守，熙熙攘攘的囚犯在緊密地監視下，兩個一組以手銬銬在一起列隊輪番進入廁所大小號或就地在廁所前的成排水喉前盥洗沖澡。監房裡面不備廁所及水龍頭，一天日夜唯有的解放的時刻就是此時，是故每日之晨到了出來放風上廁房，全部囚犯排隊出看守所親炙圍牆外的草坪綠樹是軍囚最歡悅時光，人人喜形於色。

軍囚身著爛布般黑囚袍，其中約有近四分之一的軍囚由於犯刑重大或頑劣不馴特地釘上腳鐐，釘上沈重的生鐵腳鐐的囚人蹣跚結隊行走監所外的一行道上，格外遲緩跌撞，一步緊接一步地邁著細碎的小腳步，叮叮噹噹地隨眾囚緩慢移動。情節及惡行特別重大者，腳鐐之外即使在入廁這麼短短的路途下為了防突生變故，都得另外加上個人手銬。

囚犯困守在擁擠的牢房一整日夜下來，放風可是讓他們終於可以不與其他囚犯身體肩胛觸碰擠觸的時刻，得以鬆脫與壅塞的群體體膚相束縛的自在時分。一離開極度擠迫不通風，瀰漫薰人的濃烈汗臭的牢房，放出到空曠地帶來接觸新鮮空氣與青翠草木，從囚犯們臉上的笑容讓旁觀的人不由自主可感受到他們的快悅是無可言喻的。

這些年輕的囚徒雖然是頑劣份子甚至惡行重大的犯人，但整體從外觀看來只顯得歡悅而順從。縱身處如此惡劣不堪的環境，可一到放風時刻，被兩旁警衛列隊押著出牢房，囚犯臉上竟看不出受虐與非人待遇的壓迫，只見猶如一大群甫自緊閉獸籠釋出來的小野獸，歡欣擁擠地排列著等待解放生理的累積物，彼此不間斷小聲地喧嘩。

長方形的廁所建築，地基高於地面，犯人在階梯下列隊分批入廁及盥洗，司令部的建築除看守所外皆是地基高於地面一尺半的水泥地盤架高的紅磚建築物，此類離地架空的建築型式，當年可能是日軍部為適應南進政策特地設計出來的軍部建築型式。廁所對面約廿五公尺的距離即憲兵連隊的居停隊部，儲訓部憲兵連的早點名時間是六時三十分，是時全連憲兵兵員全員列隊於連隊居住前的長走廊上列隊進行儀式。在點名之前六時哨音起床，憲兵官兵皆拿著臉盆牙刷在寢室前高起的遊廊上的水龍頭檯前盥洗刷牙，斯時洗臉的士官兵正好可好整以暇地倚立觀看囚犯放風活動。

一早大伙站在遊廊前觀看一大群身著衣不蔽體黑破囚衣的囚犯踢踢答答排列擠著上廁所，成了憲兵隊清晨觀賞娛與節目。這些軍囚多半是來自社會底層的工農階層青少年，天性上不煩惱，雖身處困頓擠榨的環境，臉色上可沒顯示出受苦，不少人還展露歡顏。放風的歡快，在四周警衛監視默許下，有小部份囚犯乘機繞著廁所打轉踅走運動。其中有兩個囚犯晃蕩得開心，邊走邊試探警衛，竟偏離路線，愈走愈往人行道晃過去。不遠的路邊有顆大芒果樹上濃密的樹蔭裡結實纍纍，銬著的囚人抬著頭裝做看路邊巨樹上果實愈走愈踅盪過去。站在邊上警戒的是馮光富，明知不對，竟不曉得當場喝止，只會朝著兩囚犯連聲呼喚：「喂！喂！喂！……」。

這時廿公尺外的憲兵連的遊廊上，站著的一伙觀看犯人和警衛放風同儕都看在眼下，裡面有古排長，他立即衝下階梯，對馮光富劈頭罵開來：

「你！你幹什麼？你死人啊！不會把犯人吼回隊伍去嗎？給他們一槍托不會嗎？你在搞什麼？」

兩犯人聽著官長大吼，趕忙遛回隊伍去。

「你是死人？還是警衛？」古排長食指直戮著馮光富臉上咆哮：

「警戒個什麼鬼？犯人亂跑，吼都不曉得吼一聲？他敢亂逛，捅他兩槍托，懂不懂？你到底知不知道在幹什麼？」

這邊排長扯開喉嚨開罵，那邊徐副班長已鳴哨催人排隊歸號房，囚犯趕忙列隊帶回看守所。古排長回到走廊邊仍憤憤地對著遊廊上的營務官和姜排長搖頭批評：

「你們看，成了什麼話？什麼樣的憲兵？屁用也沒得，連囚犯走離路線都不會吼回來。」

旁邊的周克昌也大搖其頭跟著附和：

「這些新來的兵，根本不成樣子！不要說管犯人，站個衛兵都站不好。」

囚牢裡面，輕刑犯而且表現良好的兵囚，會遴選出來服外役，清理、搬運、打掃、為犯人剃頭、做炊事甚至由憲兵押著出公差出去司令部外面取運食品或補給品。

各軍區違反軍法或干犯禁令的軍囚來自社會各個不同的環境和領域，入伍前常練就出種種才藝甚至特異功能，流氓地痞固然佔去大部份，但其他從事各行各業手藝及勞力的更不少；軍監內若需熟練的電工木匠水泥匠……隨需要按名目一喚即應聲而出一票幹練的熟手工匠。而涉及特種或專精行業出身犯人更不在少數，保鑣廚子裁縫等等更是應有盡有。由於甚大比例的犯人服役前曾從事餐飲色情等種種特種行業場所工作或打雜，因之無論炊事理療按摩……等等的熟練工作者特多。表現良好出來服外役的犯人各個有一兩把刷子，因之看守所的伙食特別可口，這些巧手更是每天變著花樣表現，蒸花捲、饅頭，做包子之外，各地麵食及小食菜餚每天變著花樣來。直令常年吃連部伙房的連部官兵，天天饅頭稀飯，少油寡肉，永遠是那兩味簡單粗陋菜餚，聽得為之羨慕不已。

由於軍監裡面各種工匠所在多有，看守所房舍及一般維護修補從不假外求。因之連部這邊一般的維修也常會傳喚看守所派兵送人過來修整維護。看守的衛兵平日雖盯監押送等任務事繁任重，但生活上食衣住行等事項都可讓外役軍囚全盤服務，譬如他們都不再需要每天自己擦皮鞋，每天傍晚都由外役自動上來收去勤加打油擦拭得雪亮，一般衣服也由外役洗燙，修指甲，甚至理髮也不上理髮店了，反正每個兵一應生活瑣事全交外役包辦。

不僅如此，犯人裡尤多別種偏才者，盜竊也算求生功夫的話，裡面可不乏常犯。前頭述及康娛表演也不乏能人，逢年過節監獄裡同樂都要出來大顯身手，平日時候一到就安排在牢房小天井裡人人一口小板凳或席地坐開，叫出軍中康樂隊員來娛樂大家，或者牢犯們來個康樂交流。苦中作樂，演戲唱歌跳舞或者玩紙牌魔術、唱平劇老生青衣大花臉⋯等等，算得上應有盡有。

這些在藝工隊犯事或犯案送進來的犯人，與他們隊上同仁感情濃篤，只要藝工隊一有人關進來，依例隊上都會相偕來探監。藝工隊女隊員多，每遇上女隊員探監就是監獄裡的春天，不僅長時間見不到雌性犯人群擠在監房鐵欄邊搶著貪婪地老遠勾頭瞥望，軍監內不准喧嘩，但也夠個個犯人興奮激動得發顫。看守兵也一樣，縱未圈在囹圄裡面，但也好不到哪去，表面板著臉維持著冷酷的形象，心頭也暗樂得緊。

軍營裡來了女人，不僅看守所這邊群情激動，憲兵連那邊同樣見到打扮得花枝招展的女藝人好不容易出現在軍營裡面光桿世界同樣也春心大動。

軍囚藝員之外，當然也有別種讓人輕鬆的才人，像有個外役常派出來上連部廚房運送雜物，名叫陳文雄，這個外役最會按摩，說是在入伍前在酒家裡頭混，跟盲人學得一手手藝，犯行是妨礙風化，平日表現恭順勤快，因之王班長將之調服外役。

看守所內小兵說他功夫了得，連部充員士兵乘他在營區出入外役之餘，也叫他來按摩解乏一下，被服務過的人個個說爽。陳文雄為討好兵哥，也拿出渾身解數來，不但有求必應，甚至不求也應。張茱萸被人慫恿不過也來試鮮，可惜張無福消受，陳文雄手一碰觸他背部，他就忍不住癢笑將出來，他是那種敏感體質，不習慣讓外人接觸自己身體。

看守所最戒慎懼之的是逃獄，一旦出了個逃兵，不但所裡的所長兵員得受處分，連帶連部直屬長官都得負監管不周責任。所以看守所上下整副心力都用在防範囚犯越獄上。

可是再怎麼防範終有一疏，第七連接下看守所勤務後，不久就發生一名犯人越獄事件。一發覺有囚犯乘隙出逃，整個監房裡栖栖惶惶如喪考妣，王班長立即著令全面約束監管，全部人犯半蹲在牢內，不得移動，隨時點數。看守所的憲兵連夜二人一組派出去四處追查捕捉逃犯，兵慌馬亂地鬧了一夜，人人不得睡眠。次日到了放風時間，不能不讓犯人出牢放屎尿，但時間減縮成三十分鐘以為處罰，三十分鐘一到即刻押回監房，二百多犯人要在三十分鐘內全體不但得清理內腸還得加速清洗公廁完畢，是強人所難，以致每人犯只輪得一兩分鐘時間出恭，得儘速出清存貨，出恭時間一到，隨即哨聲大作，清洗廁所，一待清洗完畢，又哨音連連催魂似地把囚犯催回牢籠。

入牢清點完畢，隨後王班長只留下蔡副所長三數人守監，其餘全班人馬空群出動在大墩市各處翻穴掘窟拼全力到處搜索逃犯，結果一輪急尋猛搜之下，果不其然竟在第二天晚上被他們硬生生地循線逮到越獄犯生擒回監。一逮回來，立即吊在獄庭內唯一的一棵樹上，小兵們輪番用皮鞭猛抽痛鞭洩憤，打他個半死，還不給進食，每個小兵都說要餓足他個三天兩頭，讓這逃犯再也無力偷逃越獄。

消息走漏傳到連部讓于輔導長得訊，嚇得官長立即下令王班長不准繼續凌虐。前面雞籠的事件惹出來的麻煩教訓還不夠嗎？再惹出事來，上面都得蹲牢房。第七連絕不容再出紕漏，段連長親自過來看守所叮囑看守所一定得加強監管，但絕不得再行虐囚。

23 盜賣軍油案

戰訓司令部的軍人監獄在憲兵編制裡面的主管只是個起碼的上士位階的班長來負責領導的單位，是初級的機構，連個少尉級職軍官都不屑派置的最基層單位。可是軍監所長無論就實際擔負的責任、管轄的事務以及帶領監禁的人眾都遠較連部本身更形沉重繁忙。因此由於級職位階的編制，這麼重大的職責只簡派一個上士班長來負責，以致連上無論軍官以迄二等兵等都未能將之看成具有任何重要性。而且由於監所內所職掌處理和關禁的對象全都是軍中各單位犯事的兵囚，從來和憲兵本身人員牽扯不上任何關連，因之在連隊上下心目裡都認為只是憲兵連執掌的勤務對象，無從讓憲兵連的人覺察到會與憲兵人員本身發生牽扯。

突然有天連部裡面竟傳出張民班長和駕駛班的吳明輝班長兩位班長已一道被上面關押在軍監裡面，令得全連士兵驚詫不已。萬沒想到連上不可一世的張班長竟會被關進軍人監獄裡面去，照講他們憲兵人員若犯事也是送大墩市憲兵隊的看守所。不同的軍種，不同的軍法偵辦單位，怎會送到戰訓司令部這種不同軍種的監所來？

原來張民犯的事很大條，不屬憲兵單位偵辦的案件，是由國防部軍法檢查署主理偵辦的軍油偷盜案，被逮後直接到送到最近的軍監扣押起來。憲兵看守所只能拘禁扣押本身偵辦的案件或處罰內部犯事人員。遇上這類軍法署主理的案件就得拘留在軍人看守所。

張民被收押的原因，據傳聞是因為第二連駐在雞籠憲兵隊期間，張民夥同吳班長盜賣軍用汽油。軍事單位盜賣軍油先是市面上不宣的機密，後來會爆開成為軍檢署偵辦的軍事刑法案件是因為裡面人分贓不均，由涉案民間業者捅出來，油商匿名告密到調查局北部機動調查組的雞籠小組。

北機組展開偵辦後，隨線追查，查出相當廣泛的各軍種單位都有盜賣軍油給民間業者，於是將案件軍方部份一併轉移國防部軍法署檢調組，由軍檢署檢調組展開全富島各軍區內部全面追查。雞籠地區的最重大案件落在海軍港務單位，順藤摸瓜牽連甚廣，陸續逮人，各軍事單位都有牽連，雞籠憲兵隊也是軍油流出源頭之一。

在憲兵隊部份循線查出憲兵第二連的駕駛班吳明輝涉嫌串通相關人員主導盜賣軍用汽油情事。沿線追索一個拖出一個，由吳駕駛班長口中又查出第二連班長張民是轉賣給油行的經手人，吳明輝更招認是張民教唆他串通好搭配偷油轉賣。

盜賣軍法移送書上記載：有家室定居雞籠的張民由於家累負擔沉重，早就起意謀財，乘職務之便，一再教唆駕駛班長吳明輝偷盜汽油，盜油後交由張民負責販賣得手，得款朋分花用。

案件知會憲兵司令部後，由於是司令部經手的案件，不經團部處理，司令部督察部門即刻指令大墩市憲兵隊祈營長差遣人員分頭逮捕扣押第二連駕駛班長吳明輝，及明湖第二班班長張民。點交給國防部機調組直接偵訊，機調組就地將人犯暫押戰訓部的軍人看守所羈押。

憲兵連的人見到兩個班長被關進軍人監牢和毫不起眼的兵囚同樣地關在一起，讓人慨嘆前陣子還是小兵們不敢正視地連裡當權的兩位大班長，轉瞬間竟然也拖著黑囚袍屈辱地在連上囚人警衛槍尖下的軍囚們匍匐著畏畏縮縮地緊擠在一堆。這才讓憲兵官兵警惕到軍人看守所與憲兵本身竟然可牽上關係，也才警懼到軍監所代表的權威。

張民班長是除連長外唯一有家室的軍人，原先在憲兵連上一向瞧人不起，老賞人白眼，一副自命不凡的德行，老士官們奈何他不得，從來讓人另眼相看。他仗著是連上最能幹的班長，分配得到明湖最好一處的分遣班，底下的兵和伙夫李志民是他自行挑出來的親信精兵，在山上天高皇帝遠，自在得有如小土豪。現在被大墩市憲兵隊憲兵自明湖山上駐地逮捕押回儲訓司令部，收押在齷齪壅塞不堪的軍人監所。原來甚有派頭的上士班長，情勢轉眼逆轉，成了階下囚，監管他的這些獄卒前些時他可是正眼都懶得一瞧，認為是他不屑挑選上山的二流貨士兵。許士祺跟張茱萸說風涼話，說張民現世報。這位第二班班長一個月前故意向章亢龍進讒不讓張茱萸調上山，那時何等得意！現在哩？落得這副悽慘相，此刻看守他的小兵沒事就可踹他兩腳，他可吭都不敢吭一聲。

隨後沒幾天，張民就被機調組從軍監調出來押上北部去調查審訊。許士祺在辦公室得有消息，說：張民被押上北部軍人監獄，軍檢察官為追查證據，大清早冷颼颼地，就被憲兵押著去雞籠現場，穿了條內褲汗衫鑽進下水道裡頭去找出被指控丟棄的汽油桶。

許告訴張茱萸：「聽說軍法審判定讞後，張民得坐廿年的軍牢。」

告訴之後，還調侃地戲問張：

「你死對頭遭大殃了，現在可痛快了吧？」

張茱萸並不覺得有何痛快，卻有所動容，張民費盡心機維持的一個家，不知會破碎成怎樣的一個局面？他之被輕視或欺侮的過節都已事過境遷，並未留存任何芥蒂。他自己不行，這類輕侮難說不是由於自己的行為或是行事惹來的麻煩，況且張茱萸沒派上山現在留在連上也沒受苦，反而是他人伍以來最自在的時刻，不見得過得不如山上分遣班。第七連換了新連長，領導作風不一樣，整個連隊的氣氛跟著大不同，大家似乎好過得多。張民在老芋仔裡自視最高，看不得充員充正經，張茱萸不知好歹沒事手上老拿了本書，有心無心總讓人看做像在炫耀，把別人比下去，甚至被認作高人一等，挑明了大伙沒知識。偏偏他自己在營中表現又特別不行，張民眼中瞧不起他，張茱萸自己並不以為不對。

許士祺告訴他張民的現況，讓他憶及陰曆年期間張民領著一家三口穿起新衣來至憲兵隊時情景，張民嘴上說要小孩向連上同僚拜年，但士官們少有反應，下級士官和外面拜年的情況完全不能比照，除了營務官掏了兩個紅包給小孩，再無人有何表示。全連士官看著他的家人，臉上沒表情，心內難說沒有特別的觸動，他有一家四口，這可是其餘孤寡老兵們想望而不可得的天倫圖。

張茱萸那時注意到張民老婆，默不出聲，靦腆地跟在班長身後，猶豫不決的臉上有菜色，張特別敏感地覺著她臉上身上刻繪著生活的刻痕與折磨。或許只是他個人感知下階士兵貧乏拓印出來的籠統印象。此刻思及那時候之會如許認定，應緣於他認定下級士官那一丁點微薄的薪水及副食費何以養活兩個稚齡的子女？總會想在這種條件下，生活應極端不容易，他當時曾想過有可能張班長一家大概是靠著班長太太拼命在外打工才能讓一家人生存及溫飽，誰能想到張民背地裡竟會搞盜賣軍油。此刻他更在腦中生出一幅圖畫來，張民從憲兵隊默默地急步衝向軍眷區一間最窄小的寒舍，一推開門急忙從口袋內掏出剛要到的贓款交付給老婆，囑咐她買這買那，最要緊的是明兒趕早去幼稚園幫小孩子付費用，一旁稚齡的子女眼巴巴地望著身著士官兵服的爸爸，張茱萸想著張民會鋌而走險走到這一步也是不得不然。

張茱萸會想成張班長太太在外打工維持家庭，是出於他自己家裡一直在用下女，他家中用的女傭多年來換來換去，喚阿什麼的都是鄉下來省籍的年輕女子，軍眷區來的外省婦女年紀較大都叫什麼「嫂」的。他不由想到低階軍人的眷屬大概都得幫傭，或上工廠作女工來貼補家用。中學的同學，公務員家庭出來的他當了兵，軍人家庭出來的下一代，很多同學都入了軍校準備做軍官，或者出海上船。初中或小學畢業未進高中的，有人做基層勞力工作；小學或者初中畢業的軍眷區女生有做公車車掌，或者好慕虛榮者有做舞女之類的。

24 不戴帽的女軍官

戰訓司令部憲兵連就是司令部的衛兵連，第一任務就是嚴格把守門戶，憲兵連長在司令部地位即等於衛兵司令，衛兵司令總掌營區三處哨所。三處哨所分列於司令部正門大門、邊門及戰訓司令辦公室的門戶。三處哨所衛兵都得廿四小時站崗，大門及邊門看守門戶安全，警戒四周環境並且負有端正軍人儀容整飭軍紀之責。正門大門雄偉森嚴，除了正副司令的座車及來訪大官要員，一般人不准也不敢擅自進出，派出去站哨的都是連上最體面的士兵。因此大門衛兵雖是最重要門面憲兵，可是平常都只像一對標兵樣的筆挺體面地直線面對面立下站於兩邊門柱旁，除了司令或來訪的大官座車進出時，喊「敬禮」行禮外。就得一動不動地筆直肅立兩小時直到換班才解放。

除司令及副司令外，所有司令部人員及一般人員進出都得走側門，因此所有的狀況都發生在側門，上下班時分，車輛及人員進出不斷，兩個衛兵敬禮稍息，應付偶而上來請求進出辦事的人們詢問，收發進入許可胸章，兩小時時間甚快就打發掉了。

正大門口前及側門前丁字路口上兩哨位同時派出憲兵交通指揮哨指揮上下班時刻路上交通與司令部人員交通車之出入。正門交通指揮只專候正副司令令座車進出，兩輛車一進出之後，即撤哨。側門交通指揮則忙碌得多，上下班時刻車輛進出不斷。側門衛兵更是與正門情況完全不一樣，側門同樣也是兩員衛兵，門前情況大不同，一個衛兵拿步槍站於崗亭內，另一則掛手槍，專司應付上門來的及檢查證件。側門各色人等進進出出，一般人員或洽辦公事的外邊單位人仕都得由側門進入，加上開進駛出的司令部公務車、上下班的交通車，查驗身份，比對證件，頗不得閒，兩個小時一混就到了。

正門側門外，另一單人哨衛兵就是司令辦公室前的衛兵，三處衛哨此哨最重要，因為直接站在司令辦公室門口，被選去站哨的是連裡面儀容端正，服勤表現優良的士兵。景佾、林景山……等為段連長挑選為司令辦公室衛兵，退伍前的曾輝雄高大優秀的憲兵則站正門衛兵。張茱萸當然只輪到站側門。第七連自調來大墩市戰訓中心司令部轄下三個分遣班加上用人最多的看守所分去大半人馬，人員一度緊繃。隨後連部由於新兵陸續報到補進，漸使得服勤人員充裕，不復像最先遷入司令部那般衛兵排得緊湊不堪了。

司令部憲兵連的值日憲兵同樣的也只單純地負責排衛兵輪班班次，不像原先在雞籠地區憲兵隊時有那許多繁雜的事務，不需跟外面接觸，由於事務簡單，值日憲兵減為只丁孝燦一人擔任，他也跟司令部辦公的人員一樣，採定時上下班制，司令部的人員下班，值日憲兵也就離開辦公桌，算是下班了。只是丁是士兵不得離營，下了班不坐辦公桌仍然待在連部，當然更不可能如同司令部人員一樣，真的如時下班，下了班就隔離公務。值日憲兵離了辦公桌，依然待令，隨時聽候連排長命令。值日憲兵是士兵，士兵在營中自然廿四小時都得聽命令，隨時都在等候操鍊。丁孝燦的身份有如文書兵許士祺一般，依舊是連部兵員之一名，無任何差別待遇。

報到兩位新兵有一位叫藍英雄的竟然是張棻萸高中同學，兩人在走道乍一見面相互吃一驚，直道人生何處不相逢，相逢竟然在憲兵連隊上。這藍英雄是張棻萸中學校裡籃球校隊，球打得甚好，是學校的英雄。司令部裡有籃球場，從未見人使用，藍英雄來了，兩人正好可乘晚餐前的空檔鬥牛。跟藍英雄一道來報道的冉仕強在訓練中心時也是跟藍英雄一道代表他們連隊參加訓練中心的連隊大賽比賽，三個人好玩籃球使得司令部空置已久的籃球得以見到有人使用了。

冉與藍兩人一來報到連上官長咸認為是好材料，冉仕強身材較高壯，身高一八三，儀容不俗，被拿去與曾輝雄配作一對站大門衛兵，個子稍遜的藍英雄則站側門。

藍英雄站側門，沒多久就出了件不大不小的事。這個藍英雄來到第七連，又為第七連添了個莽撞貨色，跟在雞籠憲兵隊捅出大婁子的汪保川是一個樣，也是位不怕惹事的禍根。

側門由於各級人員、官長、辦事員以及來部洽公者都得從此門出入。一般官長或其他人等進出，衛兵當然認作例行慣常勤務，敬禮或非司令部人員則問清事由後登記進出發條碼，軍隊本來只是雄性的男人世界，但是司令部是軍隊裡的文職機關，裡面除男性外，尚有些年輕的女性低階軍官。看慣了一色的男性軍服，裡面不時間雜些女性軍官的進出，這些少數的青春女性一身筆挺又合身的軍服，可讓這些長年乾渴的兵哥光棍們眼睛一亮，衛兵們不由自主地行注目禮。尤其盯著她們肩上掛的一兩根橫槓，讓站側門的下等兵衛兵倍生卑微感，不由不收歛起仰慕之企望。

正是由於這些女軍官，使得值勤站衛兵的二等兵藍英雄生出糾紛。

側門衛兵除此之外，連排長交代首重維持司令部的威嚴與軍紀，衛兵不僅負責管制進出的交通，安全警衛，順帶更要負責檢視進出軍人的風紀。

站門崗的衛兵級職只不過二等兵到上等兵，要糾正服裝儀容也只找士兵，通常找碴多半是盤查糾察馬路上過路的士兵，對軍官的一般情況，由於階級差太遠，衛兵儘量避免干犯軍官服裝儀容。雖說憲兵遇官升三級，然而除非是特殊情況，如軍官鬧事或違紀的情形下，衛兵絕對會避免干預軍官。站司令部的衛兵見了軍官的固定動作是立即立正行併槍禮，對士兵或一般便衣來客通常都要叫住盤查，糾察軍官非他們可得而擅為之任務。

而一般進入中部地區最高軍事單位戰訓司令部的軍人當然要端肅儀容，不容易構成問題，較特別的是司令部裡面有一些女軍官，這些女軍官是幹校出來的尉級的政戰官，雖身為軍官，由於年紀輕，愛時髦漂亮，因之對軍事紀律不像操兵出身士兵或一般軍人那麼在意。進出營門時，她們該戴在頭髮上的船形帽多半拿在手上，不肯戴在頭上，大概怕把髮型壓壞或者嫌影響美觀。

軍人在公共場合及行走在馬路上不戴帽，就是違紀。但她們是女軍官，讓衛兵不曉得該不該取締，認真的衛兵於是見到女軍官走向軍門時，併腿行禮後，上前請求：「報告官長，船形帽請戴上。」

再來領教到進出司令部會被憲兵糾察，嫌嚕嗦、怕麻煩的女軍官，進門之前，多半先行戴上帽子，進去之後，再又脫下。有的年輕的女軍官則硬是不戴，看你衛兵能奈我何？更有捉狹的，進出營門偏不戴帽但臉面上卻展開笑靨對著衛兵微笑，存心試憲兵放她一馬？藍英雄不干心被女軍官耍弄，把情況反映給古排長，問排長，女軍官進出營門不戴帽是否違犯風紀。排長斬釘截鐵地回答：是違紀。但沒交代該如何處理。

藍英雄既然又是個汪保川，自然也是個不怕惹事的貨色。他問明白之後，第二天早上輪到他上衛兵就不再通融，非要來上班的女軍官戴正船形帽才放行。女軍官們碰上如此堅持的衛兵奈他不何，只得戴上。偏偏其中有一人就是不肯戴上，逕行往大門裡面進入。藍英雄也不讓步，衝過去擋住她，警告：

「報告官長，不戴好帽子，是違紀，不得進入司令部營門。」

「誰規定的？」女軍官反問。

「我們上面交代，矯正糾察門哨附近的軍人服裝儀容端正是衛兵的職責。」

堅持不下，引得別的進門軍官過來干預，藍英雄仍不肯鬆手放人。結果一個帽沿綻花的上校軍官看不過去，出面指責藍英雄：

「你這個衛兵是什麼態度？懂不懂禮貌規矩！」

藍英雄膽大包天，泰山擋於前也不怕，堂堂司令部上校也槓上去了。向高級長官行禮後，仍堅持：

「報告長官，衛兵既受命令守司令部大門，即應貫徹交代之任務。」

他認為自己有理，違紀就是違紀，女軍官不戴好帽不放行。

「放你個臭狗屁！竟敢回嘴。」

小憲兵竟敢頂嘴，上校火上來口不擇言地呵斥。隨即轉頭朝另一崗亭的衛兵頤指氣地下命令：

「打電話叫你們連長過來！」

另一衛兵在上校的威懾之下，不敢答話，趕緊拿起哨亭上的電話，搖向連部報告。

「什麼憲兵！竟然教訓起我來了，好大膽子！」憋著氣的上校仍舊向女軍官扼腕地吐嘈：

「等他連長來了，看他敢囂張到哪裡？」

新上任的段連長連忙趕著過來，一見情況不對，不待問清青紅皂白，即刻向上校道歉：

「這個士兵不懂規矩，我回去會處罰他？」

「怎樣處罰？」

上校一副得理不饒人的態勢，硬要追問連長如何處理。

「回去馬上關他禁閉。」連長屈服，只得祭出最重處罰。

「關多久？」上校還不滿意，非要整倒這小兵，你二等兵竟敢不把我堂堂上校放在眼裡。

「一個月。」

上校這才滿意。

段連長於是當場當著上校、女少尉和圍觀的軍官宣布處罰藍英雄禁閉一個月，立即叫人立刻送去營部禁閉室。

回到連上，古排長跟連長說項，說藍英雄雖然蠢，執勤不知變通，給連上捅出這麼個麻煩，但諒及事先曾向他請示過，是否可處以較輕之處罰？連長考量後，改為禁足一個月。

藍英雄一來連上就捅出婁子，連上大小官兵都認為他差勁，然而他可不認為自己做錯了，跟人爭起來偏認為自己有理得很，哪一個拿這樁事故譏笑他，他可不管你是老兵小兵，都要硬拗一番。他這個樣子，別人更好當做笑話來講，可是由於膽敢犯上，而且對方又是帽沿帶花的上校，連裡面也不是沒人誇他帶種。

稱讚他的人是許士祺，雖是誇他敢拿了雞毛當令箭，然而當面奚落起來也是盡其可能地損：

「你這個二等憲兵色膽包天，竟敢調戲起女少尉來，想吃女軍官豆腐，怎不看看自己差人家多少級？」

「她長得也沒什麼，讓我把，我還不一定非要把哩！」

「你老幾？還說不要？」常跟他兩個一道出去打彈子的顏學銘也跟著削他：

「癩蛤蟆想吃天鵝肉，也不掂掂斤兩？」

「沒什麼好屌的！太子犯法與庶民同罪，她違規，我就該糾正她。」

藍依舊在拗。

「你是商鞅啊！可惜連長扛不起你拖出來的大鼎。」

這三個常結伙出去敲幾桿，口頭熟絡得很，彼此間損起來毫不留餘地。

大墩市是青年之城，市區裡面多的是冰果店、彈子房、鋼珠店，假日或入夜年輕人佔滿最熱鬧的大街——正大路。會玩的小兵，一得機會就會溜出去上正大路彈子房消磨。

大墩市不比雞籠終年幾乎都是陽光普照天清地晴的天氣，地方也顯得開曠，市面上由於年輕人特多，看起來就是個年輕有活力的城市。平日見到街道上穿梭的人群佔大多數都是大中小學生，間雜著各種受訓及服役軍人。或許是近郊軍事單位以及布防的部隊都多，同時市區內外各級學校也多，因之以青年人眾為生意對象的店面就格外眾多。沿街的市招最矚目當然是新上映的電影廣告大看板，沿街商店招最多的都是鞋店、時裝店、飾物禮品店以及文具日用品店。而吃食的店面除了餐飲飯店外，多的是賣零食、糖果糕餅舖、露店，尤以蜜豆冰、四菓冰、牛奶冰店特多，五步一攤，十步一室。同樣的，年輕人聚集遊樂的店面如鋼珠店、彈子房也充塞市區各處，這裡面集年輕人消費娛樂的大城就是綜合營業商業大樓，裡面二三層樓面清一色是做這一類生意的間店面，幾張撞球檯就是一家店，彼此櫛比鱗次一家接一家地排下去，沒有隔間，有也不十分明顯，有也不十分明顯，一層樓敞開著，各個店面請個計分小姐照顧自家店面的幾張球檯。

25 阿戀

在大墩市，第七連的充員士兵一得假也像在地青年學生般留連於冰果室和大樓裡面的電玩店等去泡時間，會玩的如許士祺等當然隨波上大樓裡面的彈子房，他們羞澀的阮囊至多也只能玩到此地步，除了更海的如景佾等人才有本錢偶而去泡一下舞廳。

顏學銘彈子打得好，讀中學時就迷撞球，經常逃課泡撞球間；畢業考不上聯考，上補習班繳了錢，卻不補習依舊故我地泡彈子房裡，一直泡到紅單來了。來到軍中，小顏除了在萬壽山以敢吞食昆蟲揚名立萬外，還有的就是連上第一號的撞球迷。連裡此刻來了個藍英雄撞球比他更神，打得神乎其技，擅於拉桿，一拉就拉回半個枱面。司諾克一開球，左拉右做地，可以一桿子打到落袋。小顏碰上英雄，沒輒了，一逢上休假非拉著藍英雄領教，加上許士祺成了一有假必定報效彈子房的三人組。

藍出事後還大言不慚地吹牛說：把女軍官算不了什麼！敢出狂言，是有他跩的地方，第一當然是他的彈子打得連上沒敵手，只要押底，他幾乎沒輸過。不止於此，第二他更是籃球高手，若跟他比，當初的黃幽園只能算小巫，黃不過是公園球場的鬥牛好手，藍可是真正上訓練中心代表隊的高手，受新兵訓練時，幾乎被憲兵代表隊挑去。他打籃球技巧熟練，是控球和得分的要角，可惜身材短了點，因此未被選上憲兵隊。

來到大墩市，張茱萸感到境遇較前好過得多，主要是在雞籠跟他過不去、白眼瞄他，專門慫恿他的班長章亢龍找他碴的張民班長和欺負他的王安雄都去了分遣班，最後張民更因盜油案移送北部軍人監獄，張茱萸等於心腹大患已除。再加上老兵如黃幽園等一個接一個地退役，張茱萸媳婦熬成婆，挨到這時連上充員裡面也被認作老字輩了。

走了黃幽園，陳會調上山，張茱萸現在閒暇或休假時常跟著許士祺顏學銘冉仕強和中學同班藍英雄等人出外走動。藍英雄是訓練中心的籃球選手，聲名遠播，來連不多久，營部那邊就有人拉他過去比劃，營部座落在戰訓部側門隔著兩道街，中部地區憲兵團部也在內，逢到下午司令部下班沒事連上的人走路就可過去。

憲兵隊的操場就是半片籃球場，營部裡面有幾個兵也曾是團隊的代表選手。那邊人在隊上下班後拉藍英雄過去鬥牛。藍就帶挈自己連上好打球的冉仕強張茱萸一道過去分邊鬥牛比劃。

張茱萸雖長得高大，但為人退縮，打籃球自然不怎麼樣，在場上永遠是個可有可無的龍套角色。冉仕強則不像藍張那樣著迷於玩球，談不上打得怎樣。

張由於個性內斂，並不習於跟許士祺等較張揚的同僚走在一起，講話應對都較吃鱉，他走得近乎的是小個子的陳會和馮光富，跟他兩人相處張會自在得多。陳會去了山上，馮光富在看守所，休假時間不同，自不容易撞在一起。

馮光富是南部來的，許藍顏三個則都是來自北部大城市的外省籍子弟，他們很容易聚在一起，而南部來本省籍士兵感覺上或脾性上也較容易彼此認同。軍隊裡較學校可更沒人也更不許在意地區及省籍。軍中裡面明的是不提省份，然其實卻最講究這些，不傳之祕，侍衛最高領袖的憲兵特別警衛營成員全是特意選擇最高領袖家鄉附近兩省份的子弟。上頭的侍衛室人員更別提了，最貼近領袖的侍衛長自然不會跳出這兩省籍人。

部隊裡的老士官尚可能有地域觀念，下層士兵間較不容易生成地域差異感，不可能像民間那麼較明顯底區間與排外。部隊裡年輕一輩的充員裡面幾乎不會有人論及諸如此類之差異或區別。

士兵間與其說是省籍情結，倒不若說是地緣以及出身背景。本省籍的士兵多半來自南部，出身工農或小商人家庭的多，就憲兵而論，這些兵，多只讀到初中或者高職，他們入伍前已多半有工作或職業。張茱萸就明顯地感到自己與馮光富之不同；像馮光富家就是開風琴店的，他給了張茱萸一張他自己的名片，張茱萸雖在工廠待過，卻是第一次接到如他這般年紀的人給出來的名片，讓他訝異的是名片上印著馮光富的職稱「優能調音師」。

「什麼是優能調音師？」張茱萸問道。

「就是調音，給客人的風琴調音。」

「你去客人家調音？」

「去國小，國小的風琴用久走音，就要我們賣風琴的去幫他調好。」

「哦！那你很會調風琴的弦，所以才叫優能風琴師。」

「是！來當兵前，我都輪流到山區裡的國小去修調他們上音樂課的風琴。」

北部抽調入伍的充員像小顏或張許藍等，很多都出身公教商等家庭，很大部份自中學出來尚未進入職場，不像連上中南部的子弟多半擁有社會工作歷驗。張茱萸就是標準的公教人員家庭出身的第二代。雖說他也曾短暫地待過成衣工廠，那是他唯有的社會體驗。

藍英雄被禁足，再輪到大伙休假，小顏手又癢了，非得急著去敲上兩桿不可。三人行少了一個，許遂拉張茱萸跟他倆一道上彈子房。張頗想見識一番，於是好奇地跟著這兩人出了營門，直奔正大路綜合商業大樓。

大樓裡面第三樓層是整個打通的撞球店集中營業區，整個寬廣的一層樓遍布撞球枱，每幾個球枱分區間隸屬於不同的店家，通道前或牆壁上各自貼上壓克力板的店名。許顏兩人是對著其中一間名叫快樂撞球店而來的，張茱萸老早就聽說他們看上了快樂彈子房的計分小姐，稱那計分小姐為「撞球西施」。一路上，張茱萸也不由遐想著撞球西施是怎麼樣的光景，竟讓三個彈子迷都著迷。

上了三樓，偌大一片樓層，赤亮光禿的日光燈照耀下都是一枱枱翠綠的彈子枱之海，「快樂」在裡邊靠後牆部位。

張上得樓來，原先只注意場景，一時間忘記是要來參拜撞球西施。待同伴兩人選球桿，挑枱子時，才覺著端坐在計分桌旁的姑娘很正，眼睛大大的又明亮，他才警覺到她應就是「撞球西施」，不由加倍注意。女孩年輕得很，約莫十六七，膚色白皙，大概都待在這烏煙瘴氣的大樓撞球場裡，不常曬太陽吧？西施個子小而纖細。冷著臉，不言語，不輕易跟顧客搭訕，張以為漂亮的女孩都是這樣。

許和顏挑了幾根球桿，平放在綠茵桌上用手指推動滾轉比較，最後各自選好球桿，計分小姐已從球桿架後面端出一堆色球，用整球板擺正在檯上定點後，兩人立即展開角逐。

顏學銘問張茱萸一聲，張卻推遲著不打算上場，他以前沒玩過兩次，跟這兩人比生嫩太多，推諉著說，他是來見識場面，先見習看看，球技太生硬跟著上場過招只會拖累他倆個高手。

另兩人也不希望生手攪局，於是不再嚕嗦，隨即拉開球桿，一擊打散檯中色球的三角聚落，覓比方位角度，想方設法好瞄準一擊將色球撞入洞袋。做球設陷，你下我上，不一會翡翠檯面上已是風氣雲湧。計分桌旁端坐佳人，更讓兩人使出渾身解數，彎身拉桿或佇立觀球之際，都擺足甫士做出一副瀟瀟狀，許士祺更是妙語逗陣，尋伺覓機挑逗。

他們兩人熱烈得很，張坐在場邊板凳上觀戰，乘間側眼窺凝撞球西施，細睨之下這才驚訝於西施之面貌端正美麗，果然名不虛傳，五官細緻，明眸櫻唇。樣貌潔白纖細，輪廓有些像西洋人。起先由於個子嬌小，並未讓他驚艷，現在才看出西施窈窕婀娜。

張茱萸偷偷地窺伺她的美麗，不期然撞著她朝他回望的視線，他連忙轉開。她的漂亮使他心虛，心頭鹿撞，一心想找話搭訕，可是又躊躇猶豫不前。腦筋努力地起稿，想如何跟她說個得體又顯得不冒昧勉強的問話。緊張使得他不曉得怎樣開口，總覺得設想出要問的話語太驢，自覺笨拙，怎麼也學不來許士祺他們。他們在這個女孩子面前，態度從容自在又顯得瀟灑。

盤桓猶豫中，不想女孩竟直接問他：

「你不玩嗎？」

臉上還帶淺笑。

「哦！」

張茱萸不防女孩會對他先開口。

「我不太會打。」

有些受寵若驚般趕忙回話，她並不如外表那般冷艷。靦腆的張茱萸，這回可是首度跟美麗的女孩子搭訕；這個計分小姐大方主動，解除他的謹慎。他問她名字，她的名字當然不會是許士祺他們口中暗封的「撞球西施」。

「我叫阿戀。」她坦然回答他的詢問。

「戀愛的戀？」

點頭稱是，又反問他：

「你們放假，就出來打撞球，不回家嗎？」

「我家在大城市，回去時間不夠。每次坐火車來回，趕到家中已沒什麼時間可耽擱，所以假日多半就近在大墩市這裡消磨。」

「我二哥也是在附近的縣的鄉下當兵。」

「離家這麼近，那他休假都回來？」

「不一定，也要有事才回來。」

打球的兩個岔進來，問阿戀積分，阿戀告知後，又轉頭繼續問張：

「你們休假除了打撞球，有去別處玩嗎？」

「哦！多半是去看電影，我們常有勞軍票。你呢？平常都在顧店嗎？」

「不是都在顧店，白天可以出去，這撞球店是我阿叔開的。」

他兩個自顧自地一來一往話對得熱烈，許士祺看在眼下不是味，輪完他的桿，放下球桿岔過來對積分：

「怎麼？我分數不對吧！剛進的那個黃球你只顧講話不要漏了吧？有沒有幫我記進去？」

「哪有？都有記上。」

許是故意逗她，還對著張茱萸調侃：

「她是山地人，你知道嗎？」

阿戀白他一眼，啐一句：

「黑白講！」

許仍嘻笑追究：

「你們談些什麼？都不讓我聽到。」

「阿戀說她白天可以出去玩。」

張不無得意地告訴許。

「哦！這樣啊！」

口氣陰惻惻地，但還是像打蛇隨棍上地緊追問：

「阿戀，那哪天我可以邀你出去？」

「不是啦！」

阿戀連忙推拒著否認：

「我不是說這樣吶！」

回營之後，張茱萸不住地往復思想突然掉在他身上的艷遇，壓抑不止內心得意，大伙全都想阿戀，可是阿戀卻獨對他好。他心緒紊亂成一團，滿腦子盤桓著揣測與回味，一再思量阿戀會是什麼意思？她明白地推拒許士祺的邀約，可是卻有對自己暗示的意思，應是對自己有意思？若他出口約她，她會答應嗎？他感覺應會答應，否則問他那種放假有去別處玩的話是什麼意思？

夜裡輪到他上衛兵，被叫醒後，迷迷糊糊地站上司令部側門哨上，同哨的晃過來問他的話，他胡亂以對，完全沒聽懂同哨問他什麼？回答得也似非所問。心神不屬，不曉得自己在幹什麼？他滿腦子都是覺得要如何去約阿戀出來，不知該如何著手，要如何跟她表示？但覺得一定要拿出行動來。他決計伺機一個人去找她看看，他應可以把她約出來，她的暗示已很明顯了，應不會拒絕他。阿戀是彈子台小姐但是彈子房是她家裡的生意，她叔父開的，她並非貧窮人家的女孩，張以為她和一般店員不一樣。他想著她的臉好正，聲音也嫋嫋動人。

張茱萸認為自己不該把她告訴他的話說出來給許和顏聽，她只打算告訴他，並不要別人知道，許是要迴避像許士祺那樣客人的糾纏。若是如此，他就萬不該把人家的意思故意炫耀出來。張怪責自己背棄人家的好意，尤不該得意地傳話給許士祺等聽，像是幫她招徠似的。他後悔不該如此得意宣揚，不但不曾討好朋友，反而會讓人生嫉。他傻楞得不知道如何拿捏，許可不客套，聽了張的話，立刻把握機會邀約阿戀。

他暗自怪責自己那樣子告訴另兩人，簡直有點像是幫人拉線似的？當然不是，他自己不也在覬覦接近甚至得到阿戀。許是文書，自由得多，很容易溜出去，一有機會一定還會去阿戀那兒。張不由懷疑許最後能約到她出來嗎？許曾跟黃幽園瞎吹，說什麼女孩只要死纏爛打，纏到最後一定有機會泡上；許可能誇張，但也難說不無可能，不知道他會這樣纏阿戀否？

兩天後的下午張茱萸覓得機會，於是懷著憧憬獨自蹓躂去快樂彈子房。

平常日子下午時段，不似他們那天晚間來時人來人往，整個樓層都顯得生意清淡，沒什麼客人。阿戀也不在彈子間內，只有一位婦人在顧店。張失望之餘，只得在樓層上下胡亂繞逛。臨去之前，不死心又繞回快樂，竟發現到阿戀出現了，原來她是來接那婦人的班，阿戀見張茱萸出現，並不覺得意外，依然大方地跟他寒暄，那位婦人是阿戀的阿嬸。

阿戀問他：

「你今天休假？」

「嗯。」

張遠較她慌張，昏亂中竟唐突地問道：

「你有空嗎？可不可以請你出去看電影？」

「我要顧店呀！」

她不免奇怪，一見面就如此開門見山地直截了當邀她。

「哦！」

他被拒了，難免失望，不曉得該如何轉圜。

阿戀望著他一會，又跟他說：

「我問阿嬸看看，沒客人，說不定可以離開一陣。」

她去跟阿嬸講話，阿嬸同意了。於是回頭跟張說：

「我們走吧！」

一道去乘電梯下樓。

走在街上，張跟女孩並肩而行，他比女孩高出許多，阿戀只到他肩膀高度，她轉顧流盼地瞻睨他。張被瞧得有些不自在，問她：

「怎麼啦？」

她展開笑靨跟他說：

「你好高喲！」

「哦！」

他一時沒領會她說高的意思，是誇還是認為他配她過於高了？她顯得愉悅，讓他感到長得高並不壞。他也打量她，人雖嬌小，可是窈窕玲瓏，讓他以為路過的人也在注意她，甚至於歆羨他身旁有佳人。一這樣認為，他覺得應有所表示，於是靦腆地奉承她：

「妳好漂亮！」

「不會啦！」

阿戀嬌羞地推辭客套。

他問她想看什麼電影？她說她很想去看剛上片瓊瑤的愛情片。

午場電影沒有多少人排隊，張買了戲票即進場看戲。

電影放映後，她專心盯住銀幕看戲。黑暗之中，張卻完全沒看進去，他雖向來不看國語片，然而陪著進來就是要一道看戲的。可心情興奮得無法貫注在劇情和男女主角的故事演繹，紛擾的念頭只往復設想與考量該如何做才像是和女朋友約會的情形。他躊躇著是否該伸手過去扶住她肩膀？然不敢造次，卻又覺得對方可能希望他主動些，他想表現出男子氣概。再三盤算，他終歸還是怯矜矜地從椅背後伸過手臂去輕放在她肩膀上，她沒有推拒，反而傾靠向他，他乘機摟抱住她。

電影院裡看戲的人不多，他們座位間隔兩旁都空著，前後雖有觀眾，但個個緊瞪住銀幕，烏黑之中，不會有人注意他倆。張右手扶住女孩，腦中盤算，考慮這種情形下，他該有所表示，似乎是可以去吻女孩子的時刻，她傾身於他，難不成冀望他有所表示？雖然並沒有把握她是否如此？也不確定她會怎樣反應？會太魯莽嗎？但是她是傾身在他肩膀上，他不宜沒有進一步地的行動。他不由想著；若過去吻她似乎是該做的，也可認作是應女孩的期待。

於是他彎身過去吻她，她沒避開，反而主動地配合迎向他。銀幕的餘光映出女孩的唇形美麗，他笨拙的印上去，他不清楚該如何接吻，嘴應對準嘴，為表示出熱烈與動情，他閉緊嘴唇用力地壓在她的櫻唇上。

好像過了許久，兩人才鬆開。雖然沉醉迷離，然老側著身體還是覺得不舒服。停會他換過姿勢又吻過去，手掌不規矩地摸索，開始摸向女孩胸前，最後竟伸向襯衣胸罩裡面的乳房，女孩推拒抵擋，不讓他得逞。於是手肘留在她肩背上，摟緊她。直到散場，兩人才分開。

生平首度約會成功，讓張茱萸窩心得喜不自勝，電影院裡面黑甜沉醉的熱吻尤讓他醺醺然，鎮日溫柔蘊藉的回味。抵不住喜悅自得，急著傾訴給熟人，他雖然抑不住要吐露得意和狂喜，但上回向許士祺誇示阿戀垂青的教訓，總算讓他忍住衝動，感到講給同袍聽會不合適，然而最終他還是抵不住地告訴小顏跟撞球西施出去看了場電影。他謹慎地告訴小顏，結果大個泡上撞球西施立刻傳到小許耳朵。

許士祺見著他，陰陽怪氣地譏誚：

「平常做出傻大個相，不想私底下還鬼得很哩，竟然連撞球西施都把去了。」

「哪有什麼鬼？」

張囁嚅著分辯。

「還好說不鬼，我和小顏兩個出錢打彈子，你卻在一旁不花一文就把綜合大樓的史諾克之花把走。」

醋意盈然的小許肆意虧他，他當場反應不過來，被人損了，竟木楞得回不出一句稍厲害的話。另外，除了掩不住泡上美女的得意外，小許講他的也是事實，張茱萸私下不無對小許有點愧疚，畢竟還是小許帶他去見識撞球西施的，而且小許老早就表示要泡阿戀，他卻不吭聲地暗地裡把上阿戀。許士祺怎吞得下這口氣？嘴上不饒他是當然。

跟阿戀看了一場電影之後，張茱萸更俟機加緊進攻。再次會面，張約了女孩在市區內的正大公園見面。正大公園是大墩市的地標，是富島中部地區佔地最大公園，園內不但林木扶疏，園林當中尚有一個相常大的人工湖，可供遊園人眾划舟或沿湖觀景散步，湖邊也有大人小孩帶來釣竿釣魚。

兩人約在公園見面，會面後，張茱萸先租條小船蕩舟人工湖上。小舟輕槳，細語呢喃，旖旎逍遙。划得船後，兩人繼續在公園小道並肩聊天散步。張茱萸佳人相伴，他言笑晏晏，侃侃而談自己的抱負與對前景的盼望。他不由驚異自己的滔滔不絕，竟然能如此這般地敘述自己，在戀人心目中的情人是不凡的，而表現在情人眼中的自己也完全不同於平日的他。

沿著湖濱卿卿我我談興正濃之際，不意天公不作美，一陣烏雲過後，竟然遽爾下起雨來了，兩人只得趕緊覓地躲雨，見到三數遊人躲入涼亭避雨，他們也隨著閃進涼亭裡去。雨時落時歇，涼亭內躲雨人陸續離去。他們自顧自地樂得談得高興，絲毫未留意旁人的動靜。

等到雨復又落大，他們才警覺涼亭內僅剩下他們兩個，滂沱大雨傾盆落下，竟將小涼亭周圍圈成一道雨水的簾幕。張茱萸一發現沒旁人在邊上，馬上擁住阿戀接吻，兩人霎時沈浸於甜蜜風光裡頭。

這回阿戀不抵抗，甚至配合讓他撫乳得逞，得隴望蜀，他更加放肆地進一步，進而對她下體展開探觸，阿戀略微抗拒，然也非十分抵擋防禦，幾乎有著半推半就地配合；狡黠的張茱萸乘機愈來愈恣意大膽，愈來愈進去，阿戀杏眼迷離地沉陷在他狂蜂浪蝶般地進襲，她承受不住了，似乎無能抵禦如此狂恣魯莽地撫愛和情慾挑逗。可是時地不宜，她不能再耽溺下去，後果堪虞，她設法抵擋繼續沉陷進情欲，費力地拔出自己，推開他的手，使勁掙扎起來脫身。

「不行吶！」她微弱地嘶喊力拒：

「會有人來！」

言猶未畢，果然有人打著雨傘路過，原先似打算進亭子避雨，看到他倆方改變方向走開，他們的模樣以及衣裳不整可能使那人不好意思進亭子。

雨繼續下，兩人衣服都有點淋濕，阿戀更是衣著單薄，張茱萸表現出騎士精神脫下外衣讓阿戀披上，這樣做是有點不計後果，尤其作為軍人風紀糾察的憲兵而言，若不小心為上級逮住他在公園裡脫下外衣披在女友身上，可有大麻煩的。

他們避雨的涼亭更隨時會有人進來避雨，他們不好繼續造次。大膽一時，體認清情況之後，自然謹慎了。更且由於張身上著的仍是軍便服，即使衝動激情使得他再難抑耐，也不得不顧忌有礙觀瞻。

他盤前算後，試探地向阿戀提議：

「雨一直下，我又軍衣不整，我想不若我們就去公園邊的那家旅社裡面避雨，好不好？在裡面好談話得多。」

他這樣提議，女孩聽了並不驚異，只是略顯猶豫地推說：

「出來很久，我差不多該回去顧店了。」

她並非峻拒，他趕忙查看腕表上的時間。

「時間還早，還不到回去上班的時間，應還有兩小時。」

他把握著時機勸誘：

「我們只進去休憩一會，裡面不淋雨還舒服得多，不會發生什麼事情？」

女孩也動心了，他繼續慫恿：

「我們只是親熱一下，我不會怎樣的？進去以後，才方便接吻擁抱。」

聽他這麼許諾，阿戀就沒那麼猶豫，默默同意他。

兩人冒雨跑出公園，來到旅社門口，張茱萸讓阿戀在旅社門邊騎樓等他，他大著膽子單獨進門去，厚著臉向門廳內櫃檯上旅社櫃員要求訂房間。

他雖內心忐忑，旅社女中不疑有他，郎客上門，順口就問：

「休息還是過夜？」

「休息。」

故做熟稔地回答。雖不清楚「休息」是怎麼回事？但他們不可能過夜，是故冒然遽答「休息」。生平第一次上旅館開房間，他要做出讓女中相信他是常客似地。

孤男寡女進入旅館僻處一室之後，發展下去當然不可能僅止於張茱萸事前矇言拐說的僅僅親熱一會，不會危及最後防線。話雖如此，他也非存心破瓜，然而男貪女愛廝混到最後，怎生抵擋得住誘惑，無法避免地發生關係。恩愛繾綣，情欲恣肆，良辰苦短，彼此傾述衷情，矢言恩愛白頭。

嚐過甜頭的張茱萸回到營裡面從此一心只想如何找到機會出去約阿戀見面，可是一個二等兵，不出公差，又不辦外務，平常哪能隨便溜出營門。平常總要等兩週一輪休假，才出得了營房。才得嘗一親佳人戀愛滋味的張茱萸，成日心頭裡掛懸著戀人，可讓他等得心焦，只想找機會好出去跟阿戀見面好好溫存。他在營裡面是個壽頭，現在雖不再有人專盯住他找麻煩，但他哪有辦法溜出去找女友？不顧禁令偷蹓出去，他不敢，萬一被查到，事情可就麻煩個不了，他眼前的逍遙自在也沒了。汪保川就是現成榜樣，在雞籠時他就是溜出去茶室泡茶女，親眼在他眼下看著章亢龍堵著汪保川吵醒連長關禁閉的，他不要重蹈覆轍。

26 籃球隊

張茱萸陷入熱戀，想情人想得厲害，可是當兵的人日夜都關在營裡沒法出去多見阿戀一次。好不容易盼到休假日又來狀況，政治教育年度檢查，輔導長宣布取消休假，全員留在營區補習政治教材。原先與情人約好見面的時間到了，張茱萸卻不能出營，又無法傳訊給阿戀，急得他如熱鍋上的螞蟻，

初嚐戀愛甜果卻備歷相思苦，白天夜裡恍惚悶想，有時甚至失神；張茱萸不由憶起當初剛到連上時跟眼鏡程少光笑話現在的看守所副班長山猴徐宗明成日磨他那條木棍的事，此刻他竟然能理會何以會那樣子的日夜琢磨，也終能進一步地體會出國文課本詞選裡李後主李清照詞所寫的種種相思，他實實在在地承受著咫尺天涯不能見面的相思苦。

但是沒想到的是好運卻遽爾降臨給他，原來憲兵節將屆，司令部為慶賀憲兵自己的節日，每年一逢此時刻都要舉行一年一度的憲兵司令盃籃球錦標賽，分駐北中南三地區憲兵團和駐紮在統領府的憲兵特勤營四個憲兵單位紛紛選出團代表隊來司令部籃球場參加籃球錦標賽。今年一如以往，司令部轄下的三個地區憲兵團和為最高領袖站哨的特勤營加上新兵訓練中心及憲兵士官學校共六個單位將如期在大城市的憲兵司令部球場捉對厮殺，爭奪司令部的冠軍盃。

為籌組代表隊，第二〇三團團部行文所屬各連隊令各連即刻推薦兵員內的籃球好手至團

部，團部再集中集訓遴選組成該團代表隊。第三營第七連于輔導長接令後，圈選出連上會打籃球的藍英雄冉仕強及張茱萸報上團部，藍英雄在訓練中心就被選為籃球隊代表力自是當然人選，另兩個高個子，尤其張茱萸一向什麼都不行竟也被圈選上，可跌了連上人的眼鏡，大概他平時老跟著藍英雄上營部球場鬥牛幫了他，以致讓輔導長就地一圈把他也報上去。

圈報後，團輔導長即令此三人向團部所在的大墩市憲兵隊營址報到，張茱萸與藍冉二人上團部報到，隨即分發入住團部籃球隊宿舍。

第二〇三團部籃球隊住宿借用團部士兵宿舍，原先的宿舍是從團部駐在地營部的正大憲兵隊分割出來，作為團部專屬的士兵宿舍，平時用以提供給二〇一團駐紮各地區憲兵隊士官兵上團部集訓或報到的行旅宿舍之用，團籃球代表隊成立，全團自各地區遴選得來的隊員報到後全住入此二層通舖宿舍間。入選籃球隊一躍龍門生活起居和憲兵連坐兵營監的管理大不同，白天隊員接受從外面請來的籃球教練訓練，夜間用完晚餐即是自由時間，各球員即可自行活動，出營上市區消磨都可以。這下可好，張茱萸因此得其所哉，每晚一個人溜去快樂撞球間報到。

這下可是張茱萸當兵以來最輕鬆快活的時刻，每晚一個人或夥同藍冉兩人去綜合大樓報到，戀愛使人精神振奮，也神清氣爽。但是天天向彈子房報到，讓他備感阮囊羞澀，張茱萸一心只想約她出來見面，由於沒有錢，多半只能約著阿戀在公園裡談情說愛，只要抽得出空她也樂意。

可是他那位同學卻大大取笑他，睡鄰舖的藍英雄恐嚇他：

「每天只約女友出來到公園餵蚊子，你到底曉不曉得，這樣子是罩不住的，過不了幾時，她就要跑掉。」

「她沒說不好，不會跑掉的。」

張不以為意地自誇。

雖說與阿戀陷入熱戀的張茱萸聽了警告並不以為意，但他還是心有芥蒂，問女友覺得怎樣？阿戀不覺得不對，還要他盡量節省，別花錢，但她嬸母倒是嘖有煩言，嫌張老來耽誤他們生意。

既然得知對方家人有意見，他不能不檢點，減少去彈子房的次數與時間。張茱萸初陷情場以為戀愛就是這樣，然事實上還都是在摸索中，他以為清楚情況，但無論探觸自己的感情洶湧，還是對對方的體會與了解，每天都是新鮮奇妙的。

戀愛使張茱萸整個改觀，讓旁人對他另眼相看。當然他沒能藉著戀愛翻身，整個地提昇，他仍如舊。但因與漂亮的人兒交往帶來的好處卻不只一眼眼，他不同了，竅門與心思大開。戀愛使他矇蔽的人生甦醒，他才開始認識自己是怎麼回事，也體認身邊的別人是如何看待他，他一向多麼懦弱又無能，躲在自營的牆角，瑟縮不前，既無能應付也看不明白身旁的變動不居。然而如今他既有能力泡上人人艷羡的蜜司，他自然是不同的，已不再是原來為人們看扁那麼不堪。他重新評估自己，初涉情場帶給他得未曾有的自信，他在阿戀面前確是不同於營舍裡頭，進入愛情的迷宮張茱萸才清楚愛情帶來的不止是花香蜂蜜，還更是生活的承諾與責任，他許諾又計較，他向她保證前途，面對等著而來的許許多多甚至是無盡的承擔與責任，他要履踐，縱茫然又無知，然而他堅定許諾要照護她，帶引她，他要給她一個美好的未來。

第三營第七連藍英雄等三人到團部報到加入團代表隊集訓，代表隊裡入選參加集訓的隊員多是原已代表團部參加過去年司令盃的舊人。新入選的並沒幾人，藍英雄他們連上來的三人可全數係新入選的隊員。

總共十六位選手，他們連上入選三位選手，全團九個連裡，第七連算是入選球員多的連隊之一。全隊入選十六位球員，比第七連來的多的只有打狗憲兵隊的第三連。第三連一共來了五位球員。憲兵第二〇三團的選手一向都是以第三連為主力。第三連五人由球隊隊長鮑鄂乾帶隊上來，鮑鄂乾也是他們這團隊的主將。包子原先是曾入選憲兵代表隊隊員，刷下來後送入第三連。所以包子是全隊最讓人耳熟能詳的人物，他和另外三名老隊員一名新入選的隊員鄭杰坤一行從打狗憲兵隊上來，這四人平日在連上就常湊在一塊打球鬥牛，構成整個二〇一團隊的基幹。

包子一報到自然成為眾隊員之中心，團裡請的教練尚未來到前，團輔導長顧士傑集合大家講話，先宣布包子繼續為團隊隊長，由他帶領球員們先行展開操練。首度自行練球，包子雖是球隊主力，然倒很納士惜才。打探出新加入的藍英雄是個好手，是訓練中心出來的得分

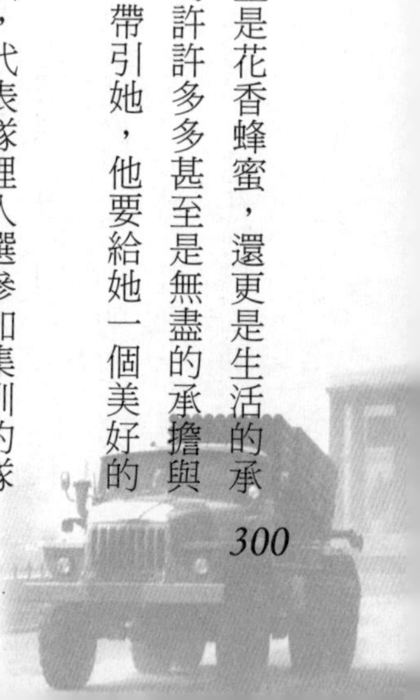

高手，特別挑著藍試身手，等到分邊操練時更特意把藍拉在他同一邊操練。去年比賽，二零一團的團裡面鮑是得分主力，他聞說藍得分能力特別高強，就希望藍能跟他搭配，看看是否能配合演練成隊裡的一對雙箭頭。

包子來報到當天，籃球隊的領隊團輔導長就迫不及待得意地知會他：團部為了爭得榮譽，更上層樓博取前茅，這次代表隊的教練，特地請來全國赫赫有名的當年國家隊第一號名射手侯浩烈來作教練。包子轉告全體隊員，大家一聽竟然請到大家心目中的偶象，全國第一號神射手侯浩烈來當指導教練無不興奮得意，可也有人潑冷水似地提醒大家：

「你們先別笑在前面，到時不要叫苦求饒。侯浩烈做教練操起人來可是又狠又辣，不把人操癱倒在地他是不會休手的。幾天後大家操下來，可不要趴在球場邊求爺告奶的了！」

「那麼厲害！」

大家一團興奮登時被灑涼了。

「還好啦！」隊長包子給大家一顆定心丸：

「再怎麼操，還不是練球為大家進步。侯教練他體能要求是嚴格，可是教球也有一套，當年全國第一的神射手教你的會很受用的？」

包子以前打中學校隊時參加全國青年好手籃球培訓營，侯浩烈是裡面講球的教練之一，那時就教過包子。

報到第二天一早，侯教練由輔導長引領來到宿舍，全體隊員得親炙侯大國手風采，大家從報上電視上夙曉侯浩烈身高五尺十吋，但見到本人似乎不一樣，身材黑黝壯碩，似有六尺之高。他話不多，但看來沉穩有威儀，可是態度卻還和睦可親。

侯教練一到，就讓人見識和一般教練不一樣的作風。第一天只稍微看看大家的身手，略微提醒應改良及注意之點後，集合大家講解將如何集訓，說明第二天開始正式集訓，隨即解散。

次日展開正式集訓果然不同凡響，一早開始，就把他當年代表國家隊比賽穿過的舊球衣夾克球褲一大疊攤展在球員宿舍的下舖前面，要眾球員各自選取試穿套用，穿戴上身後，再一起出營部球場練球。霎時窄小的營部籃球場一片紅黃藍綠各色球衣夾雜，每個球員穿上侯大國手的舊球衣，人人身後都背負起一面國旗，不由覺著得意非凡，儼然自己就是背負著國家榮譽的國家代表隊來到場上操練。

幾天練球與操練下來，張茱萸私心覺得侯教練並非如隊友所言：會教球，能帶引球員進步。張雖沒像別隊員那樣把打球的技術看得那麼重，但就他的感覺：侯浩烈縱球打得一等一，作教鍊並不像隊友所頌那般出色。他感到侯浩烈雖曾代表國家參加了無以計數的國際比賽，也再三經歷美國來的教練訓練帶引，但是每天在侯帶領與指導，都不出老生常談，讓他覺得和學校裡的教練或體育老師沒有任何不同。雖是舉國最聞名的球員，教起球來也不過如此，但是他經驗還是可貴，指正隊員的錯失與疏漏，倒頗有見地。侯同時頗喜不時提及自己當年球場得意史以及當年參加國際大賽的經歷軼事，以及與國內鼎鼎大名的隊友之過節與花架，這雖是他們這班隊友最喜聽聞的第一手傳聞，但張茱萸卻感到和連上的老士官們開口閉口「我以前」也沒什麼不同，只是侯教練講的是球員們仰慕的人與事。除此之外，並沒有講解或導引出任何特別或精湛的指導或論調。

隊員們傳言他很會操人，幾天下來，也沒見怎樣，只不過硬著叫人多繞幾圈籃球場往復快跑。雖光這樣就把大家整得哇哇叫苦，張茱萸和冉仕強等幾個更一時適應不了，下了球場一回到寢室，就忙不迭地倒在自己的舖位歇息休養，好恢復體力。侯浩烈在一旁見著，不由樂著朝大家取笑：

「你們怎這樣不行！才跑個幾圈下來個個都垮了，看看！已經放倒幾個？」

他邊譏嘲邊朝隊長包子訓誡：

「你們只想要分邊練球，鬥球好玩，可是沒有體力什麼都別談，什麼準頭技術都無從發揮，明天起我還要增加繞球場的圈數。」

有人聽了，抗議求饒。張和冉等人則累得說不出話來。球員如此不濟，教練繼續強調他的體力第一講話：

「在我隊上，你們打球的觀念一定要改變，體力是第一要務。球技是靠體力才能發揮，沒體力什麼都別談，再好的球技都無從發揮，我帶隊首先就是要帶出你們體力來。」

教練雖如此頭頭是道地講體力，講如何操練，張茱萸可不認為被操得怎樣，這點小跑步，完全沒法跟訓練中心的操練相比。說操練，他不覺得侯教練多能操人，主要留在憲兵連裡一年多下來，身體虛了，平時站衛兵，又缺少運動，體力退化太多，猛然來這一頓急跑，一時適應不下來。他不覺得侯教練多能操人，侯教練這點操練及跑步，他忖度遠趕不上訓練中心份量的五分之一，甚至十分之一都不到。

侯教練雖操人操得隊員叫饒，講起球來也頭頭是道，可他自己卻不能跑步，看他走起路來關節僵硬，不能打曲。包子說是患了風濕或關節炎之類的病症。侯浩烈那雙腳雖已經不能跳，沒法跑，但手上功夫與技巧還是了得，神射功夫依然不遜當年，他帶隊練過體能及跑籃或分組防守等例行動作後，最後會作分隊比劃練習，通常這時，教練也會手癢下場，不僅示範教練，還忍不住要分邊比練時，也自行帶頭加入一邊。隊員固然樂於親炙國手身手，侯浩烈的威名與身手依舊震得這批憲兵球員個個奈何這位大國手不得，遠投近射外加擠身搶籃板，霸氣十足，一比劃到後來，經常可見到他個人單打獨鬥頻頻，領得他這一邊得分累累，難怪當年國手群裡他名號「獨霸」遠播。

在場上，侯教練口頭禪是籃板，老認為他們這批隊員搶籃板球時卡位都做不好，其中只有一兩位球員做得較確實。包子雖是得分主力的隊長，然也不側重防守，當然最差的是張茱萸和叫三把刀的鄭杰坤，兩人在內線向來搶不來籃板球，尤其張茱萸一個大個在內線竟全無作用。

不過教練並未多說他倆，兩個都打不好球，尤其鄭杰坤更是一無是處，鄭是從包子那個連隊來的，也是包子把他推薦上團隊。包子後來也向隊友抱怨他推薦錯人了，鄭不行卻跟他吹噓說自己多行，說當初不曉得鄭的道行，團裡要他推薦球員，他根本不曉得三把刀是個生手。當初在憲兵隊上，三把刀從未跟他們打過球，但一得知有籃球隊這種好康事情，立即向包子自吹自擂，說他當初打校隊時打得多神，他學校曾經在全國中學聯賽打入前四強，他還吹噓是他們那個校隊的主力，包子相信了，因此才把他推薦給連上報出來的。

「來到這裡才看清楚他是這麼個貨色，」包子嘆息自己識人不清：「球運不好，傳球傳不來，籃板又沒有，跳起來只有豆腐乾高。」

饒是如此，教練卻不認為鄭杰坤不夠格，反而不時有好言稱許；原因是鄭對教練畢恭畢敬，經常跟在教練身邊，一當教練老婆來探班，他會馬上師母長，師母好地巴結過去。雖然大家都在逢迎教練，鄭杰坤和另一個叫朱衷和卻做得最那個。

所有隊員都景仰過侯浩烈大名，但唯有包子可是原在服兵役之前就曾經被教過球，包子家住大墩市，中學時參加中部地區籃球選萃選手集訓營時，侯教練曾去集訓營教過兩次球。

包子說侯浩烈國手下來後，也從軍中退伍，之會從大城市搬來大墩市，就是因為教練太太娘家在中部有房產，他們帶著目前已六歲小孩一家三口為貪圖可不用花房租就舉家搬下來。侯師母不但中部出身，也一直在大墩市內工作。侯浩烈來中部，由於在軍中和籃球界的關係，這邊軍區及有些機關交相請他去機構裡的球隊教球，加上偶而跑跑生意，算是可以混下去。但他一個月裡面仍舊要去個大城市兩三回，雖已不再能打正式的三軍代表隊，但每有老國手的比賽或聯誼一定少不了邀他這個響噹噹的大國手過去。

侯教練在憲兵團裡教球隊，除早餐外，另兩餐都跟著隊員搭團部的伙食。侯太太每天下班後也帶著兒子小烈過來，他們一家三口的晚餐自然地都跟著隊員在營區裡解決，隊員們雖有些奇怪，可也無人以為意。公家伙食，一桌桌地，多一個人沒有差異，不過添幾雙筷子和碗而已。團輔導長見狀，起先還客氣地請侯教練一家過去跟團部長官桌一道用餐，後來看教練家每次晚餐都來報到，就不再拉教練家人上坐，教練也表示要跟隊員一桌好討論球事，從此晚飯，他們一家人就固定參入隊員的兩桌裡面。

隊上伙食，粗茶淡飯，副食費每人都一樣，不會因為球員運動量多有所增加，桌上的菜餚老是素多葷少。大家都想吃肉，每餐時間到，上食堂之前，教練都會奚落地問隊員：

「今天不知餵我們什麼草？」

隊員首次聽到用「草」這個字來形容蔬菜，覺得新奇，朱衷和和鄭杰坤還跟著學舌：

「今天上的是白菜草，蘿蔔草⋯⋯。」

「輔導長拿我們當四隻腳爬的食草獸嗎？」侯教練對憲兵隊的伙食很不滿意，雖然他一家人都跑進來打秋風，他可不會不好意思，還大剌剌地譏諷：

「又要馬兒跑，又不來點好料，馬兒要怎跑得快？」

侯太太跟在一旁，倒還知分寸，不曾附和教練的意見。侯太太娘家在中部有地有產，是規矩人家出身，人也和悅開朗，隊員跟她相處得不錯，隊裡難得有女人進來，都喚教練太太「師母」。像朱衷和這樣嘴巴甜水會講話，一點小事都還會找師母傾吐心事，跟師母最談得來。教練的兒子小烈年紀雖小，然頗具有他父親誇口的「有乃父之遺傳」，聰明精怪又好動，隊員們起先都愛逗他跟他嬉鬧，後來漸發覺奈這小孩不何。

但是小烈的父親可不是個好榜樣，球場上做教練還好，隊員聽師母談起教練生活作風可讓大家驚異得咋舌。週日教球，侯太太沒上班，小孩沒上學，教練一家子一早都會來到隊部。有次週日上午，球員們在操場自行操練半天，卻才見到教練一家人姍姍來遲。午餐後小烈迫不及待告知大家，說他爸爸好厲害！原來他們家早上發生事故，一早教練催小烈母子起床，兩母子賴床不肯起來，侯太太說一個禮拜每天趕早上班難得有一天可睡懶覺，不願即刻起早上憲兵隊，要教練自行先過去。教練不幹，夫婦倆爭執起來，教練那時正在窗外沖洗院子，竟然二話不說舉起水喉就對床上的兩母子沖水，害得母子兩人及床舖被褥都濕成一團。

對家人都這個樣子，可見侯浩烈的橫蠻暴烈，對外人，更有其強橫霸道之一面。有回教練一早來到球員寢室一張口就是抱怨：

「昨天教完球回去，竟然霉氣當頭，碰上個不上道不講道理的計程車司機，不但繞道，還想訛詐收費。」

隊員一聽他這樣講都認為是司機不老實，亂繞道好超收車資。但接著聽他娓娓道出過節，才發覺並不像他聲明的那麼回事，反而覺得是那司機有夠倒楣，竟載到侯浩烈這號橫蠻人物。

他縷述，他們一家人從憲兵隊出去即擋輛計程車，上了車，侯太太想起有物件遺忘在工作場所，侯教練要司機繞道去她工作場所拿回物件，路上教練認為司機繞道，走的不是他平常慣走的道路，他警告路走不對，他不照錶付費。司機不肯，說他得照錶向公司報帳，堅持得照錶收費。

教練竟說：「沒照我說的路線走，我不付費！」

司機一氣之下，停車要他們付費下車。他威嚇司機，即刻送他到家，否則要給司機好看，侯太太一旁勸他不住。

爭執不下，司機乾脆把車子開到警察局去評理。值日警員一見是侯浩烈，立即驚異地呼道：

「你不是侯浩烈，侯國手嗎？」

他回答：「好，你認得我，」

隨即問警員：

「坐計程車沒有送到目的地，司機能要求收費嗎？」

警察不疑他問話的意思，回答：「當然要至目的地才能收取費用。」

他轉過頭來指著司機斥責：

「好！你聽到了。警察說到目的地才收費，你竟敢訛詐。」

「啪！」一他一巴掌打向司機，司機猝不及防被打了個踉蹌。

警員大吃一驚，驚呼：

「侯先生，你怎麼可以打人？」

他又一拳朝司機揮過去，打到司機撞在牆上。

「我打他，看他還敢不敢訛詐乘客。」

侯太太驚叫之下，趕忙拖住他，不讓他繼續逞兇撒野，一面連聲叫喚小孩離開警局。

27 包子事件

每天練球，雖被侯教練操得很艱累疲勞，但是除了白天整天練球外，練完球就是自由時間。籃球隊直屬團部，教練是外聘來的，球場上聽他的，下了球場，教練非軍職，並不是隊員長官。隊員頂頭長官就只有團輔導長一人，輔導長下班就回家，再也沒人督導，隊員也就鬆綁了。除了練球時間，憲兵隊的對籃球隊員可不設門禁，晚飯一過後，隊員多半結伙出門遊蕩，當然要留在隊上看電視或閒聊也悉聽尊便。

直到十時營部晚點前，都是隊員們的自由時間。對於正處於熱戀的張茱萸可是天上飛來好時光，他是得其所哉，最初幾乎每天都溜去彈子房會阿巒。起先藍英雄冉仕強也跟著去看他的正馬子，他膩在阿巒旁邊談情說愛，另兩個就打彈子消磨，那兩個跟阿巒話說多了，他還生悶氣，先是對阿戀不豫，背後對阿戀發作，責難她，問她：

「你到底是哪個的女朋友，儘跟藍英雄講話。」

之後，面臨藍英雄的搭訕，阿戀只好不再搭理。可藍仍舊厚著臉不時挑逗著她講話。

這回輪到阿戀向張茱萸抱怨：

「你那隊友怎麼這樣子，他難道不知道我是你女朋友嗎？」

女友已經挑白了這樣說，張茱萸不得不硬出頭。他找著機會跟他兩個暗示阿戀不高興自己男友的朋友跟她講那種話。

「什麼那種話？我可什麼也沒說呀！」

藍英雄一副不解的問大個。他雖如此辯白，冉仕強卻故意取笑他：

「大個的正馬，藍英雄，別打主意橫刀奪愛。」

他也覺著藍老找著阿戀說話，話太多。

「什麼橫刀奪愛，」這話把藍英雄氣得跳起來：

「說話放檢點！我跟她是球客跟計分小姐談話，有什麼不對？你馬子若不準備跟球客搭訕，就不該繼續做計分小姐。」

他轉過頭來，對著張茱萸叫囂：

「別以為這樣就算是你的馬子囉？你以為你帥哥，以為她跟定你了，她看上你哪一點？別以為那女孩喜歡你，別忘了你是窮兵哥，沒凱子吊不長的。不要自鳴得意，也別以為別人就不會有艷遇，只有你得意。告訴你像她這種貨色，只要有凱子誰都能跟她勾來搭去。」

「你以為你錢多？」

從不發火的張茱萸這回真火了，對著他咆哮。

「藍英雄，你說這樣就不夠意思！」

冉仕強上來勸架，一把把藍英雄推開。

「大家是好朋友，犯不著為個女人翻臉，這樣吵開，為的是什麼？」

藍英雄跟張茱萸吵過架後，再輪到晚上休閒時間自然不再跟張一道上彈子房，藍冉不再去也是阮囊羞澀，打彈子要花錢，他們小兵那點薪餉折騰兩次就沒了，再要去泡彈子房也不成。張茱萸不同，他上彈子房並不打球，而是坐在阿戀旁跟他馬子瞎纏。可張茱萸天天晚上去阿戀那兒報到，打彈子的又不來，彈子房老闆娘阿戀她阿嬸可不樂意。一次兩次還可以，天天來人家可吃他不消，把阿嬸看得兩眼冒煙，心想這少年兵哥怎這麼不懂事，人家彈子房生意可是寄託阿戀的美少女姿色來做活招牌，招徠打彈子客人。他這麼個阿木林一來就窮泡在彈子西施旁邊，一文也不花，那人家生意還做不做啊？

老有個人跟在旁邊搭訕，要上阿戀枱子的可得考慮呀！小張這樣子勤來可不是擋人財路嗎？阿戀被她阿嬸嘮叨，只得跟阿戀講要小張大時莫來，要來也得到小時才來。什麼是小時？就是白天大家上班、上工、上學的那一段生意空閒時段。可是那時段，張茱萸也正在營區籃球場上練球，出不來呀！

再來晚間的休閒時刻張茱萸也不上彈子房去，跟冉藍等蹲營舍內臭蓋，或跟他們壓馬路去，他兩人倒奇怪張茱萸怎不上他馬子處報到？他只得把原委說出來，這可把另兩人笑倒了。

「不是早告訴你了，」冉仕強說出老人言：「把馬子沒兩文是不成的。」

藍英雄更是奚落他：

「天鵝肉那會這麼簡單就讓你啃到。」

張茱萸聽了欲言又止，他幾乎要脫口而出告訴藍英雄，讓藍曉得他早就啃到天鵝肉了，可不是他們兩人以為還在堡鍋。但是話到嘴邊他還是硬生生地吞了回去，阿戀對他好，她是真心的，他不宜出賣她。眼前的困境，只是她阿嬸嫌他礙著她家生意。可是冉仕強的話也對，一語驚醒夢中人，他得向家裡討些錢來用，談戀愛是要花錢的，要不他怎好帶阿戀出來吃小吃，還有更重要的如何開房間。他計劃這次回去一定要向家裡多要些零用錢，代表隊馬上要去大城市比賽了，上去後，他就又見不著阿戀了。

遇上阿戀之前張茱萸沒跟女孩子交往過，他認識的女人除了家裡人外，從未與別的同齡女生有所接觸或來往。讀書都是壞學校的和尚班，那類學校學生的口舌不離性與異姓，無盡的口舌侵襲，尤其是對母體的污衊，或者更多的經由性幻想得來的白日夢，他們的渴望都經由這類途徑發洩。

張茱萸對女孩子完全不了解，對另一性唯有的認識，幾乎全來自中小學同儕扭曲的傳聞以及渴望和妄想，而他的體驗無論身體或人格都是來自風月場與妓女的接觸，除此之外他不曾深入認識家人之外的女生或女人，對於女人他所有的了解幾乎全透過對妓女那類緊張而急切地接觸，或許更多的吸收是來自黃幽園或許士祺偏頗的描述。

如今有了女友，由生澀地接觸而至於親近而體認出男女關係，以及因之衍生他原來陌生的男性氣質。他抵不住要向同僚誇示阿戀是他女友，男性的佔有欲深深攫住他的情感。愛情擁有多重面貌，戀愛並非單純兩人世界。他一認定對方，立即讓他明白嫉妒和愛情是一體兩面。

上了幾回旅館，在張茱萸的無所不究地調詢下，阿戀吐露給張茱萸知道，他不是她第一個委身的男人。

她原先有一位男友，在考上大專，去到大城市讀書後，逐漸變心慢慢避開她，不再來找她。極度難過之餘，由於體認到自己出身和學歷，她只有暗自怨嘆。阿戀透露出傷心往事給張茱萸，他得知後，不能容忍她對初戀人的愛情與過往。再三追究之下，她告訴他，她的男友叫楊立民，即使不再能經常見面，她心目中仍認定立民是她的男友。

「可是他卻不認為妳是他女友，他有新的女友嗎？」

張刺戳她，用他以為的情況來駁斥她沉迷。她心目中仍認定那人還是她的男友，刺傷他自尊，上了床，到了這地步，她心中仍有別人。

「他上大城市後變得花心，他家裡環境好，上了專科被人帶著四處玩，上舞廳，交新女友，但還是認為我是他的最愛，他仍舊愛著我。」

「有了新女友，還認為妳是他女友？」

「他跟我說，那些都是鬧著玩的，只有我才是他心目中的女友。」

「說好聽的安撫你，你也當真，跟別的女的難道不會同樣講？」

阿戀堅持著他們的關係並未完全斷絕，張茱萸在此之前不曾戀愛過，不能理解她與男友那種欲斷還續的關係。

但她的說明重重刺痛了張茱萸，他追究不止，急切地探究她的過去，受傷的虛榮心讓他無法止抑地要盡可能誘逼她透露出她那過往的戀情。挫折與恍然明白即使此刻他佔有著她，他依然不是她所謂的「最愛」，也非最先得到她的男人，追究揭露的結果結結實實地刺傷他底虛榮，自尊心嚴重被戳痛，他幾乎無以承受繼續聽她的披露，然而他不釋手猶如困獸般地自我搏鬥，逼著她繼續吐露她的過往戀情。

「我不願說，你說聽了不舒服心痛，為什麼還一直要我說？」

她用著維護他的口氣抵禦他的要求。

「妳不說出來告訴我，我更難過，我不能忍受妳的不誠實。」

他堅持她把那段過去整個告訴他。

「這是你自找的，要說出來對誰都沒什麼好。」

「除了把真實情形攤開來，什麼都不會是好的。」

她與楊立民交往及發展過程，尤其兩人間的性接觸，使他嫉妒得寢食難安。

「我們沒有到最後階段，」她跟他解釋：

「立民開始時就忍住不要進入最後防線，但是他抵受著不進入，他說不能害我，一定要到結婚，他才破瓜。」

「什麼？他就在妳外面摩擦，難道都不進去？我不信，你們成天搞成那樣，他就那麼忍得住？」

「起先是這樣，但他真的很好。後來他確是忍不住，我也不再堅持，但他已開始在外面玩了。」

「哼！妳都聽他講的。」

她的解說讓他無法釋疑，但更加不能原諒的，是她始終對她的舊情人難以忘情。雖說那人變心了，讓她痛苦得無以為生，但她依然維護那人，仍然全心愛著那人。他不捨地追究下，她透露她曾北上去找過他。

「什麼？到了這種地步，你竟然還一個人北上去大城市去找他？」

他為她不值，也為自己不值，他視她如生命如珍寶，而那人卻視她若敝屣。

「你去自取其辱，他大概根本不理你？搞不好把你推出他宿舍門外？」

「他見了我，依然疼我，跟我說對不起我，他愛我，我是他唯一的真愛，會對我這樣，是因為他抵不住外面誘惑，他那時已經跟一個舞女同居。」

「什麼？說些什麼鬼話？愛你？還不是隨便敷衍的話，你竟當真。」

張茱萸不甘心，譏刺她：

「已經跟舞女同居，還說愛妳，妳竟還依舊全心全意痴狂地愛著他？」

她不否認，也無言語，一副委屈無助的模樣。他的追問最後竟使她難過得落淚，他於心不讓，望著她我見猶憐的模樣，但他還是忍不住要弄清楚，他問她：

「妳那麼愛他，可是現在跟我在一起，妳有愛我嗎？」

她考慮半晌後，回答：

「我不曉得。」

這樣的回答使他大受打擊，他不得不要她作出進一步比較陳述：

「你不知道，可是，妳卻愛楊立民。」

「感覺不一樣，我沒法否認不愛他。」

弄清真相後，使他鎮日耿耿於懷。張茱萸的心結尚不止此，他也跟楊立民一樣嫌著她的學歷，愛情一開始兩人就心結重重，她也擔心張以後萬一考上大學也同樣會變心。他嘴裡說不會，不可能，但覺得阿戀只有初中程度，此後難說沒有芥蒂。張茱萸自己也是大專落第生，雖然在營區內倍受歧視，被上下認為樣樣都不行，但他卻頗能自我補償，以為自己在兵隊裡表現不行，私下卻照樣自視甚高，以為自己終會出人頭地。他跟阿戀話一談多，一談得較深入，就覺得談不下去。處久了，不免會嫌阿戀見識太低，談得來的話題有限。

兩人喜好有很大不同，不由讓他覺得她有些低俗。她喜歡都是富島的流行歌曲，喜歡他看不上眼的本國片和日本片明星，她只曉得喜歡本地明星林青霞秦祥林葉麗儀等。張則看不上本土片，他只看西片，喜歡西洋熱門音樂，愛讀存在主義的小說。他覺得彼此程度相差甚大，可是肉慾吸引住他，他貪戀她的美貌純情。

張開始覺著兩人間的差異，張茱萸就不能不在意她的情況，她委身於他之時也非完璧，況且他自己也嫖妓。但他以為年輕男子會有這種情形算不得墮落，對於男人言，是無關緊要，認為是成長之經驗，同時也是事實上的需要，老兵們還幸得有妓女戶讓他們發洩。可是他又不無矛盾地在意情人過去的失身，雖說阿戀可並不認為是失身，那是她的愛情，她珍惜的戀情。牽扯到個人情感，就無法釋懷地看待情人的過去。他梗梗在意可能並不全出於她愛戀著另一個人，更可能出於在意她學歷程度低下，她不求上進，只管守住現成，他可不期望成為別人寄託。阿戀的姐姐哥哥除了尚在當兵的那位，都已經完婚了，她是她家裡年齡最小的，照眼前情況看，張茱萸很難不慮及久遠。

這邊大個與藍英雄為把妹私下爭吵方落幕，那邊籃球隊也正密鑼緊鼓加緊操練下，進入集訓最後階段，準備揮師進軍司令部參加憲兵司令盃籃球大決戰。不想就在此刻球隊裡發生了重大事件。

一天早晨，嘹亮的起床號吹過不久，隊員們起床正忙著進出長條形的盥洗間漱洗上大號，不意團輔導長顧正光竟趕早現身在隊員寢室裡；一見輔導長進營房大半隊員們還拿著臉盆牙刷毛巾在通鋪走道上穿梭，有人連忙向輔導長喊早，有人向輔導長報告侯教練這時尚未來到。輔導長寒著臉搖手，表示不是找教練來的，機伶的朱衷和敏感地覺著事有蹊蹺，立即向輔導長報告說要去找隊長鮑鄂乾過來。

不料輔導長卻搖手制止他離開去尋人，反而告訴他：

「鮑鄂乾已被扣押在看守所裡。」

隊員吃了一驚，面面相覷之下，這才發覺包子的鋪位整齊地未攤開，原來他竟然一夜未歸營。

包子是隊長，又跟教練家走得近乎，練完球有時會被教練叫出去到教練家裡幫點小忙，加之包子家在大墩市，因之團裡睜隻眼閉隻眼非明文地對他一人特別通融，他可以騎著從家裡帶來的腳踏車逕自出入營門回家，即便熄燈號響過後才回營，營門衛兵照樣通融放行。

因之前晚熄燈號響時，猶未見到包子回營，睡他旁邊的中鋒陳澤介還提醒大伙包子今晚又遲歸了，上鋪的應聲打趣說這小子熄燈號對他沒差，過了時間照樣留在家中磨洋菇。結果沒想到竟然不是待在家中磨洋菇，而是出事了；一夜鋪蓋未打開，原來是押在看守所挨凍。

包子犯了怎樣的重大過失竟然要押到看守所過夜？隊員個個一臉疑問。可是輔導長在面前，沒人敢開口瞎猜。

輔導長糾齊全隊隊員在通鋪前集合後，開始壓低嗓子透露：

「隊裡發生了不名譽的事情。球隊裡有人手腳不乾淨。」

隨即詭祕地叮囑隊員：

「事情在偵察中，你們隊員對外切不可透露任何風聲。」

隊員更加瞠目以對。

原來昨天練球後，教練私下跑去跟顧輔導長報案，說他練球後發覺他練球時換留在球員寢室的衣褲，穿回身後，竟然發覺原先置放在褲袋裡的現金竟然失竊被扒走，那些現金是教練太太剛領到的薪水。

輔導長聽教練報案大驚失色，忙要集合全體隊員搜身，並派人去寢室搜查。教練卻勸說先別驚動免得打草驚蛇，以致失竊之物被藏匿。

輔導長認為事情發生全體隊員不免都涉嫌，但教練說整個練球時間他一直盯著球員在球場操練，不可能有人離開球場，沒人能回到他放衣物的寢室。只除了其間隊長鮑鄂乾曾陪他小兒子小烈上廁所曾暫時離開球場回到寢室過，所以他推測鮑鄂乾最有嫌疑。教練既然這樣肯定，鮑鄂乾自然嫌疑最大，為避免照教練說的湮沒掉偷竊的證據，輔導長立即命令憲兵把鮑鄂乾叫來扣下。

輔導長跟教練詳細討論後，決議為著因應球賽開賽在即，決定案子暫時壓在輔導長手上，先不驚動團部俾免節外生枝，怕惹到團長震怒搞不好因之把球隊解散，退出比賽。教練同時也表示為著好繼續操練，案件的調查最好不上報而由輔導長指定團部人員偵查。輔導長趁一早來寢室就是要即時監視隊員進行相互自行搜索檢查。

輔導長說明後，一聲令下，命隊員們分別按指派對象展開搜索檢查，分別各自相互捉對搜查各自舖蓋物件，以及寢室各處。

搜查一上午，各人物件及寢室各處均經一再翻查皆無所獲。教練到達後也跟著出意見，更四處領著球員追查搜尋，包子行李更是一而再地徹底翻查，結果依舊一無所獲。

下午練過球後，隊員開始議論紛紛，對包子犯下如此罪行難免出人意外。鮑鄂乾家裡是世家，祖父是國大代表，父親也任過公職，公職下來從商，家裡滿富裕的。同時，自球隊集訓開始後包子就是跟教練走得最近的隊員，包子甚至請教練一家去他家裡用過餐，這種偷竊事件竟會發生在包子身上，委實讓人吃驚。

隊員七嘴八舌地議論包子，也有的對教練把大筆鈔票放在外褲口袋內，而且毫無戒備地留置在無人看管的球員寢室，覺得太粗心大意了。

更有人為包子不值，說他家很有錢，又有這麼好的家世竟然犯下偷竊案。跟包子同是打狗來的三把刀鄭杰坤這時突地冒出一句：

「你們不要只顧講包子，要知道輔導長說球隊裡有人手腳不乾淨，並沒有認定就是包子幹的，只不過是教練指他嫌疑最大，團裡還在查案，我們都沒脫掉干係。」

三把刀這樣一說，大家才醒悟自己並沒脫掉干係，搞不好會牽連上自己，心情頓時一縮。

張茱萸在一旁聽著沒有出聲，他感覺事情有點蹊蹺，但不便當眾說出。隨晚餐過後跟藍英雄冉仕強出營門遊逛市街時，就跟兩人講他覺得整個事件過程相當奇怪，違背常情；他說那些現金既是教練太太的薪水，為何要放在教練褲袋裡，而不放在下班後也來宿舍的教練太太的皮包內，侯太太皮包拎在手上不離身而且較教練褲袋大得多，不但放錢方便，也更安全，更不會留置在無人看管的寢室裡。

「對，是有些怪！」藍和冉兩人聽了張的分析也開始覺著有些蹊蹺。

「偷竊的事都是教練自己講的。」冉仕強也說出他的疑惑：「誰曉得究竟是怎麼回事？錢掉沒掉除他一家人說的，誰清楚？我看搞不好是看上包子家有錢。」

「怎講？」藍英雄問。

「侯浩烈搞不好是想訛些鄉頭。」冉仕強話一出口，馬上又叮囑另兩個：

「這話是說給你兩個聽，可別洩出去。」

「不要命了，哪個會講出去。」張連忙作保證，接著說：

「侯浩烈私下打報告給輔導長，然後輔導長就把包子抓起來，逼他認罪潛入寢室偷竊教練的錢。可整件事是教練自己說的，除了他誰曉得他褲袋有沒有那麼多錢。我看教練跟包子他家走得近，搞不好打一開始教練就在打他家主意。」

「他給我們穿的球褲上的後口袋都動過手腳的，我當時就覺著怪。」

藍英雄指的是教練提供給大伙穿的有國旗的國手球衣褲，所有球褲的後褲袋　底都是割開的。

「那倒不一定是為了搞鬼，是穿起來好看，可能是為了不讓臀部繃緊起皺。」

冉仕強由於平時注重穿著，頗能了解國手們穿著球衣亮相時的用心。

這件偷竊案最後是鮑家如數墊付竊款給侯浩烈私了了案，團輔導長則始終把案子扣在手上，未呈報出去。了案後，包子灰頭土臉地回到球隊。比賽開打在即，包子是球隊主將，球隊不能沒有他。

偷竊事件告一段落，球隊加緊操練，球員個個噤若寒蟬在教練面前沒人再提這事。包子表面上與侯教練一仍如舊，沒發生芥蒂似的；但是受了這層打擊，包子已不像從前那般風光，人變萎靡了，不再多話，晚間也不再騎上腳踏車溜回家，一個人老是沉默地坐在自己舖位前想心事。他似乎逐漸悟出蹊蹺，不時會跟熟絡的隊友討論。受害人犧牲者的他當然會識得是教練本身有問題，藍英雄和張棻萸兩人大膽地跟他提點，說看來像似設局。

一點即通，包子拍膝道：「是啊！我怎沒想到這點。」

但他又要藍等且莫聲張，北上去司令部比賽在即，打完球他會再作道理，但他會暗中跟輔導長溝通的。

偷竊事件算是了結了，集訓到了尾聲球隊也要結訓成軍，參與集訓的十六個球員裡要圈選出正式球員十二人名組成第二〇三團代表隊出征到大城市比賽。輔導長請教練遴選出十二名，淘汰四名。十六人裡面三把刀鄭杰坤和張棻萸是公認球技最差的，大家認定這兩人一定會刷掉入落選名單，結果教練當著眾人面前挑選，首先剔出的竟然是藍英雄和冉仕強，大出眾人意料。這兩人之外，另外要再剔除兩名，教練沉思一會又挑出一名。三人落選裡面另兩人不怎樣，是可出局，但是藍英雄是公認的好手，怎會也沒選上呢？只能說是教練不欣賞他的球技和打法。然而大家奇怪的是；私下認定一定會被剔除的三把刀鄭杰坤和張茱萸卻依然留在名單內。

顧輔導長見教練考慮半天只剔除三名球員，表示籃球隊只須十二名球員，問教練不是還要削掉一個嗎？輔導長建議要不要把鄭杰坤也剔除下去？教練表示，鄭杰坤固然球技尚未成熟，但有潛力，應可留下來磨練。教練跟輔導長建議這個隊可以保留十三個隊員，這樣必要時好遞補，有病號傷號或其他狀況一發生可以即刻遞補上來。

平時操人操得厲害的侯教練這個決定時刻手下留情，大發慈悲保留十三名球員，教練認為認為鄭杰坤是可造之才把他列入十二名正選之列，張茱萸則留下來當後備。

於是張茱萸同連隊的藍英雄冉仕強被命令即刻準備收拾行李，遣送歸建回原單位。入選的團隊隊員名單一經確定，被刷下的落選球員旋被命令即刻收拾行李，遣送返回原單位。張茱萸僥倖得以留在隊裡，與張同連隊的藍英雄冉仕強遣送回第七連。張茱萸可不知教練看上他哪一點，他可從未曾去巴結教練，甚至連話都未跟教練說上兩句。平常下了球場七連三個人走作伙，跟旁人都少有往來，三人一樣地都不曉得巴結教練，可能因此註定被刷。

藍臨走故意說被刷不覺怎樣，還跟張說跟這樣的教練要小心點。張尚想不到這些，只慶幸得以留在球隊，不用回去站衛兵。但是面對冉藍被淘汰，自己卻未有被淘汰，心裡頗感不好意思。三人一道來結果只他一人入選，不無愧色，畢竟自己還是球技最差的。

藍英雄要他小心點，但有何需要小心的？留下來就夠讓人渴羨的了。教練留著他的意義何在？應不可能會欣賞他，他想過教練也不會認為他的家境好，他可不覺得自己會比別人家境好，平日看來滿窮酸，他不是包子家境沒那樣顯赫。張茱萸想自己實沒任何特別之處，胡思亂想甚至想到他與藍英雄不同之處只在於他有女朋友，但總不會因他有女朋友才留著他，他找不出教練肯留下他的理由，藍倒說出可能性：三人裡面他看起來較老實，但這在球隊裡有用嗎？他可不認為這成其理由。

籃球隊集訓結束，隊上教練被竊事件未呈上報不了了之，第二〇三團籃球隊全隊球員圓滿圈選完結，球隊組訓完畢。臨北上出征當日授旗典禮，將由第二〇三團團長主持授團旗給領隊顧輔導長。全體隊員著上新發下的十二套繡有憲兵第二〇三團的亮麗新球衣夾克在籃球場上一字排列，氣宇昂揚。球衣是事先就預訂好的一隊十二人，球衣背號按高矮順序三號排到十五號。張茱萸是第十三名球員，唯獨他一人沒得球衣，因此授旗典禮只得著上軍便服站在球隊排尾。雖然顯得突兀不搭調。雖沒光鮮的球衣穿在身上可資炫耀，但張茱萸還是感到挺光榮的，終歸還是全團官兵裡被挑選出來的籃球隊之一員，依舊自我感覺良好，並不覺得尷尬。

團長由顧輔導長陪同來到球場授旗，儀式簡單開始，團長訓話要求隊員全力以赴爭取第二〇三團榮譽，勢必奪得冠軍凱歸。簡短講話畢，隨後團長授旗給領隊輔導長，再由隊長鮑鄂乾喊立正，出列，跑步到領隊面前行禮，接受團旗，包子接受團旗後，轉身面向全隊隊員喊立正行禮，禮成。隨即全隊開拔，登上卡車向大城市出發。

車行北上，不到中午時分即抵達大城市，卡車直奔出征借宿地點憲兵整訓營房，參加比賽的二〇三團代表隊和二〇二團代表隊是自外地來到大城市，這兩支球隊均被指定借宿於憲兵大城市區內的憲兵整訓營房。

比賽於次日在憲兵司令部籃球場展開預賽，預賽是循環賽。憲兵司令部轄下所屬全國的三個憲兵團，以及特勤營及憲兵新兵訓練中心和憲兵士官學校共有六個籃球代表隊。六隊抽籤分成兩組進行循環賽，兩組於預賽後各淘汰一隊，勝出的四隊進入半決賽，半決賽按分組一二名交叉捉對比賽，勝隊進入決賽爭奪冠軍司令盃。

四隊中，第二〇一團代表隊、第二〇三團代表以及訓練中心被認為是奪標的勁旅，兩支團代表隊被看好是這兩隊各自擁有曾入選全國甲組勁旅憲兵籃球代表隊刷下的球員選手。第二〇一團尤其讓各隊震駭，這支球隊裡面好手如雲，裡面曾經入選憲兵代表隊的球員達六名之多。第二〇三團則有鮑鄂乾曾入選過憲兵代表隊，另一曾入選的球員是藍英雄，可惜已在集訓時被該隊的教練侯浩烈刷掉。訓練中心原則上一向是強隊，因為新兵入伍接受嚴酷的訓練，體能最好，其他各隊望塵莫及，更且其中每梯次都常有球員被遴選入憲兵代表隊，這次來比賽的隊伍就已有一位全國知名的中學球星，他入伍前就是甲組球員，正等待在入伍訓練結訓後進入憲兵隊。

比賽前一天各隊領隊在司令部舉行賽前集會抽籤決定分組，種子球隊分別為二〇一團隊和訓練中心，其他四隊則展開抽籤決定分組。二〇三團抽到種子隊訓練中心那一組。

顧領隊回到營房通知教練和球員抽籤結果是與訓練中心和二〇二團一組，球員只擔心二〇一團，得知未與二〇一團同組都大為放心。

教練見狀卻大潑大家冷水，指責球員說：

「你們高個什麼興？對對手情況不知道，怎可放下心來？我看訓練中心較二〇一團更難打，更不好應付，二〇二團也不見得易與。訓練中心尤其是我們的勁敵，第一他們體力好，訓練有素，強韌得很。二〇一團去年鮑子你們這些老隊員已經有交手經驗還摸得到底細。訓練中心呢？你們只知他們裡面有一位好手，其他的球員和整體戰力你們裡面沒人知道，你們曉得他們今年是怎樣的隊伍嗎？問你們，大家只有乾瞪眼。這種球隊最難打，等於矇著眼上陣，你們跟他們比已是老人了，首先體力就吃虧，若再掉以輕心，這樣我們就非得落敗。」

教練這樣警告他們，球員們頓時收斂起來，肅穆地聽教練講話。

侯教練繼續分析道：

「你們怕二〇一團，我卻希望抽到與二〇一團同組。知道為什麼嗎？」

底下坐著的都搖頭。

「你們只顧到眼前的預賽，二〇一團實力最強勁，所以你們怕一開始就跟他們同組。其實要知道跟他們同組才是好機會。」

「對！我懂教練的意思，」教練一提，機伶的朱衷和已領悟了，接嘴說：「這樣即使我們在預賽輸給二〇一團，進入半決賽就保證不會碰上他們。」

「嗯！」教練點頭：「預賽輸給他們不打緊，反正三個隊搶兩個名次，總共只需要贏一場就晉級了，第一名和第二名沒大區別，反而正好可用來選半決賽的對手。跟二〇一團他們同組的好處就是朱衷和說的進入半決賽就不跟他們碰頭。半決賽碰不上他們，升上去打決賽的機會大增。至少會有第二名等著我們。」

「對，對。」球員們一個勁點頭稱是，都覺得教練分析得太對了。

教練於是更進一步解析：

「而且在預賽跟他們比賽過，我們已領略過他們的虛實，即使進入決賽再碰頭，我們會有腹案知道該怎樣來打他們。」

「是啊！現在我們不跟二〇一團同組，豈不是虧了？」三把刀這樣一說，其他球員都嘆息起來。

「教練，那我們該怎麼打？」隊長包子責任心重，問起眼前實際問題。

「沒什麼好虧的，現在我們在預賽絕不能輸一場，一定要以第一名晉級，這樣就保證在半決賽不會碰上他們。」

頭兩天的預賽，訓練中心與二〇三團都勝了二〇二團，第三天循環賽輪到兩支勝隊碰頭爭預賽冠軍。賽前侯教練集合隊員講話，表示這一戰是背水一戰，一定要打敗訓練中心贏得第一名出線。否則若以第二名進入半決賽，那就得在半決賽對上另組第一名第二〇一團，那可麻煩了，因為實力不如他們，很難打贏晉級，到時大半的可能就是要被淘汰出局，不能打決賽。

教練賽前講重話，可是臨到比賽開始教練竟然變陣出兵，不以主力先發。跟前一場排陣完全不同，前一場侯教練卻是極謹慎，主將們拼到終場個個面臨犯滿局面，教練仍只動用上七員戰將，最後拼得主將抽筋，仍不敢用副將上，生怕副將誤事。可是臨到這一戰關鍵戰，卻突地一改前一場的穩健作風變陣出擊，十二員戰將一一輪番上陣。不到半場竟連全隊得分主力包子也調下場調節體力。半場時教練分析說的是對方體力強勁，我們隊體力既比不上訓練中心的生龍活虎，所以一定要節制主將體力，俾保留到了下半場好與對方決戰。

全員輪番上場的結果，不僅沒發揮戰力效應，反而自亂陣腳，尤其下半場，教練一出場竟把三把刀這蹩腳貨派上場先發，得來的效果是失誤連連，訓練中心乘勢將積分直線拉開，場上情勢呈一面倒，看著要崩盤了，教練手忙腳亂之餘，只得趕緊換回主將。幸好包子上場後臨危受命，神射連連，終場前又追回接近局面。對方體力雖好畢竟倉促成軍，沒有足夠的默契，到了最後讀秒關頭竟被追成只剩下一分領先局面。這個時候更顯得新兵經驗不足，緊要關頭竟然又傳球失誤，讓朱衷和抄到球快傳包子上籃得分，就這一分擊敗了訓練中心，驚險地贏得預賽第二組第一名，全隊算是不負教練事先的要求與指示。

二〇三團球隊驚險地贏了球，回程卡車上全隊興高采烈地趕回宿地，第二天是準決賽，全員不准離營，領隊下令八時半提早休息，養精蓄銳。晚餐過後，教練也提早離開球員宿舍逕自回去他岳家大城市住處。教練走後，大家仍舊你一語我一言地討論當日戰情，隨後領隊又如常從他軍官個人房踱來宿舍察看球員狀況。

球員見領隊來到，也藉機請領隊發表對今日比賽的看法。大家原以為輔導長會讚揚全隊白天力挽狂瀾的表現，不想輔導長竟然表示：

「險勝，真的是險勝，若不是最後關頭對方失誤，就輸了。我們打得太吃力了，照講依實力，我們不該打得這麼吃力，尤其下半場靠鮑鄂乾一個人得分，顯得獨木難支。」

鮑鄂乾同意：

「報告輔導長，確實是險勝，這時候我倒想，如若不刷掉的藍英雄，他應該可分攤我們的得分壓力，還好我今天超準，要是失了準頭，就無力可回天了。」

「教練今天調度我實在不太懂，一路吃緊的情形下，他竟然整隊大幅度換人，把包子和我都換下。」

主力中鋒陳澤介逮住機會出聲向領隊抱怨，在緊要關頭被調下場，他很不同意教練的調度，一直向隊友抱怨調他下場。

「侯浩烈那時換人我實在也看不懂。」顧輔導長也同樣覺得教練調度有問題：

「鮑鄂乾，藍英雄可以分攤得分重任，你指的是他的得分能力高？」

「是這樣，藍英雄也是入選過憲兵隊的球員，刁鑽，準頭好，有他在，我和他可以成為我們隊的雙箭頭，不曉得教練為何看不上他。」

「集訓組隊選球員時，裁誰留誰當時我就覺得不怎麼恰當，侯教練當年風靡是全國第一號球員，我們禮遇他，委任他當教練，表明請他全權主理，當然包括挑選球員在內。所以選人時，縱然當場我覺著不合適，但也不能發意意見。此刻，我們大家只有一條心打好球爭取榮譽，先贏了準決賽。再上去奪下冠軍，一切都好辦。準決賽我們對手是憲兵學校，沒對上二〇一團，機會大得很，大家明天先盡全力打敗憲校。」

輔導長說著又轉向包子，特別對包子說明：

「教練跟你的事我們清楚了，賽事過後，我們憲兵隊會注意他。」

談著明天的賽事，輔導長顧士傑又刻意向包子提起偷竊的事件，旁邊的球員們先還不明所以然。事後才弄清楚，原來是包子家託友人向顧輔導長溝通。來說項的鮑家友人原先是顧士傑以前共事的長官，經過鮑家友人跟輔導長解說溝通，輔導長算是弄清是怎麼回事，所以才會向包子說明憲兵隊會注意侯浩烈的。

準決賽二〇一團一如所料取勝訓練中心，二〇三也經過一場混戰戰勝了憲兵士校。司令盃籃球賽進行到第五天的決賽，準決賽兩隻勝隊二〇三團對二〇一團對壘進行龍爭虎鬥爭冠軍決賽。

二〇一團隊陣容完整，先發與遞補球員搭配良好，得分平均，二〇三團相形見絀，開賽後一路被壓著打，得分主力包子被對方重兵糾纏，手感頓失，所幸包子同連隊的黑人和隊中另一悍將楊晃中尚能不時出擊建功，不致讓對手得分脫離跑遠。但是兩隊打到中場暫停時，雙方得分差距已相差十分。

戰情告急，下得場來，包子抱怨出手不順向教練求救。侯教練乘中場換邊暫休把全隊聚攏密議；教練說包子投不進球，就不能一味硬幹，勉強出手，很多球是浪射。對方既派人專責一路緊纏包子，包子要不停移位跑動，出來導球把對方防守線拉開。教練強調要多傳球，猛將黑人應空手切入或帶球切入籃下，楊晃中與朱衷和也要多出手，分散進攻點，可分擔包子壓力，不斷導球移動也好讓對方出漏洞。

換邊進場再戰，戰法改變，不再一昧傳包子讓他單打獨鬥，二〇三團球員加強導球切入，情況略有改觀，得分開始追回。對方趕緊叫停，再上場後二〇一團隊，進攻加強擋切跳投，防守則開始個別釘人，放棄區域防守。二〇一團隊個人動作優異，改變戰術，二〇三團隊遂被各個擊破，積分又逐漸拉開，再叫停依然無法挽回狂瀾。

最後五分鐘二〇一團領先超逾十分，為保持戰果，開始搓麻將，球不往籃下傳，而在外圍運球互傳。時間緊迫，二〇三團為追回分數，在場外領隊教練叫喊催促下，場上球員奮不顧身空群出動攔截、抄球，被吹犯規纍纍，黑人更是硬衝猛撞，對對方球員猛烈抄截，以致一名球員被撞翻倒地不起，裁判鳴笛暫停，由隊友扶出場外療傷。觀眾嘩然，全場一片噓斥聲，裁判當即判黑人故意撞人，技術犯規，累積犯滿罰下場，全場叫好聲中，二〇一團加罰兩球中的，對方遂以罰球確保勝果。終場鳴笛二〇三團以十六分之差慘敗。

賽事完畢，隨即進行頒獎儀式，頒獎之前，司令訓話。二〇三團隊輸了球全隊成了鬥敗的公雞，頒獎禮台前自領隊以下個個垂頭喪氣。不料司令上台訓話竟然痛斥二〇一團，說該球隊不思進取，贏了幾分後竟然不再進攻，只想守住贏局，這哪是革命軍人應付事情的態度。反過來，司令猛讚二〇三團，該團隊員力戰不懈，一路在劣勢追趕，從頭至尾不氣餒，不喪志，這才是我們憲兵的作戰精神。司令講話中還特別提起二〇三團隊球員黑人的背號，說這個球員拼鬥不懈，堪為憲兵運動員表率。

結果雖然輸了球回營，顧領隊依然得意洋洋，說大家表現不錯，輔導長要特別頒給黑人獎狀。這樣說明還不夠，竟又還跟隊員許下許諾，說回去團部要跟團長研究看看，是不是讓球隊不解散，繼續集訓，明年好生把司令盃拿下來。全隊隊員一聽大喜望外，簡直是想也不曾想過的好事，天上掉下來的大餅，各個球員想到從此以後可以優遊自在地打球，逍遙度日，再也不用回連上站衛兵、聽排班長挑剔吃排頭，受苦受難的日子不再了，簡直樂翻天！

28 富島民主運動雜誌

二〇三團籃球隊回到大墩市團部，球員住回大墩市憲兵隊營部宿舍，暫時不解散，靜候佳音。然而此刻團隊所在的大墩市情況不寧靜，球員們行裝甫卸，顧輔導長尚未來得及提出他的球隊長期集訓計劃，即見他們借住營部宿舍的大墩市憲兵連隊部正處於緊急戒備情況下，兵員調度緊張，隊部連排長一見球隊回到營區宿舍，立即要隸屬於大墩市憲兵連的球員楊晃中歸建。同樣駐地因近在呎尺的戰訓司令部衛兵連的第七連也跟著向團部報備催人要求張茱萸歸營。

同駐在大墩市的兩地區憲兵連隊都在戒嚴整備的緊急狀況中要求所屬的兵員儘速歸營服勤。

大墩市憲兵隊的第三營營部轄下的第八連處於戒嚴警備中，何以第七連也緊急地來營部催人回營服勤，原來同處大墩市所有憲警單位眼前都在緊急戒備中，第七連隊當然也處於緊急動員狀況下，不但本身戰訓司令部全面警戒，更還得支援友連大墩市憲兵隊的連隊，分區在市區重點派兵警戒。第七連本部需兵員孔急不但本部連兵員全員派出，連分駐所的駐兵也緊急遣調回本部候用。

張茱萸從楊晃中的同僚口裡得知他連上第七連勤務緊繃情形不輸大墩市憲兵隊的第八連，眼前大墩市市面上看不出影響，並無顯著不同，但是治安機關內部卻有風雨欲來的緊繃，所有憲警單位已取消休假都在全力警備戒嚴。而且連附近部隊也已集結動員防備突發事故。其實在球隊集訓時事件就已萌發端凝，但當時並未察覺有何嚴重，不想離開一週回來時情勢已緊繃。

黨國政府密切注意下，緊繃的情勢在大墩市擴延。以在地人為主體的非黨國政治團體正醞釀在大墩市聚結集會，集會目的乃為組織發動爭取憲法賦予人民的言論自由的本島最大的非黨群眾集結大遊行。籌備並組織發動這項運動的是設立在大墩市的富島民主運動雜誌社組織，該雜誌組識在韋光明總理接任故韋大統領的全國領袖後，以開明民主標榜的前提下，政策較前鬆綁，地下民主改革雜誌如雨後春筍般冒起，「富島民主運動雜誌」乃是其中集大成者，該雜誌組織集島內非黨民主運動之精英以全面追求民主開放為目的登記在案之法人組識。

所謂「非黨」乃是在地有志從事民主政治或政治改革卻不願屈從跟隨一黨獨裁的黨國政府者之統稱。韋氏黨國的富島政府雖號稱民主政府，厲行的卻是一黨專政，雖政府編制上一直點綴供養著二三個花瓶黨作為統領選舉及地方選舉之陪襯選舉黨以顯示其民主政治，質質上嚴格實施黨禁，不容而且禁止真正制衡的第二政黨的存在。黨國政府絕不容有真正反對黨，因之有志從事民主政治且不願投效黨國的人士全都號稱「非黨」。

富島民主運動雜誌雖然係按照政府法令登記在案的合法政論雜誌，但也一樣長期遭受政府監管機構查扣查禁的情事，然而發行量卻在治安當局打壓下一路擴張攀昇，發行網無論地上地下也愈益廣泛，在全島各地影響力也愈來愈深廣，抗爭力道因之直線上昇，當局視為首號挑戰政府政策的非黨組識。在此情形下，富島民主運動雜誌國內外聲望一路攀升，儼然非黨集團之領袖團體。因之該雜誌社在政府嚴厲監管打壓下，更形加速其擴展與對抗力道，抗爭行動也一路推高，此次在大墩市的活動被視為對抗政府活動的指標，可以說是該雜誌成立以來集會活動的大成，全富島所有的非黨人士幾乎都準備前來參與此次的集會，是島內非黨活動的巔峰集會，雜誌社更是破釜沈舟準備不理會黨國政府的嚴厲警告與宣示戒嚴令的決心堅決擇期發動民主陣線集會大遊行。

政府戒嚴法明令禁止以政治訴求集結聚會，「富島民主運動雜誌」這次擴大聚集民眾的遊行等於非黨群眾集體挑戰黨國政府。在這個意義上，非黨團體代表的就不只於在跟政府的黨國爭取民主位置之一席，他們更有其進一步的終極目標，黨國政府內部也開始把他們升高到跟黨國政府政權處於相對峙狀態的非本黨政治的顛覆團體。雖說黨國政府逐步走向開放政策，但是如此急遽的聚眾行動等於挑戰黨國政府容忍限度。大墩市目前緊繃的情勢逐漸讓人體會山雨欲來的狼煙味。

大墩市的情勢是外馳內張，除了自報章雜誌上傳來非黨人士串連熱絡，街頭上也布滿標語傳單以至於耳語滿天飛，而這些表相而外，市民卻看不出有何異樣，可是治安單位內部包括憲兵連在內可是全面繃緊待變。

第七連部上下緊張成一片，勤務超重，兵員不夠哨位分配，小兵們日夜輪值，站哨站得苦不堪言。張茱萸雖得知連部需人孔急，催他歸營。但他此刻是身在團部，連部營部催他不著，見身在營部球員宿舍的楊晃中賴在宿舍裡不去歸隊，有樣學樣，他也樂得跟著裝聾作啞，不理連上傳來的訊息與催促，一樣跟大伙抵賴在團部宿舍裡頭逛蕩逍遙，一心只盼團輔導長儘快坐實繼續球隊延訓的事。他可是好不容易溜出封閉的營房來，眼前顧著的只是自己的感情與約會，逮著機會正好多跟阿戀接觸。

去了大城市那幾天張茱萸可以經常回家，然牽繫他的依舊唯有阿戀，想念的就是回到大墩市營舍好溜出去幽會。

遯陷於炙熱感情漩渦裡的張茱萸由於此刻身處環境較優容，帶給他自我審視的視野也較寬敞。他考慮男女兩人的世界，如此親密地相互信守進而生出相屬感應，應屬人際關係最奇妙的認知。出於內在的對另一半的渴求密合之外，這種極度求圓滿融合之體驗，對異性生理或未知的身體探求之好奇與沉浸，有時卻魯莽或則生嫩甚至倦怠至無趣。他對性及異性的體驗來自花街柳巷，嫖妓帶來的與女人接觸的經驗極為侷限，而且趣味似乎只存在於過程，中止處即整個截斷，圓融只是渴想。

直至此刻才是讓他真正體會到女人是怎麼回事。他不無得意地想到自己已經到達了當時在訓練中心艷羨一位同班班兵的成就之地步，那時候好不容易挨到兩週一次的週日下午會客時間，人人只有期盼家人探班，他們班上有個新兵卻令眾人艷羨地每逢會客日有位美女都會趕來探班，張茱萸不止一次地從會客室的窗口眼巴巴地望見自遠處營門外打著碎花洋傘的娉娉婷婷走過來的女朋友。之後，會客時間終了，他班上那班兵又同打在花傘下護送女朋友一道步出步道梯階。那情境在嚴酷的入伍訓練過程裡是唯有的難以磨滅的旖旎風光。

張茱萸自己雖僅畢業於二三流私立中學，相對於軍中士兵尤其是老士官，仍然暗蘊知識份子的驕傲，雖非面向下層市井社會的優越感，他不免認為阿戀只是個彈子房小姐，只讀到國中二年級。可是自己這麼不行，縱空懷理想，實際上什麼也做不好，還一心只想讀書上進，可是他書沒讀好，考不上學校，落得當個二等兵，而且是連上最讓人看不起的二等兵。女朋友阿戀卻是漂亮可人，配他別人看在眼裡可是辱沒她哩！

想到這裡反而使他徹悟，他的開始得等到退伍後，一定得重考上大學，那是他唯一的路子與前程。

張茱萸有這層覺悟與決心，別的入伍的充員當然也有。但眼前他們連上似乎只有他一人抱定宗旨非要考上大學不可，再也無人這樣想。別人較能適應軍旅生活，也較他能應付世事。若有為退伍後前途打算，也都是著眼於如何謀生求職。當然大部份人都慮不及此，人人的當務之急是把眼前的饅頭啃完，將來的日子時候到了再說。書既讀不來，也沒那環境，何用強求？追求眼前的自在、娛樂與痛快，更有進者泡上一匹抖馬子似乎是所有阿兵哥目下唯有的關心與繫念。

張茱萸想他父母說他懵懂，他確似乎如人所說少根筋，軍中生涯使得他體認出自己無能應付事情和看事不全，他自認與眾不同，然而他不得不承認是不如旁人。從黃幽園身上他領悟了些，可是為何人人都很自然的順著環境與規律走，他卻不能，總是脫節。軍人就是服從，他服從，卻不徹底。這樣子反省著，禁不住來回咀嚼起軍人行動的「第一條誡律是領袖永遠正確」。他接受軍伍戒律，完全不容異想地遵行軍人守則，但只行為上，心裡卻完全不認同任何要求與戒律，洗腦只能洗到行為與外在行事地遵從，心靈與思想卻是自由的。外在的永遠正確影響不到內部思維。

張茱萸從他的白日夢醒來，回到現實。球員們終於等到顧輔導長在宿舍出現，但是回到團部的輔導長和在大城市帶隊的領隊已不一樣了，不再提起繼續組隊延訓事，也不講籃球隊來年爭取冠軍的目標。他來到宿舍只簡單宣布，球隊即刻解散，球員們歸還編制。

29 山雨欲來

張茱萸自團部回到第七連，準備立即被排入緊密辛勞的站哨行列，連上兵員見他回來出現，縱非如藍英雄和冉仕強那般清楚籃球隊內的情況，但也從這兩人口中大致探到發生什麼？有人冷言冷語譏嘲他終於使賴不下去，非得回營來受罪了。也有像秦檜和顏學銘則語帶羨慕地恭賀他摸魚摸足了，功德圓滿回巢。陳會顏學銘以及值日憲兵丁孝燦等這一票是饅頭已將數到頂的老傢伙，都是即將瀕臨退伍的充員，不料臨到服役終了的此刻突生重大情況，本來照慣例退伍前最後一週通常會減免勤務，讓服滿兩年的老兵放輕鬆等待退伍，可是臨近梯次的老兵趕上突發狀況，不但不讓輕鬆，更得加碼夜以繼日的站哨。

層峰下令大墩市全面警戒，憲警布哨於市區所有衝要據點。大墩憲兵隊兵員不敷，團部命令戰訓司令部衛兵連支援大墩市憲兵隊，第七連奉令派哨出全市區同樣也面臨人手不足，以致不但本部連老少士兵全數上陣，連山上分駐所的充員兵士也全數調回，臨退伍的充員也不得倖免，全連怨聲載道。

連上除了羡慕張茱萸好運的充員兵會注意他回營之外，上面則似乎注意不到連上回來了他這號兵，因為連排長較士兵更是團團轉，命令一個接一個地來，情況一個也緊似一個。市區派警戒哨的問題正應付之不及，上面忽又急電通知領袖韋總理要來中部地區巡視，更還要進入大墩市區查看情況，上頭心血來潮臨時起個意，祕書一傳話，侍衛室電話立即打來連上，命令一下，下面各級執勤單位，一層層緊張地動起來，可不止一個頭兩個大，幾乎忙亂成一團。上頭說的輕鬆，是總理不怕事，非要進入狀況中心巡視了解一下，但是下面配合布防起來可非得把所有治安單位整得脫層皮不可。

眼前大墩市已是多事之秋，總理不是不明情況，但他老大人非要湊這熱鬧。有麻煩偏要來眼前的風暴中心，侍衛長交代下來市區警戒不能出一點差錯，無論情況如何絕不容狀況發生。講起來是總理親民、民主，關心情況，可是對維護領袖安全的治安單位可不是容易事。

故老大統領喜歡遊山玩水，全島最出色的風景區老統領在世期間幾乎都設置成行館供他一個人賞玩及沉思國事之用。大統領生前厲行全島戒嚴，凡大統領設置行邸之風景地點即管制區，路口山林置高點皆駐兵或檢查哨，閒雜人等及一般民眾無從進入。雅好遊覽山水風景的老統領如若去到一般非管制的島內各地風景名勝區攬勝，侍衛大隊必事先清道，大統領車隊經過的路線必須派出憲兵沿途放哨警戒，不讓一般民眾逗留出沒，遑論接近，如此這般大費周章的堅壁清野相對使執勤治安的人員很容易維持秩序及保護大統領。

大統領逝世後，接替上任的太子統領韋光明總理則不然，作風迥異前大統領。韋總理一心要維持親民形象，不僅不避民眾，更且要走近去接近民眾，不僅不准清場，而且哪裡人多，他就偏往那裡鑽去，這下可把維持治安的警察、保護領袖的憲兵及特勤人員整慘了。

還不止此，老大統領時代講究場面氣派與儀表，座車車隊一出發，大批著制服的人員站滿行經的通行道路，等閒民眾不得接近。韋太子當時在他父親手下時就作風相異，為了維持總理一貫的親民形象，民主作風，韋總理最不喜見到路上穿制服的人員在管制民眾，因此他在場的場面除了稀疏排列的憲兵可以容忍，其他警官或其他著軍服的軍種，不容他見著，否則主管其事的定得吃排頭。因此維護安全防護的責任是一樣，但是卻不容軍警著制服現身，以致所有執勤安全人員都得換穿便裝，如此一來，沒有制服就很難執行管制勤務，安全人員勤務較老大統領時候可是困難加倍，人員也得加倍。造成的後果與問題是：太子較他老子更難保護，更難站哨，太子完全不同他老子。原先老子大統領隔離群眾，由於與人群隔得老

遠，站大統領的衛哨只需定點排放一站就是。

太子則大不同，他不避人，不避險，他是人哪裡多就硬是往那人多處親近，這可把安全警衛整死了。以前大統領的手下累人還不過只是四處找風景山水地方散步觀景。太子較他大統領更變換無常，行程無定規，想到哪就命去哪。哪兒人群出沒得多，就往人群出沒現身，這可把保安單位和人員整慘了，不但得先著便服擠入人群裡，在旁不顯眼地保護領袖，脫了老虎皮要管制及保護目標，光如此其困難就不知要增加多少倍，人數自然較先前著制服出勤也得加倍。更且由於韋總理的行程沒有定則，人員是疲於奔命，四處追逐變動不拘的行程。

為配合上面密令總理中部行程，原先市區警戒哨暫停布防，連部兵員全員待命機動特勤哨。值日憲兵丁孝燦鎮日守在值勤桌前，等待上頭來電好即刻轉接連長。到了丁孝燦這梯次兵員退伍在即，可是由於連上勤務滿載，連長忙得到了丁退伍在即依舊未來得及挑選出瓜代人選，所有兵員都得出去站哨，看來他的值日憲兵非得幹到退伍前夕才能下崗。

全員待在連部等候上面命令緊急出勤通知，一天下來未有通知進來。古排長見人員逐漸鬆散，立刻吹哨把全連士兵集合在連部前草地上訓話。他一開口就要全體兵士提高警覺，叮嚀所有人都要特別注意四周環境，是在市區站哨或營門衛兵，任何有異動的情況都不容輕縱放過，一覺得不對的地方就要當機立斷上前盤查，並且隨時設法通知連部，側門衛兵尤其要時刻隨時曉用對講電話向值日憲兵報告可疑狀況。

骨排嚴厲地訓誨士兵，煞有介事的大加發揮，可是大家每天聽訓誡聽得耳朵生繭，沒幾人當回事，如張茱萸等鬆散份子過耳即忘，沒認真聽進耳中當回事。可有的兵卻不一樣，林景山就一五一十地謹記在心，如讓他看出有情況，他就會照著執行。不想過沒多久，黃昏時候輪到林景山和汪保川上側門衛兵後，果真讓他看出有可疑情事出現在戰訓部門外，立即電話進來通知值日憲兵，報知馬路上有數人合力推著人力車過馬路，一車上面重重大大的不似平常貨物，幾個人使力推著前進，形容鬼祟，許多人推一輛人力車不合常理，而且這些人形容模樣也非一般民眾，看起來就像似非黨人士。

值日憲兵要他們盯牢，別讓走掉，立即轉身報告古排長，他兩人不待傳話講完已發足往側門地方狂奔衝去。丁孝燦臨跑還順手提起他的卡賓槍，一面跑一面面喳呼要人跟著前去捉拿陰謀叛逆，邊上兵士見狀立即加入衝去。

兩人領先眾人趕到側門時，果見汪保川持槍過去對街跟推車的六七個漢子糾纏不放行，林景山站在崗哨這邊持槍警戒。

那伙人一見營門內憲兵增兵衝出，立刻要強行把推車推走。丁孝燦一馬當先橫衝過馬路，大叫：

「不許動！檢查！」

來勢洶洶，本來跟汪保川爭執不下的那伙人一見勢頭不對，分頭拔腿就逃，板車及貨物都不要了。

「不准動！停下！再跑開槍！」

一面大叫一面拉動板機卡卡作響。

「不要放槍！」四散跑開的人嚇得趕緊雙手抱頭，不敢動，其中還有一人竟跪倒在地雙手高舉求饒：

「無跑！哇無跑！嘜放槍！」

可還是有一個不停腳，不顧一切尋著後巷衝進去，汪保川趕緊追上去，可是他著裝頂著膠盔綁著鐵環綁腿大皮鞋明顯追不過人家，被排長喝回：

「不用追！跑不掉的！」

隨即命令跟著追出來的憲兵：

「把這五人押到牆角站好！」

「你們站好不許動！」丁孝燦加上一句警告。

「我們沒怎的！憲兵怎能隨便ㄋㄧㄚ人！」

「啪！」的一聲，汪保川打那人一巴掌，反問：

「沒怎樣！你跑什麼跑？」

憲兵動手了，營房裡頭的兵又都趕出來了，五人沒敢再吭聲。

排長和丁孝燦打開綁緊遮蓋在兩輪推車上面的塑膠布，掀開一瞧竟然是一大堆切好的竹桿、木棍、建築用鐵條、鐵絲、最下層的是一堆磚頭。

「這幹什麼？」排長問那五人：

「你們造反啊？要用來對付我們憲兵？什麼和平遊行？你們根本打算暴力滋事顛覆政府！」

「嘸啦！係蓋厝用。」裡面有人辯白。

「什麼蓋厝！這些棍棒會是蓋厝用的嘛？」排長吼他：「狡辯！押回連上去！」命令圍在旁邊兵員把人連車帶回連上。

丁孝燦等人押著嫌犯推著板車回營房，甫進司令部大門只見姜排長氣喘吁吁奔來，人尚來不及到跟前，老遠就大喊：

「緊急出勤，連長命令立即著裝出動！」

聽到「緊急出勤」，一行人全回頭望向古排長，不知是繼續押現行犯回連，還是趕緊回營著裝出勤。

「慌個什麼勁！死老百姓，」古排長先朝著迎面而來的薑排毫不給情面地斥責他的同僚，隨即當機立奪：

「丁孝燦你們四個先押人犯回連，板車暫留在草地上，其他人趕回去著裝出發。」

趕回到連上，骨排急忙簡短地向段連長報告首尾，由於勤務出發在即，不能耽擱時間，若按作業程序把嫌犯點送交給大墩市憲兵隊此刻全員出勤在即已來不及辦理。因此段連長與于輔導長決定暫押進他們連上管轄的司令部看守所，待特勤任務完畢後再行定奪處理。連長率兩位排長趕著出動出勤布特勤哨，嫌犯事宜就由留守連部的于輔導長和新報到的曲守禮幹事處理。

全連人馬迅速緊急出動，兩輛載憲兵卡車相繼開出司令部，士兵們隨即發覺是直奔他們平常布防的市區，卡車上站滿兵員迎著夜風颯颯在馬路上急駛，不一會即開始布哨。卡車沿著市區自外圍而市中心按各排兵員次序一路逐個排兵派哨。輪到張茱萸跳下車的地點，他發覺正好是離綜合大樓附近不遠處，張茱萸落地後按骨排指點出給他站哨的地點，觀察一番後選定一處視野較寬廣的位置開始站哨。

張茱萸的站哨之地如此接近綜合大樓，雖然看是看不到大樓，然而想得到。他一個念頭直接飄進大樓裡去，腦海想的都是此刻正坐在大樓裡面彈子房的阿戀。當兵於他此刻是否極泰來，同僚們不再如前般地惡整，較能接納他，他感到會有此變化並不全出於代表團籃球隊。對於團代表隊，連上人都清楚他球打得不怎樣，反而奇怪他這號鴉鴉烏陪榜貨色竟然被選上團隊？何以球技出眾的藍英雄竟被刷掉，張茱萸到底走了什麼狗屎運？沒有人會服氣，更不會欽佩他。會讓他感覺到日子好過些，他清楚關鍵可不是他當選團代表，而是人人看走眼的阿木林竟然追上了阿戀做女朋友，這才是更讓人訝異吃味的地方，泡上美女不但讓他帶來自信同時也在別人眼中提昇了自己。

想念阿戀歸想念，周圍環境也不能不留意，他四面觀望一番，感覺到遊行在即的緊繃。入夜後的市中心人群格外密集，非黨團體放出來政治氣息充塞著周遭，建築工地的空牆上貼出大字標語「讓民主永遠成為我們的政治制度」，不但格外醒目，也特別振奮人心。張茱萸覺著奇怪，警察或保安機關竟然讓如此跡近反動的標語大剌剌刺目地公然張貼在牆壁上，不加取締撕毀，現在確實是寬鬆了。但是空氣裡面嗅得到緊繃的氣息，市民定然有所覺，而且不亞於他們維持治安的憲兵所覺的繃緊。

適才大夥站在卡車上，藍英雄等人相互嘀咕悄聲言說，等了一兩天，總理果然還是來視察大墩市區。此時張茱萸屹立在馬路邊，不由心想他們連部方才才偵破非黨組織預謀生事，祕密運送密謀暴亂的工具武器，而總理竟然非要在非黨團體舉行「全球公義日」非法的遊行前一日來到可能會生事的大墩市視察。張茱萸不由不佩服韋總理真個是不避嶮介之人，但他馬上又想及上面怎會這麼快就知道他們連隊破暴動工具的這條消息呢？這麼短時間內應該尚來不及把消息傳遞上去？總理出巡應尚不清楚這邊情況，不過到了此時刻直接而飛快特勤傳遞應可能報告上去了。

張茱萸在胡思亂想，未覺周圍有異，不意路邊走過來一人竟然衝著他打招呼，他吃一驚，狐疑會是誰？不過馬上認出是魚大牌。穿著便服的俞若愚，不戴帽，一時沒認出來。他立刻立正向他行個軍禮，稱呼道：

「俞排長。」

心裡卻想著此人不是說已被關起來了嗎？

俞若愚連忙揮手說：「張茱萸，不用行禮，我現在是老百姓了，用不著那套。」

「排長好，怎麼你也來大墩市呀？」

俞若愚也是非黨人士，雖是外省籍但是全島的非黨人士可能都來參加明天的大遊行。

「你還好吧？」

俞若愚是張茱萸來連上報到時在打狗火車站接兵的排長，可清楚他的情況，也是唯有賞臉給他的長官。

「還不錯，我剛從二〇三團籃球隊參加司令盃比賽回來。」

張趕緊把他的得意成績報出來，他得意於現在已非昔日吳下阿蒙了。

「哦，你去了憲兵司令部比賽啊？」排長雖是打籃球的，可並未顯出驚訝：

「可是怎麼會是代表二〇三團哩？你們番號不是二〇一團嗎？」又問：「黃幽園退伍了？」

一年時間，事情大有變化。

俞也說他自己（他要張別叫他排長，直接稱呼他名字。），他從連上被帶走坐了半年牢，「政治監」他說。

張回答：黃幽園曾告訴他這項傳聞。並且大著膽子反問：

「那你現在放出來就成了正式非黨身份？要參加明天民主運動雜誌社的遊行？」

俞回答：「是的，世界公義日的大遊行。我並未加入民主運動雜誌社，他們已不止是個雜誌社，應可算是政團了。剛才黨國政府收買的勁草雜誌社的人又去砸了富島民主運動雜誌社，你們知道嗎？」

張回答不知道。

「你們鎖在營房裡面，外面的事情並不知曉。」

「可是我們才破獲你們準備明天生事的工具？」

俞若愚吃了一驚，忙追問詳情。張一面縷述，一面懷疑自己在站特勤哨卻跟人閒聊，對嗎？而且聊的還是治安機密。不過跟他講話的人是他的上司前排長，上面查到能說他犯錯嗎？可是眼前這人卻是非黨人士，上面也可說是向他探聽消息，他竟一五一十地合盤托出。

懷著忐忑不安的心情他又反問魚牌：

「你不是外省人嗎？何以加入在地人的政治運動？」

「你為何要這樣問？追求民主何須分在地外來，只要有共同的理想，就是同志。」

「我是指一般情況。」張趕緊加以解釋：「感到有些時候有些在地人會排擠外省人，無論在學校或現在在兵營裡，或者說有形無形地有些人彼此有點不明顯的區隔。」

「嗯，知道你的意思，我從小就被排斥在本地人的圈子外，。是這樣的。但是你們有從在地人的立場考慮過嗎？是外省人在統治富島，而這裡是本省籍佔絕對多數的土地，這種情形怎好稱之為民主哩！我雖是外省籍，在政治理念上跟非黨人士是共同一致的。」

「共同理念？」

這個張可不懂。

「也不完全是。」俞會錯張的意思，自動加以解釋：

「在長程目標上可能會有所牴觸，但近程可都為著追求民主自由、非黨追求的是解嚴尤其是開放言論自由。」

「所以非黨人士得團結。」

「也不全然如此，我們隱藏的最終目標只有一個，解嚴合法組黨，民主參政治國。」

「隱藏的目標？」這個張茱萸知道太嚴重了。

「是的，突破黨禁可是要掉頭顱的，所以只能以非黨名之。」

直到俞若愚離開後，張茱萸興奮之餘方始警覺到不該與已非軍職的俞排長在站哨時講話以及其中的危險，兩人談話之中他完全失去警戒心，一個憲兵二等兵難得有機會接觸非黨人士談論政治，尤其像俞排長這樣的知識份子，除了黃幽園外他從未有如此知性地放言暢談。

但一則以喜，一則以懼，這類議論他似不宜談，站特勤哨時根本不可以與人閒聊，憲兵全神貫注地維護領袖的安全，怎能與非黨人士非議政治？俞若愚自己是憲兵排長出身，怎可如此不避忌諱地與下屬閒話呢？難道一出監獄成了正式非黨人士以前服役時的要求全都丟棄了嗎？

排連長沒回頭來查哨，張茱萸惦著上頭知道自己就會惹上大麻煩。讓人注意到站哨憲兵竟然跟非黨人士接觸，報上去，會有大麻煩的。他緊張得左右前後四處張望，若讓排連長知道，只有送軍法審判之一途。

張茱萸心頭擔憂，不由憂懼起是否俞若愚利用身份及關係來打探治安單位的情報？非党人士為探取情報自然會不擇手段地設法接近有關人員來打探消息，他不能天真的以為俞若愚是跟他敘舊？但是，縱然如此，他一個不足道的小憲兵能提供多少消息？他感到而且也絲毫看不出俞若愚的言談內容及態度有若何從事打探的意思。

魚排走後，張茱萸站在哨位上一直往往復復地考量這些問題。最讓他繫繞不去的問題是他不曉得一個應該忠黨愛國的憲兵，跟非黨人士議論政府，違不違法？危不危險？

雖然自己並非黨員，但做了憲兵就得忠黨愛國，憲兵根本上就是衛護領袖維護政府治安的基幹，隨時要為領袖擋子彈的領袖身邊的基礎衛兵，被教導成做烈士的決心。自己怎能如此大意沒戒心？到時送軍法審判，他喊天不靈，叫地不應。還好四周沒人注意他，至少看來如此，但是太多情形當事人自以為神鬼不知，事後卻被人背後地揭發，他聽到的聞言傳聞已太多了。當初在家裡，現在在兵營裡，他心裡膽寒不已，不由四面來回張望。一個特勤任務，四面有多少暗樁明哨，警察、特勤隊他清楚情況，說不定死定了，張茱萸站在那，心情上上下下忐忑不安。

30 鎮暴

大墩市憲兵隊和第七連特勤哨站到子夜才撤銷回營，總理並未出現，可能是上面評估後，匯報總理呈明此時赴大墩市視察並不適當，非黨人士大遊行之前夜市區狀況連連，非黨組織準備於次日遊行時生事的武裝棍棒磚石等武器工具為憲兵查獲，坐實政府鷹派的臆斷：非黨團體打著和平遊行為幌子背後卻積極打算藉遊行來挑釁甚至顛覆治安與政府，同時另一頭富島民主運動雜誌社辦事處又被愛國人士聚眾擾亂破壞，最後兩邊人馬在雜誌社內外混戰打成一團，幸警察單位強力介入隔開驅散才未釀成更大事端。

當日兩起事件之外，在張茱萸站崗的同時，另一事件更激盪起民眾與非黨團體的不平與怨憤。事緣兩名富島民主運動雜誌的義工，在散發遊行活動告示傳單時被警察逮捕，在警察局遭到毆打、刑求。

富島民主運動雜誌工作人員在得知消息後立即前往警察局要求放人，結果一直拖到次日凌晨，兩人才被釋放，兩人被修理得身上血跡斑斑，牙齒掉了好幾顆。這次的事件更加引起民眾的憤恨，激起原本不打算參加次日遊行的民眾及外地非黨人士的義憤，也於次日蜂擁入大墩市，要加入遊行聲援。

密集散發傳單、海報是雜誌社與非黨組織對這次集會遊行所發動的文宣攻勢，在所有傳播媒體被封鎖下，非黨團體唯有藉各種草根傳播方式來傳達訊息，同時也藉以強力宣導世界公義日全島集結大遊行揭櫫之主張。雜誌社宣導：實行國會與地方首長全面改選，要求黨國政府當局「解除戒嚴令」、「開放黨禁、報禁」。這樣的主題引領起群眾極強烈的認同與回響，此樣直接揭籲的全民民主要求可撞擊黨國政府絕不容觸犯的中樞神經，在此之前可是富島從事政治改革從未敢明目張膽揭示的要求。因之情勢演變得極為嚴峻，黨國政府對雜誌社的遊行申請始終不予核准，明白表示不得以此名目聚眾活動。雜誌社經多次嘗試與協調失敗後，鑒於群情昂揚，非黨人士緊急集會討論後決議乾脆干犯禁令，決定依舊照原擬議計劃違法在大墩市舉行遊行。

情勢急驟演變得益形惡劣，黨國政府得知非黨組織打算違犯禁令仍照原計劃遊行。為對抗民眾聚集滋事抗爭，連夜先行發告示宣布將舉行演習為由，禁止次日任何示威遊行活動，俾逼使富島民主運動雜誌屈服放棄發動遊行活動。

告示發出，治安單位立即展開布局防止非黨人士藉機擴大聲勢生事，警告非黨團體不得違犯禁令非法聚眾。雜誌社方面接獲通知緊急聚會，會中首腦們咸認為民氣凝聚時機已達成熟階段，足可以抗衡政府禁令的壓迫，因此一致表示應堅持申張民意，堅不退回原點。遊行計劃不屈服不更改堅持於是日照章進行。非黨方面是橫下心來跟政府對著幹，看你黨國政府要如何對付他們非法聚眾遊行。

因之第二天遊行尚未發動，雙方情勢早已呈現劍拔弩張的局面。所有憲警治安單位全員緊繃準備應變，張茱萸為自己個人的擔憂也隨之煙消雲散。大墩市隨事件演化激盪得沸沸揚揚。

遊行隊伍預計於下午四點出發，當局先行封鎖集會地點「大墩公園」，主辦單位雜誌社緊急通告群眾改以火車站為集結地點時間延後改以五時出發，人群於是往火車站聚集。

雜誌社義工在車站廣場高舉張開的布條橫幅，橫幅上大字書出：「全球公義日大遊行」「讓民主永遠成為我們的政治制度」號召遊行隊伍集結，不一會即人頭洶湧聚集。堵在外圈的憲警當局則排出鎮暴部隊陣容包圍群眾，遊行無法成列展開，形成內圈群眾聚積，外圈軍警加強包圍。

遊行隊伍被堵在現場聚集無從展開前進，雜誌社負責人於是站上遊行指揮車就發地表國是及抗爭意見，時間到了八點半，人群愈聚愈多，車站四周被軍警圈縮包圍，人群聚集擁擠不堪，群情激昂，鼓噪抗議，場面漸無以控制，雜誌社遂與警方談判，認為既被軍警圍堵不能展開遊行，就得允許他們回到較寬敞的原定地點集會，否則地方狹小，群眾擁擠不堪，雜誌社無法控制的情形下易生事故。警方不允許所求，認為雜誌社違法聚集民眾在先，情勢既漸不能控制就應該立即宣布活動中止解散民眾，以維護安全，沒有理由再要求更改場地。交涉不成，雙方僵持下拖延至晚上十點，人群仍持續增加；由於內圈封鎖，不得進入在外圍形成另一股人流，內圈人進出不得情況更形擁擠混亂，現場內外喧囂爭吵怒吼成一團，怨憤不滿的群眾已難控制，開始對列陣的鎮暴部隊謾罵挑釁，甚至向鎮暴部隊扔擲物件，推動拒馬。場內雜誌社主辦人遂再向憲警主管人員緊急相商要求撤離鎮暴部隊，以免刺激群眾，只留下警察在現場維護秩序；憲警當場駁回請求，反而促令雜誌社，必須負責立即解散違法聚集群眾，警告情況惡化下去發生破壞或暴動後果雜誌社難逃法律責任。遊行民眾不聽警告，不但不散反而愈聚愈多，紛紛嗆聲喧囂咆哮，拒絕解散。

雙方堅持不下，久阻不耐的群眾，謾罵叫囂大呼大喊推行民主憲政、保障言論自由、推翻威權政府、富島人民自立……等等口號，並開始衝撞面前圍堵的軍警隊伍，動手推倒拒馬以及路邊摩托車汽車，朝治安員警扔物件及石頭，推扯甚至相互廝打。警察與保警部隊是第一線，憲兵以鎮暴隊形作二線的威嚇部隊，第一線隨即遭受群眾攻擊漸形潰散，第二線鎮暴部隊隨即列陣上前支援，在立於隊伍後的大墩憲兵隊隊長王營長一聲令下，兩連憲兵連組成的鎮暴隊形以沉重的踏步聲，以八字形兩面包圍方式侵入，沉重步伐下，舉槍齊聲喊殺逐步逼進，勢勢嚇人，民眾一時懍於勢頭，紛紛潰散後退，但背後增援集結而來的保安部隊封死退路，民眾無路可退。

無路可退的群眾成了暴民，展開攻擊治安隊伍，現場失去控制，警民雙方爆發嚴重衝突，非黨組織事先準備的棍棒鐵絲磚瓦等紛紛出籠，有人帶頭奮不顧身朝鎮暴部隊攻去，警民雙方展開一場混戰。

混戰展開，張茱萸所屬的憲兵第七連第一班班長章亢龍帶隊在突出頂尖部位，亂民不時投擲過來的塑膠瓶杯、雜物等砸向章班長及班兵，章班長一而再地被雜物擊中，他火不過不待騷動暴亂的群眾攻擊過來，罵了聲：「去他媽的暴民！」，舉手一揮，率先命令手下班兵攻擊亂民，手下士兵對民眾展開攻擊。第一班既然打開了，其他各班見勢立即追隨搶進。章亢龍不但下令班兵上前打人，他自己老兵雖不會劈刺，打鬥起來還是照他山東老粗辦法硬是發狠倒轉卡賓槍柄一路朝暴民下半身拚命揮去，老兵火辣一連打倒數人，暴民一時被他的威勢所震，紛紛退卻，充員兵見了有樣學樣，也都放棄劈刺戰法，紛紛倒轉槍柄猛力揮舞打向暴民。

暴民雖暫時被憲兵打退，但隨後趕來一票土流氓人物衝入加入戰團，這批黑籍人物向來是街頭打群架傢伙，全聚在一起空群出動，兇猛異常，揮舞各式棍棒甚至武士刀，並且把附近建築工地的鷹架拆下，使用起長竹桿猛力刺戳掃擊憲兵，沒武器的有就地扔磚瓦木屐板凳，戰場一片「幹」聲連連。「河伝死！」，「幹伝娘伊！」暴喝詛咒聲裡軍民鬥毆混戰成一團。民眾由黑道份子帶頭反擊憲兵，乒乒乓乓，混戰中群眾有人大叫：「警察施放瓦斯了」，民眾停下觀望，尚好只是後方警車小量施放出白煙。

雙方都是棍棒互搏，軍警方面受上面節制未曾動用槍彈，民眾見狀受到激勵，復冒著嗆人的瓦斯蜂擁而上返身奮勇衝前以多搏少，人人揮棒舞棍以及隨手撿拾起各式各樣傷人的物件磚石全力搏上。地痞流氓常年被治安機關修理壓榨，這回更是逮著機會痛擊警察憲兵。

混戰中，率先衝前反攻暴民的章亢龍被長竹桿捅倒，章班長倒下在地敵方一擁而上四、五個狂揮木棒鐵鍊狂擊猛踢，林景山見狀大喊：「班長倒了，快過去救人！」汪保川、張茱萸趕忙揮舞槍枝衝前支援，張茱萸趕去用槍柄朝正使勁踹班長的一暴徒猛揮一槍托，用力之猛，將暴徒整個人擊飛倒地。擊倒一人後，張茱萸乘勢再攻打另一使鐵鍊揮打班長的流氓，那壯漢也被張茱萸捅退，林景山與冉仕強連忙從人堆中的地上拖出章亢龍，兩人一左一右扶起滿面是血的章亢龍往後撤退。

章亢龍被救回，暴民遂轉而圍攻張茱萸與汪保川。張茱萸連忙退回，但汪保川卻堅不退卻，對方多人打他一人結果被人用鐵絲拖倒。張茱萸見同袍被撂倒，雖寡不敵眾，仍只得再衝前血戰護戰友，還好背後救兵趕上，合力挺住暴民，救回汪保川。

大混戰中，鎮暴警車擴音警報狂鳴，麥克風放話警告鬥毆群眾即刻解散，否則施放催淚瓦斯。放話甫畢，只見後方警車已冒出熊熊白煙，混戰鬥毆中的暴民群幹聲連連，警車已噴射出大量催淚瓦斯，這回是全力施放，見狀民眾頓時驚惶失措，紛紛四散奔逃，狼奔豕突。白煙飄來，民眾被瓦斯嗆得眼淚鼻涕直流，憲兵連鎮暴隊形裡配備有防毒面具，全連已載上面具。施放瓦斯時，正中下懷，而戴上防毒面具的憲警乘勢揮舞警棍狂打猛擊四散奔逃的暴民。

激戰後的戰場硝煙狼藉，街島兩旁都是搗毀翻轉的車輛，受傷的民眾與軍警等待救援。憲警終於逐退暴民，救護車消防車一輛接一輛陸續開進場，將警民兩方傷者逐一抬上車運去醫院急救。

31 劫後

「民主運動雜誌」在大墩市組織發起的遊行集會現場聚集支持民眾超過二萬多人，富島從未有過民間自發的以政治目的集會有如此空前的規模；黨國政府當局出動大批軍警進行鎮壓與聚集不散的民眾對峙之下，最後導致大規模流血暴動衝突，締造富島黨國政府從未遭逢的政治抗爭事件，軍民雙方共近二百人受傷，幸運的是未有人死亡。

非黨暴動事件震撼黨國政府，最高當局緊急通令負責單位主事長官連夜密會，會中最高當局震怒，嚴厲譴責引發事件的雜誌社，堅決表示不容島內非黨組織聚眾暴力集會對抗政府公權力，會議決議作成最緊急處分令，立即展開緊急逮捕行動。

層峰以國家叛亂時期保安事件命令全國各治安單位緊急行動，飭令全島情治人員即刻進行會中作成決議的「迅雷同步行動」，立即展開大規模逮捕行動，所轄屬各地軍憲單位悉數出動配合警方逮捕行動。

清晨六點，大墩市區劫後一片零亂，馬路上都是搥散了的拒馬，拖得四散的鐵絲網，翻倒的軍警公務車、公車、民眾的小轎車；暴亂後的現場尚未及清理，偵警單位已奉祕密命令展開行動，憲警車輛呼嘯於大街小巷大肆搜捕暴動事件涉案份子。

事件後，第七連官兵深夜甫回戰訓司令部營房，清點官兵損傷，傷重者如章亢龍等業已趕送往軍醫院，其他帶輕重傷號也轉送不等醫院包紮療傷或送回或留院治傷療養。暴動激戰後第七連全連官兵極度亢奮，然未及憩息就寢，上面出勤命令又達，不容喘息，即命全連人員再度著裝緊急集合出動去配合警方全面搜查全大墩市以及鄰近縣市可疑地點，雷厲風行地搜捕涉案疑犯，任何犯案人可能出沒的區域或地點憲警均行徹底清查。一時之間，全島各地陷入風聲鶴唳地全面追索人犯的旋風內，非黨人士人人自危，個個銷聲匿跡，生怕被牽涉入案。

突發的大墩事件打亂第七連的日常作業程序，從非黨人士來大墩市集會串連，展開街頭運動，到「民主運動雜誌社」推展公義日大遊行約一個月期間，上面調撥第七連兵力去配合大墩憲兵隊布防街頭開始，一連兩三個禮拜，所有連部的兵力都運用在調防應付可能突發事件上。

尤其等到最後非黨人士密謀遊行那兩三天，全連兵力全都為上層調去布哨防範事件，以致戰訓司令部衛兵連的例行的衛兵任務只得從簡。所有充員士兵甚至老士官都調出來服街頭勤務，兵員不敷分配下，司令部的哨位原先兩個配對的衛哨就逼得只出一個兵的哨位。兩小時的值勤，由於兵員全都調派服外勤，結果接內部勤務衛兵沒人可接勤務。兩個小時站哨值勤時間延長到三小時，四小時，最後甚至長達六小時還不見有人來接哨，衛兵站哨情況慘極了，真要站到脫力發麻抽筋。留在連部所有人員都派上去值勤，去接哨的幾乎都是老士官。兵員不夠調派，于輔導長最後把留守連部文書兵許士祺甚至於少尉預備軍官的輔導幹事曲守禮也派去上哨。

兵士裡受事件影響最大的是屆期退伍的士兵，應屆梯次充員丁孝燦、景佾、顏學銘、陳會等四人明明該退，但是連上兵馬倥傯，連長不給退，四人逼得延退一天、兩天，直到第六天逮捕行動開始始讓這四人中的三人退伍。值日憲兵丁孝燦是連長左右手，更是硬被情商再拖上三天才讓他退伍離營。

雷厲風行的逮捕行動，並在連坐處罰的警誡下，雜誌社幾位主腦人物走投無路，在軍警地毯式嚴密搜查之下，疑犯無處可躲藏，一一相繼為警方捕獲。

逮捕行動告一段落，第七連方始有餘裕環顧連部本身的狀況。回歸正常的衛兵連勤務後，輔導長隨即奉連長命令去醫院探視因事件打傷的因公受傷的傷員。輔導長帶著曲幹事和許士祺去到各醫院探慰並且運送慰勞品及補給給因公受傷的章亢龍等士兵。

探病回來後，大伙圍著隨輔導長探傷的許士祺追問因公負傷的同僚情況；問起同僚汪保川等人情況如何？以及報載負傷最為嚴重章班長情況有無改善？

章班長情況不好。

「牙齒被打掉十來顆，怎麼吃飯？他話都不能講，都是用點頭示意，吃的喝的都靠管子輸送液體進去。」

許士祺如此說明。

老士官聽了章亢龍的情況，一伙人就地大加討論，小兵們有人在旁作評語：

「不會太嚴重，只要只要打葡萄糖，營養輸得進去，就不嚴重，遲早會好起來。」

老兵聽到這種怠忽的話，大不以為然。

「你好得很，你牙齒沒被人一棍子砸光。受傷的是你班長，不是你，當然不痛！你們這些人到底有沒良心？」

老兵們兔死狐悲，物傷其類發起火來對著人又罵又訓休想住口，小兵們只有閉嘴不跟他們爭辯。可是老士官訓人會訓，其實也一樣不在意同伴傷勢，龍門陣一抬，儘說是報上誇張，算不了什麼大傷勢。嘴狠的更說這些傷算什麼？一槓起來又是他們當年勇，說那時候死人哪算什麼？不當回事，現在混這點皮肉傷報上講得要死人，若在當年那時間豈值一提。

「養兵千日，反攻大陸都不提了，不跟那邊宣戰了嗎？」周克昌又無的放矢地放言高論。

「你發神經，問這個。」有人嫌他問這莫名其妙的問題。

但也有人同意，是不再打戰，二三十年都沒戰爭了，都在備戰，備得兵都老了，新徵的充員根本不知打戰是怎麼回事。

「兵還好，現在老百姓哪知打仗是怎麼回事？金島炮戰是何年的事，誰還記得呀？」洪得標士官長提出異議。

「是啊！」藍英雄應承地說：「戰沒得打了，街頭暴亂就是不得了的大事。」

「來到富島後就再不打戰了嗎？」

許士祺跟藍是哼哈二將調侃似的問大家：

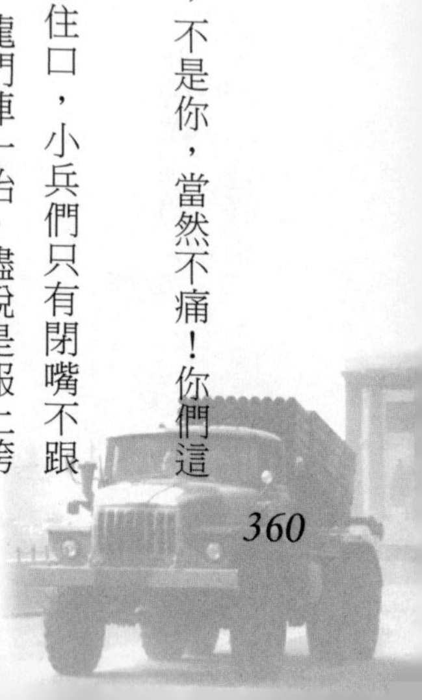

「那國家養著我們這些兵幹什麼？只是用來對付街頭流氓？和非黨暴亂份子？」

「在富島這些年來，除了當年撤退時保衛大富爾摩沙，防範對岸席捲過來在金島登陸狠狠打了一戰外，本島再無戰事，養兵千日，年年叫囂要反攻要打戰卻從未有戰爭，此地人都忘了戰爭是怎麼回事？承平日久，都不以為那一日會再來。」

古排長過來聽到了話尾巴插進來大發議論。他剛升官成憲兵少尉，心情特好。骨排獲段連長報荐上團部獲核准，扶正為正式排長。肩上那條桿，不等上級核發下來，他已迫不及待地上街買來自己掛上，神氣活現地趕在當天晚點名上獻他肩膀上那條槓。

「養兵千日，用在一朝，現在這批充員真有事，誰知能有多少用處？」又有人嘆陳腔老調。

「這回暴動，還是連上這些兵頂下來的。」骨排說句公道話。

「外面有傳言竟然說在地流氓是市黨部裡頭糾集召喚出來的？」

有人把市井傳揚開的小道話拿出來講。

「那邊放出來的謠言吧？你又不是不在場，要不那些黑社會份子怎會衝著我們對打？」

許士祺反問。他雖不在場，但整個情況可比誰都清楚。

「說是故意的，讓他們跟警憲方對抗方才好嫁禍。」

「竟然會這樣子幹？」

「哪會有這許多名堂？苦肉計？」

你一言，我一語的討論開了，好像事不干己。

「說為的是要把那邊的人一網打盡。」

「真的？假的？造出來的謠言吧！」

張茱萸懷疑：「哪會混戰一晚，竟然是自家人在廝殺。」

「小心點，噓！」有人警覺性高，要大家講話謹慎。

「政府哪會這麼黑？」

藍英雄沒理人家噓的，不信謠言。

「說是市長搞出來的把戲！」

「鬼信！」

32 身家紀錄

「這些傢伙今天吃錯藥了，竟然討論起打不打戰起來，以前從沒人會講起這問題。」背後，許士祺又忍不住譏刺起同僚來。

「也真敢講話，」張茱萸附和地說：「連黑社會幫眾是政府糾集安排出來鬧事的都敢講開來，非黨講的話他們也拿進連上來學舌。」

「哼！不小心點，輔的那兒就記上一筆。」

「會嗎？」張茱萸還搞不明白，只聽旁人都這樣說。

「當然，」許士祺較他清楚狀況：

「部隊和單位裡一樣告密成風，輔的怎會不安排密探，他們講這些話輔的那裡定然會出現紀錄。你的黃牛皮紙袋隨著你跑，到那裡都會跟著，一生都纏著你，退伍也跟著到你就業的單位。這些傢伙挨了兩棍子，以為不同了，膽子也大了，現在這些話都敢講，竟然一開口就脫口當眾說出來，到時有他好看的。」

「哎喲！」張茱萸聽著一涼，剛才他也忍不住大言不慚地說錯話了：

「你在輔的那裡看到我們的身家紀錄嗎？」

「這類加密資料怎會讓我見到，你空空啊！做這些紀錄，不會讓任何人見著，更不可能讓我經手。不但要記你我，連上任何人他都做紀錄，就是連長一樣也有一封黃封袋。記這些不會讓人看見的，就像我們的信件輔的都開封看過，他會讓你看到他偷開信檢查嗎？」

「哦！是這樣啊。」張似乎恍然大悟，又問：「老士官東講西講，也都被記上了？」

「他們有什麼好在乎的，他們已沒有將來，剩下的只有過去。」

「所以開口閉口只有『我以前⋯⋯。』。」

張茱萸附和道出許士祺常譏刺老士官們的口頭禪。

「一開口就他們當年如何如何？但他們當年到底有人上過戰場未？」許士祺大感懷疑：「只會瞎扯，有哪個真下戰場發過一槍一彈，憲兵是最沒用的兵種，只會躲在後方穿起老虎皮裝腔作勢。」

「我們和老士官不同，他們當年不論什麼什麼樣的苦，都是時代錯誤。現在富島的人爭出頭天，同樣的也是要演進，時代會轉變，我們要校正過去的不是，我們沒辦法以他們受過的不對，以為那就是當然，我們就得住進去，並且接受以之為當然。不對，過去的不對，沒有必要居之不疑，世界與時代是往前進步的，我們不會同情老士官，他們的經歷或遭遇若是不對或不公平，那也是他們命運，我們有我們命運，沒有可能受他們牽絆。」

許說出如此無情的革命話語：

「你也快退伍了，時代會變的，誰知道明天會怎樣？我們不必為章亢龍難過，他們這一代必將成明日黃花，時代的錯誤，必將為時代過去而為時間掩埋。」

是嗎？許士祺講得慷慨激昂，張茱萸卻不由被引去想著他退伍後會進入怎樣一個單位？他沒想過這問題，他只有一個念頭去重考聯考進入大學。他似乎沒有頭腦，考慮不及即將面臨的紛歧的現實問題，或者他根本不曾考慮，或不會考慮。許士祺就跟他不同，指出有多種不同的可能會出現在前面，大學刷掉的黃幽園，就不再做大學夢，他說過要去流浪，結果進入他父親的企業裡頭。很難會依照自己念頭所想望的樣子出現。

他若退伍會照著自己一心所想的考入大學嗎？他不曾考慮第二個選項。現在他有了阿巒，他開始要作退步的打算。

退伍於他似乎是重生，一個生命的開始，像某種植物枝葉自母株落下，接觸土地，開始自力成長或生存。他不曉得前途該如何辦？或者一心冀望繼續讀書的美夢也得中斷，除了進大學，他或許得謀生，當然要進入社會必得謀生；退伍就得去尋覓找事情做以謀生，他不知自己能做什麼，想到的只是礦坑背煤，那是最容易找到的謀生，他中學一個同學家裡開煤礦，要去找同學，那同學家裡會給他一個工作。或許得學開汽車，像朱排長那樣去開計程車，這是現代社會最基本的賺錢謀生頭路，但他已短暫地待過工廠，領略過出口工廠生涯，應不至於走回頭路。

可是面臨的問題已不再是一個人的事，他要為阿巒打拼，底線是他決不放棄求學。就業似乎很遙遠，然又近在眼前，像退伍本身，饅頭快數到底了，他所關心或應說所能意識到的唯有這事和阿巒，戀愛與退伍是唯有盤據腦海的兩件事。暴動帶給他無比激情，他整個身心一直都在沸騰，停不下來的。他沒料到自己能奮勇向前，他不怕，完全沒有畏懼，戰鬥使人嗜血，他並不是像張民講他那樣膽小無用，甚至比大家還勇猛，他是個男子漢。但是激蕩過後，他並不怎麼在意，他其實並沒那樣關心，熱血沸騰是一回事，牽腸掛肚又是一回事。同僚卻在放言戰爭，戰爭與遊行暴亂何干？

戰爭在意識裡已不再發生，或者不再要緊，除非真的發生。全國卻一直在備戰，連裡的人說當兵卻忘了打仗，看起來頂莫名奇妙。

外面世界只顧爭取民主，爭自由，我們卻在裡面與他們對抗，把那些人抓起來，我們不見得不要自由，不要民主。總之，現實是荒謬的，我們生活的領域像讀過的小說，之會如此荒謬不經，是因為自己住入裡面，像捏造的世界，也正因為現實的存在本身就是這麼荒誕不經。

〈全文完〉

國家圖書館出版品預行編目資料

領袖的鐵衛隊 / 莫大著--初版--臺北市：
博客思出版事業網：2011.06 --（現代文學：4）
ISBN：978-986-6589-35-5（平裝）

857.63 100005314

現代文學4

領袖的鐵衛隊

作　　者：莫大
美　　編：林育雯
封面設計：J．S
編　　輯：張加君
校　　對：牟曉旼
出 版 者：博客思出版事業網
發　　行：博客思出版事業網
地　　址：台北市中正區開封街1段20號4樓
電　　話：(02)2331-1675或(02)2331-1691
傳　　真：(02)2382-6225
E—MAIL：lt5w.lu@msa.hinet.net或books5w@gmail.com
網路書店：http：//store.pchome.com.tw/yesbooks/
http：//www.5w.com.tw、華文網路書店、三民書局
總 經 銷：成信文化事業股份有限公司
劃撥戶名：蘭臺出版社帳號：18995335
網路書店：博客來網路書店 http：//www.books.com.tw
香港代理：香港聯合零售有限公司
地　　址：香港新界大蒲汀麗路36號中華商務印刷大樓
C&CBuilding,36,Ting,Lai,Road,Tai,Po,New,Territories
電　　話：(852)2150-2100傳真：(852)2356-0735
出版日期：2011年 6月初版
定　　價：新臺幣350元整（平裝）
ISBN　　：978-986-6589-35-5